徳間文庫

牙の紋章

夢枕獏

徳間書店

目次

序章

血の小便が出た。

コーラのような色をした、濁った、褐色の小便だった。

明らかにオーバーワークであった。練習のし過ぎだ。この二週間、狂ったようにトレーニングをしてきたそのつけが、今、まわってきたのだ。

興奮と緊張のため、自分の肉体が、今、どういう状態にあるのかわからないが、血の小便が、はっきりとオーバーワークを告げていた。

冷たい汗が、背に湧《わ》いた。

道着が背に張り付く。

片山《かたやま》は、小便が道着に付かぬように、柔らかく縮《ちぢ》んだものを中へもどした。

小便の臭《にお》いがこもった空気の中を、片山は控場に向かって歩き出した。

熱気が、全身を包んでいる。

乾いた熱気ではない。湿った、粘《ねば》り気のある熱気だ。ただ、歩いているだけで、額《ひたい》にふつふつと汗の玉が浮き出してくる。

夜に入って、いくらか気温は下がったはずだが、それでも三五度より下がってはいまい。

四月――

タイでは一番暑い時期である。

何もしなくても、汗が出てくる。身体《からだ》の水分が、すべて、汗となって出てしまいそうな気がした。

この二週間で、五キロあまりは体重を落としたはずであった。

たぶん、七五キロを、わずかに超《こ》えているくらいだろう。

日本の、空手《からて》の試合の時は、八〇キロをいくらか超えたあたりの体重でやる。多少、動きは鈍くなるが、その分、パンチが重くなる。相手の技を受ける時も、そのほうがダメージが少ない。

七五キロ――

身長が一七九センチ――動きでいうなら、ベストの動きができる体重である。

しかし――

減量した五キロの肉は、必ずしも、運動によって落とした分ばかりではない。

四日前に下痢をした。

落ちた体重五キロのうちの二キロ近くは、その下痢が原因で落ちたものだ。

疲れと、精神の緊張が胃に作用して、それが下痢という結果をまねいたのだ。日本と違う食事を摂《と》っていたためもあるが、しかし、これまでは、タイ特有のやたらと辛《から》い料理を喰《た》べてもなんともなかったのだ。

身体を酷使し過ぎたのだろう。

タイで、あのムエタイと試合をするのだという緊張感が、内臓に負担をかけていたのである。

最後の三日間は、ジムの寮を出て、和食のあるホテルに入った。そこで、下痢を治し、最終的な調整をしたのだ。

便所から控場にもどると、道着を着た富野《とみの》が近づいて来た。

「話はつけましたよ」

興奮を隠せない声で、富野は言った。

「バットは？」

片山が訊《き》いた。

「ありました。二本です。近くの運動具店のやつを買って来ました」

控場に集まっている、タイ人特有の褐色の顔が、一様に片山と富野に注《そそ》がれている。

「イスマール・ソータンクンのインタビューが今あって、あいつ、肘《ひじ》と膝《ひざ》で、勝負は決まるだろうと、そう言ってました」

片山に言って、富野は、敵を睨《にら》むような眼で、周囲を見回した。

片山は、富野の視線に誘われるように、視線を奥へ向けた。

そこに、もうひとつの人だかりがあり、その人だかりの中心に、精悍《せいかん》な顔つきの若者がいた。

イスマール・ソータンクン――

二一歳。

ルンピニー系ムエタイの、ウェルター級の現役チャンピオンである。

視線は、合わなかった。

富野に視線をもどした。

「片山さんのインタビューの後で、おれがやります」

富野が唇を噛《か》んだ。

富野は、片山よりも、ひとまわり大きい。

「バットを押さえるのは？」

「加藤《かとう》と阿部《あべ》がやります。今、ふたりでバットをガムテープで固定してるところです」

バット折りをやりましょう、と言い出したのは富野であった。

一時間前のことであった。

テレビ局の人間が来て、試合前に、何か空手のデモンストレーションのようなものはできるか、と訊かれたのだ。

平安《ピンアン》の型でもやるか、と片山が考えた時、

「バットを折りましょう」

と、富野が言い出したのである。

「しかし、バットがあるのか？」

「加藤か阿部に買いにやらせます」

「誰がやる？」

「加藤も阿部も、そのくらいはできます。自分がやってもかまいません」

「道着は？」

「持って来ています」

富野が言った。

それで、バットを折ろうということに決まったのであった。

その富野は、すでに道着に着替えている。

「準備は出来ています」

「よし、わかった」

片山は、道着の黒帯に手をかけて、固形物を吐《は》き出すように言った。

さっきから何度もしゃべっているのに、自分の声を、久しぶりに聴《き》いたような気がした。

硬《かた》い声だった。

大勢《おおぜい》の人間が、片山を囲んでいた。

タイ人がほとんどだが、日本人も、何人か混《ま》じっている。

正面の左に、テレビカメラがある。

ライトが、眩《まぶ》しく片山の顔に当たっている。

床は、コンクリートと土だ。

外気がそのまま入り込んでくる場所だ。

控室とは名ばかりの、控場だった。

個室はない。

これから闘う選手同士が、この同じ空間で、リングに上がるまで、孤独な時間を過ごすのだ。

ルンピニー・スタジアム――

一日おきに、ムエタイの試合が行なわれている会場である。

「テレビ局の人間が、始めていいかと言ってます」

富野が声をかけてくる。

「いつでもいい」

片山は言った。

履《は》いていたスニーカーを脱いで、素足になった。

足の裏に、ざらついたコンクリートが触れる。

コンクリートまでが、生温《なま》かい。

軽くスクワットをやる。

腰の位置がはっきりしない。

自分の足にかかっているはずの、自分の体重が摑《つか》めない。

まずいな……

片山は、軽く舌打ちをした。

アナウンサーが、すぐ前に来た。

何かをしゃべっているが、早口のタイ語なので、まるでわからない。

日本の空手家が、ムエタイに挑戦してきたといういきさつを、大袈裟《おおげさ》にしゃべっているのだろう。

片山は、無視した。

黙々と、膝を伸ばし、アキレス腱《けん》を伸ばす。

アナウンサーの背後で、押し黙ったまま身体を動かしている自分の姿が、画面には映《うつ》っているのだろう。

アナウンサーが時折、後方を振り返る。

〝カラテ〟

〝チャンピオン〟

そういう言葉をアナウンサーが口にしている。

三年前に、北辰館《ほくしんかん》のオープントーナメントで優勝したことについて言っているのだろうと、片山は思った。

あの時だって、今と同じくらい緊張していたはずだ。

あの時は、二六歳だった。

三年前のその時と、下痢で減った分があるとしても、体重はあまり変わってはいないはずだ。

しかし、三年前と今とでは、その体重の中身が違う。三年前の体重と、今回の減量前の体重とを比べた場合、単に重さというだけでは同じだが、筋肉と脂肪の重量のバランスが違う。筋肉が減った分、脂肪が増えている。今回、体重を落としたというのは、それは、単に脂肪を削《そ》ぎ落としたというだけの意味だ。落とさねばならない脂肪はまだあり、増やさねばならない筋肉がまだある。脂肪をさらに二キログラム落とし、筋肉だけで、もう、一キログラムは増やして試合に臨《のぞ》みたかった。

もう、一カ月、あれば――

しかし、一カ月はない。

試合までに、片山に残っている時間は、あと三〇分くらいのものであろう。

アナウンサーが、しゃべり終えて、マイクを、片山に向けた。

「勝つよ」

片山は言った。

通訳が、それをアナウンサーに告げる。

片山が答えたのは、それだけだった。

片山を捉《とら》えていたテレビカメラが、横へ動いた。

片山は、そちらに視線を向けた。

そこに、道着を着た、加藤と阿部が立っている。

ガムテープで一本に固定した二本のバットを、加藤が持っている。

そこで、これから空手のデモンストレーションをやることになっているのである。リングの上でなく、デモンストレーションは、この控場でやることになっていた。

横で、富野が大きく息を吸い込む音が聴こえた。

富野たち三人が、タイに来たのは五日前であった。五日前にバンコク入りをして、片山の練習台になった。

三人とも、北辰館の後輩である。

片山が、ルンピニー・スタジアムで、イスマール・ソータンクンとやると耳にして、バンコクに駆けつけて来たのである。

血の小便が出たことは、富野には告げなかった。告げてどうなるものではない。

これから、独《ひと》りになる作業を始めなければならない。

精神の内部からあらゆる繋《つな》がりを、断《た》ってゆくのだ。

富野たちに、カメラが向けられた。

加藤と阿部が、コンクリートの上に片膝を落とし、一方の膝を立てた。

加藤の左膝と阿部の右膝——正確には脛《すね》の上部に、バットの先端と握りの部分を当てて、手でそれを固定する。

それを、富野が蹴《け》って、バット二本を一緒に折るのである。

スピードと、タイミング、そしてバットに蹴り足の脛を当てる時の角度をうまくとらねばならない。

誰でもができる技ではない。

片山自身は、三本まで試したことがある。

プロが使用する圧縮バットだ。四本を試したことはないが、試してみるつもりもない。

富野は、唇を尖《とが》らせて、大きく息を吐いた。

他のムエタイの選手も、興味深そうな眼で、富野を見ている。

富野が、バットとの距離を、何度も自分の足を踏み出して測《はか》る。

自分が試合に臨むような怖《こわ》い表情をしていた。

その顔を、片山は黙って見ていた。

片山の試合のために行なわれている作業であったが、自分とは、ひどく離れた場所での出来事のように片山には思えた。

タイ人たちは、日本からやって来た空手家をどう見ているのだろうか。

嘲笑《ちょうしょう》に似《に》た笑《え》みを浮かべて、富野がやろうとしているデモンストレーションを見ている者が何人かいる。

彼らは、タイの国技であるムエタイが、最強であると信じている。

ムエタイが空手に負けるはずはないと。

これまで、何人の空手家が、このルンピニーで、ムエタイと闘ったろうか。

ひとりやふたりではない。

ある者は、キックボクサーとして、ある者は空手家として、他国の人間が、このリングに上がった。

その中には、韓国《かんこく》から来た跆拳道《テコンドー》の選手もいる。

アメリカの、プロカラテの選手もいる。

そのことごとくを、ムエタイは退けてきた。ムエタイのチャンピオンクラスの選手が、このスタジアムで、他国の異種格闘技者に負けた記録はないのだ。

片山の顔が、どんどん無表情になってゆく。

ひりひりしていた。

ひりひりしているのは背中のどこかのようでもあり、脳のどこかであるようでもあり、胸のどこかであるようでもあった。

ささくれている。

恐怖感もある。

逃げ出してしまいたい恐怖感だ。

自分は、なぜ、こんな所に立っているのか。

試合をやめて帰りたかった。

土下座をしてでも、それで許してもらえるのなら、やめたいと思う。しかし、逃げるわけにはいかない。自分は、逃げた自分のことを、一生覚《おぼ》えているだろう。

その自分の視線に、耐えてゆけるわけはなかった。

自分の意志では、逃げられない。

しかし、自分の意志でないものによって、この試合が中止になるのなら——

今、火事でも起きれば、試合は中止になる。

火事でなくてもいい。

相手のソータンクンが、病気になるのでもいい。いや、ソータンクンでなくてもいいのだ。この自分が、何かのはずみで、試合が始まる前に、誰もが納得するような怪我《けが》をするのでもいい。

また、同じことを考えている、と片山は思った。

試合の前は、いつも同じだ。

いつも、逃げ出すことを考える。

怖いからだ。

しかし――

片山にはわかっている。

その恐怖感は、バネに変わる。

その恐怖感を、バネに変えることができるのだ。

怖い時には、その恐怖を消そうとせずに、それをエネルギーに変えるのだ。とにかく、試合が始まれば、恐怖感も何もかもが、みんな消えてなくなる。自分が肉体だけの存在になってしまうのだ。

肉体が考える。

今はまだ、精神が考えている。

その精神を、どこかへやってしまうのだ。

肉体だけの自分になることだ。

足が、小さく震《ふる》えていることに、片山は気がついた。

震えているのか、このおれが――

身体が、ぬるぬるとしていた。

汗がまた大量に噴《ふ》き出しているのである。

富野が、息吹《いぶき》をやっている。

腹の底から、息を吐く。

息を吐くと同時に、不思議なエネルギーが身体に満ちてくるのだ。

息吹をやると、ほんの数瞬で、覚悟がすわってくる。そういう精神作業を、富野はやっているのである。

片山は、それを見ている。

腰の位置や、自分の体重の感覚が、まだはっきりしない。

興奮しているはずなのに、やけに冷《さ》めている自分がいる。

どちらの自分が、本当の自分なのか。

いや、両方とも、本当の自分なのに違いない。

富野が、構えた。

動きを止めた。

「えっしゃあっ」

富野が、腰を落とし、腹の底から声をしぼり上げた。
「えっしゃあっ」
「えっしゃあっ」
加藤と阿部が声を上げる。
富野が動いた。
疾《はし》った。
蹴り上げた。
折れた。
富野の右脚の脛が、二本のバットを、一気に折っていた。
見物していた数人の日本人から、拍手が起こった。
富野は、赤い顔をして、まだ、折れたバットを怒ったような顔で睨んでいた。
片山は、大きく息を吐いた。
いよいよ、自分の番だと思った。
あと、三〇分？
それとも二〇分？
会場の方から、大きなどよめきが届いてきた。
リング上で、試合が急な展開を見せたのだろう。

何分後かはわからないが、自分は、間違いなくそのリングに上がるのだ。

片山草平《そうへい》が、リングに上がったのは、そのどよめきが聴こえてから、二五分後であった。

一章　折れた牙

1

サーマート・ジムは、バンコクの中心部から、一〇分ほど車で走った場所にあった。観光客などは、まずやってこない住宅街の一郭《いっかく》である。中央通りから、何度か路地を曲がってゆくと、その奥にジムがある。屋外のジムだ。

住宅の塀に囲まれたそこは、小さな広場になっている。その広場の地面をコンクリートで固め、その上に、リングが組んであった。そのリングだけで、広場の半分が埋まっている。

リングの上だけ、屋根がある。

コンクリートの上から直接四本の柱を建て、木材を組み合わせてトタン屋根を載《の》せただけの、簡単な造りであった。

屋根の下から、ふたつ、サンドバッグがぶら下げられている。ぼろぼろのサンドバッグだった。ところどころに綻《ほころ》びがある。その綻びを修復した跡《あと》が、何カ所かあった。

リングの向こうに、コンクリートを打ちっ放しの広場があり、そこが、練習場になっていた。


その奥に、木造の宿舎があった。

片山草平が寝泊まりしているのは、その木造の宿舎であった。

初めて、その宿舎に通された時のことを、まだ、片山は覚えている。

暗い宿舎であった。

その闇の中へ足を踏み入れた時、片山が嗅《か》いだのは、獣の臭《にお》いであった。

そこに漂《ただよ》っていたのは、片山も知っている汗の臭いであった。大学の運動部の部室や、北辰館の道場の着替え室に漂っているあの臭い。人の肉体が造るあの臭い。饐《す》えたような、黴《かび》臭いような、男たちの体臭が染《し》み込んだ空気——

それと同じ臭いが、その宿舎の空気の中にはこもっていた。

片山にとっては馴染《なじ》みの臭いだった。

けっして、嫌いな臭いではない。

そのような汗と臭いにまみれて生きてきた片山にとっては、そのような臭いには、どこか、ほっとするようなところもある。

しかし、そういう、片山にとって馴染みのある臭いばかりではなく、その宿舎の大気の中には、明らかに、別の臭いが混じっていた。

獣の臭い――

獣臭としか表現できない臭いであった。

宿舎の内部には、左右に四つずつ、八つの二段ベッドが置いてあった。

一六人の人間が、そこで寝泊まりできるようになっている。

片山がそこに入ってゆくと、人の動く気配があって、八つの眼が、闇の中から片山を見た。

四人の人間が、それぞれのベッドの上から、入って来た片山に視線を注いだのである。

強い光を持った視線が、片山を射《い》た。

案内してくれたニコムが、鋭くタイ語で声をかけると、片山を見つめていた四人の人間が、ベッドの上で上半身を起こした。

少年であった。

一四歳から一六、七歳くらいであろうか。日本の感覚ではそのくらいでも、タイの子どもは大人びて見えるから、ことによったらもう少し歳《とし》は下かもしれない。

四人のうちのふたりは、手に雑誌を持っていた。

ニコムが、また、タイ語で少年たちに何かを言った。

ニコムの手が、片山を指した。

ニコムの唇から、ジャパン、カラテ、カタヤマという単語が出たところを見ると、ニコムは、片山の紹介を、四人の少年たちにしたらしい。

少年たちの視線が、再び、片山に集まった。

「サワッディ」

片山は、少年たちに、タイ語で短く挨拶《あいさつ》をした。

サワッディ――つまり、日本語で言うなら、こんにちは、に当たる言葉である。

「サワッディ」

少年たちも低く言った。

サーマート・ジムで、寮生活をしている少年たちであった。

趣味や、楽しみで、ムエタイを始めた少年たちではない。

スポーツでもなく、護身用でもなく、健康のためでもなかった。

彼ら少年たちは、手段として、ムエタイを選んだのであった。

手段――つまり、金を得るための手段である。仕事だ。彼らは、ムエタイに就職した人間か、就職を希望している人間たちなのである。

無愛想――そう言ってもいい眼つきで、少年たちは、片山を睨《にら》むように見つめた。

その時の視線の意味が、わずかながら片山にわかったのは、そのジムで暮らすようになって、しばらくしてからであった。

日本から、ムエタイを学びにやって来た日本人に対する好奇心が、まず、その視線にはこもっていた。

そして、〝カラテ〟に対する、蔑視《べっし》といってもいい想い。

〝カラテか――〟

そんな彼らの声が聴《き》こえてきそうだった。

タイ人――特に、ムエタイをやっているタイ人には、同種の格闘技の中ではムエタイが最強である、との自負がある。

自負と、誇りだ。

ムエタイに比べ空手というのは、実戦向きでないとの思い込みが、彼らにはある。

空手というと、彼らがまず頭に浮かべるのは、俗には〝寸止《すんど》め〟と呼ばれる伝統派の空手である。組手《くみて》や試合において、実際に相手に拳《こぶし》を当てないスタイルの空手である。

伝統派の空手は、型を重視する。

試合だけでなく、演武でも順位を争う。

空手の突きは、中段突きが基本のスタイルである。

腋《わき》の下に拳の内側を上に向けて引き、腰を落としてその拳を内側にひねりながら前に向けて突き出す。それが中段突きである。

ボクシングの突き——ストレートは、顎《あご》の下から、相手に向かって突き出す。相手の顔面に拳を当てる場合、空手の突きよりも、ボクシングのストレートのほうが速い。

ムエタイの突きは、空手よりもボクシングのそれにずっと近い。

たとえば、中国武術と呼ばれているものがある。

日本で知られているもので言えば、太極拳《たいきよくけん》、蟷螂拳《とうろうけん》、八卦掌《はっけしょう》、猴拳《さるけん》、酔拳《すいけん》などがあるが、現在の中国武術界には、散打《さんだ》はない。急進派の一部の間で、やっと散打が採《と》り入れられたばかりである。

中国武術は、表演《ひょうえん》で、その技を競《きそ》い合う。

散打——空手で言えば、相手に拳や蹴りを当てる試合方式の闘いである。

表演は、空手で言う演武に当たる。

日本で、現在、中国武術というと、まず頭に浮かべるのは、朝の公園で行なわれている、ゆっくりとした動きの太極拳であろう。

太極拳、中国武術というと、気という得体《えたい》の知れない神秘的なものを売りにした健康体操の一種——そのように考えている人間が多い。少し、知識のある者は、その型の美しさで点を競い合う、体操競技となってしまった元武術——そのように考えているかもしれない。

空手をやっている人間の多くは、現在中国で主流になっている中国武術については、実戦的でないとの考えを持っている。

それと同様の意味で、ムエタイをやっているタイ人は、空手を実戦的でないと考えている。

ムエタイは、肘《ひじ》や膝《ひざ》の使い方に独特のスタイルがあり、その技術や理《り》においては、空手のそれを上回っている面が少なくない。膝の技術においては、空手の及ぶところではない。

だから、片山は、タイに、ムエタイを学びに来たのである。

空手をやるのか――

そういう、少年たちの視線にも、うなずけるものがある。

そして、その少年たちの視線にこもっていたもうひとつのものは、そのような、ムエタイの空手に対する優越感とはまた逆のものであった。

金を持っている日本人に対する、敵意にも似《に》たもの。

「ここ、汚ないだろ?」

片言《かたこと》のタイ語でのやりとりをしている時に、少年のひとりが、低い声で片山にそう言ったことがあった。

怒ったような顔で片山を見、その少年は、その眼を伏せた。

その時に、片山は、あの時に自分を見つめた少年たちの視線のことが、ようやく理解できるような気分になったのだった。

タイの首都、バンコクの一流ディスコで働いている女性の一カ月の給料が、日本円で言えば、約二万円余りである。

給料が二万円と言えば、タイではかなりの高給取りである。

物価は日本の感覚で言えば、一〇分の一くらいである。タイの貨幣単位である一バーツは、日本円で、およそ五・五円。一五分間タクシーに乗って、四〇バーツ――約二二〇円である。

敵意、媚《こ》び、憧《あこが》れ――そのようなものが複雑にからみ合って、ああいう視線になるのだ。

2

あの時、自分は、どんな眼で、少年の視線を見返したのだろうか――

片山は、しきりにそれを思い出そうとしながら歩いていた。

新宿――

ズボンのポケットに、両手を突っ込んで歩いている。

夏。

七月の半ばだ。

夜――深夜というほどの時間ではなかったが、十時は過ぎていたはずだった。

ゴールデン街に近い路地である。

二日前に、長かったその年の梅雨《つゆ》が終わったばかりだった。

アスファルトの路面の一部は、まだ濡《ぬ》れていた。その日の夕方近くに、夕立があったのだ。そのアスファルトを、踵《かかと》の擦《す》り減った革靴の底で踏んでゆく。

酒が入っていた。

ビールが三本、日本酒が五合ほどだ。

シャツの下で、肌がぬるぬるしている。

粘《ねば》い汗が湧《わ》いてくる。

自分で考えている以上に、酒は回っているようであった。

都会の底の大気は、よどんだまま動こうとしない。

暑かった。

アスファルトや、ビルのコンクリートが、その体内に染み込ませていた昼の熱気を、夜になって、大気の中に吐き出しているのである。その大気が、ねっとりと肌にまとわりついてくる。

夕刻に降った夕立の雨滴のほとんどが、湿気となって、大気中に溶けているようであった。

しかし、いくら暑いといっても、あのバンコクの夜ほどではない。

それはわかっているが、それでも、背に汗が浮いてくる。

バンコクの、あの夜の熱気が、まだ自分の体内のどこかに、澱《おり》のように残っているらしい。それが、肉のどこかから滲《し》み出してくるのだ。

自分の背に湧いてくるのは、汗ではなく、あの晩の記憶なのだ。

もう、六年も前だ。

六年も前のことなのに、まだ、あの晩のことが、自分の内部で燻《くすぶ》っているのである。

もう、とっくに結着がついたはずのことなのに、結着がついていないと、自分は思い込んでいるのだ。昔の女への未練を、まだ断ち切れずにいるようなものだ。

もし、ベストコンディションであったら。

もし、一カ月前に試合があるのがわかっていたら。

もし、あれが日本での試合であったら。

勝負に、もし、はない。

結果があるだけだ。

敗者に訊《たず》ねれば、数えきれないほどの〝もし〟が出てくるに決まっている。

しかし、せめて、もう一度試合をさせてもらえたら——

再試合はない。

日本の空手家――それも、一度敗者となった空手家に、もう一度のチャンスはない。向こうはプロだ。興行にならない試合は組まない。

それともなければ、こちらでそれに見合うだけの金と場所を用意できるかどうかだ。

金は、ない。

場所をセッティングできるだけの組織も自分にはない。

一匹狼だ。

いや、狼ではない。ただの野良犬《のら》だ。

北辰館の支部道場の、支部長をやらないかと言われた。

それにも、自分はまだ結論を出せずにいる。

何にもなることができない。

六年前のあのことに、きっちり結着がつかない限りは、自分は何者にもなれない。あの時のままの自分を引きずり続けているだけの男だ。

そう思っている。

すでに、北辰館の大会には出場しなくなっているが、コーチをしながら練習だけはしている。

何のために練習をするのか。

いつか、あるかもしれない再試合のためのトレーニングであった。

しかし、再試合の機会《チャンス》があったとして、自分はその試合に出られるであろうか。左眼の視力は、常人の半分以下だ。

それでも、練習だけはやった。

再試合という夢にすがりつくようにして、トレーニングを続けた。

トレーニングをやめるということは、わずかにしろあるかもしれない機会《チャンス》を自ら放棄することになる。

それがいやなだけのことだ。

一年、二年は、それでできた。しかし、三年目からは惰性でやっている。練習を続けているというより、単にやめられないだけだ。

単に病気なのだ。運動中毒にかかっているのだ。肉体を使用し、疲労させないと、眠れなくなってしまっているのだ。

だが、最近は、その疲労を、酒に頼っている。

肉体を酷使する代わりに、アルコールの力を借りるようになってしまった。

体力だけが、落ちてゆく。

あれほど努力して身につけていたはずの技が、体力の衰《おとろ》えと共に、自分の身体から去ってゆくのである。

三五歳——

じきに、三六歳になる。

単純に体力ということでは、二四歳から二六歳くらいまでがピークであったのではないか。

しかし、試合においては、単純に、力であるとか、技術であるとか、それだけがものを言うわけではない。その力や技術をコントロールする精神があって初めて、試合に臨んで最高のものが出てくるのである。

強さ、というのは、精神と肉体の総合力である。

その意味では、格闘技者としての自分のピークは、二〇代の後半にあったのではないかと思う。

そのピークの時に、タイで闘ったのだ。

三〇歳を過ぎてから、急激に、自分の肉体から何かが抜け出してしまったようだ。

単純に言うなら、スタミナだ。

しかし、それだけではない。

もっと根源的な精神の根のようなもの。

ちぎれそうなほど張り詰めていたものが、失《な》くなったのだ。

苦《にが》い未練が残った。

自分の肉体に対する未練だ。

自分の精神と肉体の最高時に、自分の肉体と精神が擦り切れるほどの闘いをしたかった。

それが、できないとわかった時に、張り詰めていたものが切れたのだ。

それとも——

六年前のあの闘いが、自分の望む、そういう闘いであったのかもしれない。

おれは、ただ、あの闘いが、自分の望んでいたそういう闘いであったにもかかわらず、その最中にそのことがわからなかったのだ。

あれが、自分の生涯における最高のものであったことに、その時、気がつかなかったのだ。

今、それに気がついたのだ。

だから、それを認めたくないのだ。

それを、もう一度、おれはやりなおそうと考えているのだ。しかし、どうしても取り戻せないものはある。

だが、せめて、もう一度——

その夢——未練にすがりつくようにして、これまで生きてきたのだ。

自分の肉体の衰えを知ってから、苦い酒を飲むようになったのだ。

二軒目の店に入った。

そこで、銚子《ちょうし》を五本空《あ》けた。

焼き鳥ひと皿で五本——一時間ほどかけて、それだけ飲んだ。

独《ひと》りである。

相手はいない。

あの男の顔が、脳裡《のうり》に浮かぶ。

ちょうど、一〇カ月ほど前に、片山はあの男を見ている。

後楽園《こうらくえん》ホールだ。

イスマール・ソータンクン——

あいつが、へんな薄笑いを口もとにへばりつかせてリングに上がり、自分の名がコールされた時に、軽く片手を上げてみせたのを、まだ覚えている。

元ムエタイのルンピニー系ウェルター級のチャンピオンである。

その王座に、五年に亙《わた》って君臨《くんりん》した男である。

それは、思い出したくない試合だった。

胸糞《むなくそ》の悪くなるような試合だった。

五本目の銚子が空《から》になって、それで外へ出た。

終電は、まだ残っている時間だった。

しかし、まだ帰る気分にはなれなかった。

もう一軒、どこかへ入ろうかどうしようかと迷いながら、当てもなく歩いた。

その時——

「お願いです……」

そういう男の声が響いてきたのである。

3

横手の、路地の奥だった。

狭い路地だ。

片側に、飲み屋の灯《あか》りが三つ四つ、一方の側は、コンクリートの塀になっている。

その路地の真ん中に、五人の男がいた。

四人の男が立ち、ひとりの男が、地に座している。

その男は、正座をして、両手を地面につき、額を地面に当てていた。

土下座だ。

「すいません、すいません——」

土下座をしている男が、四人の男に詫《わ》びを入れているのだった。

土下座をしている男と、その四人の男の姿に飲み屋の灯りが映っている。

「かんべんしてください。謝ります。謝りますから、お願いですから、教えてください」

土下座をしている男は、ジーンズを穿《は》き、Tシャツを着ている。

四人の男は、いずれも、その筋の人間であろうと、すぐに見当のつく風体《ふうてい》をしていた。

濃い紺色のスーツを着た男がふたり、黒いブルゾンを着ている男がひとり、黒いカーディガンを着た男がひとり——いずれも、髪を短く刈り込んでパーマをかけている。

その、小便の臭いのする、暗い路地にいるのは、その男たち五人だけであった。

片山は、ズボンのポケットに両手を突っ込んだまま、数瞬、そこに立ってその光景を見つめていた。

ひとりの男が、土下座をしている男の脇腹を蹴り上げた。

土下座している男が、呻《うめ》いた。

「あきらめるんだな。おめえさんは、土下座くらいじゃすまねえことをしちまったんだからよ」

蹴った男が言った。

「頼みます。菜穂子《なほこ》がどこにいるか、教えてください」

蹴られた男は、まだ、土下座をやめようとはしない。

額を地面にこすりつけた。

「とぼけるんじゃねえ。あの女を連れて行ったのは、てめえのほうだ。捜《さが》しているのはこっちなんだよ。あの女はどこだ?」

その声に、土下座をしている男が顔を上げた。

「どこ?」

不思議そうな声を上げた。

「このガキが。おれたちにはおれたちの、詫びを入れる方法があるんだよ。土下座じゃない方法がな」

ふたりの男が、土下座をしている男の両側にしゃがんで、腕を、腋に差し込んだ。

「立てよ」

土下座している男が、上半身を強引に持ち上げられて、そこに立たされた。

その男の顔が見えた。

立ち去ろうとして、半歩足を踏み出しかけて、片山は、そこへ足を止めていた。

土下座をしていた男の顔に、見覚えがあったからである。

陣内雅美《じんないまさみ》——

片山は、その男の名を、胸の裡《うち》でつぶやいた。

間違いではなかった。片山の知っている陣内雅美よりは、やや肉がついているが、その男が、陣内雅美であることははっきりわかった。

頬《ほお》から顎にかけての鋭い線が、いくらか緩《ゆる》んでいるように見えるが、その線は、あの陣内雅美独特のものだ。

土下座をしていた男――陣内は、おどおどとした眼で、眼の前の男ふたりを見た。

「知らないのか。あんたたちも知らないのか」

陣内がそう言った時、

「うるせえ！」

いきなり、陣内の前に立っていたスーツ姿の男が、陣内の腹に、拳《こぶし》をめり込ませてきた。

力を込めたパンチだった。

陣内は、また、小さく呻《うめ》いた。

次が頬であった。

男の右パンチが陣内の左頬に当たった。

両脇から、ふたりの男に抱えられて、陣内は身動きができない。

あの陣内が、なぜ？

片山の脳裡を横切ったのは、その思いであった。

片山の知っている陣内なら、こんな男四人に囲まれたくらいで、いいように殴《なぐ》られていたりはしない。

思わず、片山は、通り過ぎようとして踏み出しかけた足を、その路地の中へ踏み入れていた。

「なんだ、おまえ――」

スーツ姿の男が、片山に視線を向けた。

片山は、そこに足を止めていた。

思わず足を踏み入れはしたが、どうしようという意志があってのことではない。

黙って、そこに立ち止まった。

「なんだ!?」

男が、もう一度問うてきた。

片山に、応《こた》える言葉はない。

「こいつの知り合いか?」

「いいや」

片山は、首を振った。

「邪魔をする気か」

言った男に向かって、

「そいつは、強いぜ」

ぼそりと、そういう言葉が、片山の唇からこぼれ出ていた。

「なに!?」

四人の男たちの注意が、完全に片山に向けられていた。

その時——

陣内が、強引に、自分の腕に入り込んでいたふたりの男の腕を払いのけた。

「待て、このガキ――」

男がすがろうとしたその時、片山は、まざまざとその眼に見たのであった。

陣内が動いた。

すがろうとする男の右膝を、横から陣内の足が蹴った。

疾《はや》い――というより、強烈な、腰の入った一撃であった。太い丸太を、おもいきり振り回すような一撃。強烈な一撃であった。

男の膝の靭帯《じんたい》が軋《きし》む音がして、男は地面に転がった。

その男が倒れきる前に、次の男が陣内にしがみつこうとした。その男の顔面に、陣内の左膝がめり込んだ。

あっさりと、その男は地に沈んだ。

拳で、陣内に殴りかかって来たのは、カーディガン姿の男だ。その男の拳を、陣内は、上体を軽く横へ揺らしてかわし、鮮やかな右のストレートを、男の顎に叩き込んでいた。

男がのけ反《ぞ》って、地に仰向《あおむ》けに倒れた。強烈な、よけようのない攻撃だった。

わずかの時間の間に、陣内は、三人の男を地面に転がしていたのである。

陣内が、走り出した。

片山に向かって走って来る。

片山は、そこに立ったまま、自分に向かって走って来る陣内の顔を見ていた。

陣内の顔に、一瞬で三人の男を倒してのけた余裕はなかった。

陣内の顔は、醜く歪《ゆが》んでいた。

悲鳴のかたちに口を開いていた。陣内の全身を捉《とら》えているのは、怯《おび》えであった。

陣内は、片山の横を走り抜けた。

走り抜けて、通りへ出、右へ曲がった。

陣内の足音が、急速に遠くなってゆく。

陣内のすぐ後から、スーツ姿の男が疾《はし》って来た。

男も、片山の横を走り抜けて、通りを右に曲がった。

その男の足音が、陣内の足音を追って遠くなってゆく。

片山は、倒れている三人を見た。

ふたりは、完全に気を失っている。最初に膝をやられた男が、呻きながら立ち上がろうとしているところだった。

その三人に背を向けて、片山は、通りへ出た。

通りと言っても、いくらか道幅が広くなったという程度の道だ。

陣内の姿は、なかった。

陣内を追って走って行ったはずの男が、向こうで立ち止まって、左右の路地を交互に眺めていた。陣内がどっち へ曲がったのか、見当をつけかねているらしい。

片山の姿に、すぐに男は気がついた。

片山は、その男に背を向けて、反対方向へ向かって歩き出した。

すぐに男の足音が、自分を追って来るのがわかる。

その足音が、後方に迫り、肩を摑《つか》まれた。

「貴様、なぜ、邪魔をした!?」

男が、片山の足を止めて、前に立った。

「おれは、別に邪魔をしたわけじゃない――」

片山は言った。

「あの男と知り合いじゃないのか?」

「いいや」

「あの男のことを知っていた」

「あんた、アメリカの大統領の名前を知ってるか?」

「なに!?」

「知ってるか?」

「知っている」

男は、その名を口にした。

「しかし、あんたは、大統領と知り合いってわけじゃない」

「――――」

「おれとあいつも、そんな関係だよ」

「とぼける気か？」

「とぼけるつもりはないよ」

「うるせえ！」

男が、片山に向かって右のパンチを疾らせてきた。

そのパンチを、片山は、左手であっさりと横に払った。

がら空《あ》きになった男の顎に、右の掌底《しょうてい》を、片山は斜め下から突き上げていた。

男の、上下の歯がぶつかり合う音がして、男は、アスファルトの上に、仰向《あおむ》けに倒れていた。

片山は、男に関心はない。

背を向けてまた歩き出した。

凄《すご》い……

片山の脳裡には、今しがた、陣内が放った蹴りと、膝蹴りと、パンチが焼きついていた。

重い、鉈《なた》のようなパンチ。

太い丸太のような蹴り。

カミソリのような切れ味はないが、確実に相手の肉体を破壊する、重い武器であった。

陣内雅美——

片山は、その男の名を、もう一度、つぶやいていた。

二章　夢の断章

1

ムエタイ——

一般的には、タイ式ボクシングの名で知られている格闘競技である。

タイの国技だ。

日本で言うなら、キックボクシングということになるが、ムエタイとキックボクシングとでは、ルールもその歴史も違う。キックボクシングは、空手とムエタイとの間に生まれた格闘競技である。その歴史は、まだ二十数年である。

ムエタイは、その源流部まで遡《さかのぼ》れば、およそ七百年余りの歴史を持つ。

十三世紀のスコータイ王朝期に、すでにムエタイは生まれている。

当時は、むろん、グローブなどはない。両手の指を麻紐《あさひも》で巻き、それを糊《のり》に浸《つ》け、何度も乾かしては固めて拳を硬《かた》くした。その拳で殴り合い、蹴り合ったのである。

時間制限はない。

決着がつくまで、何時間でも——時には翌日までも時間をかけて、勝敗を争った。

その競技がムエタイと呼ばれるようになったのは、一九三八年——国名がシャムからタイに変わった時である。

同じ体重の人間同士が、互いに立ったまま相手に手足で打撃を与える競技の中では、最高の技術体系を、ムエタイは持っている。

ムエタイの選手人口は、現在、プロだけでおよそ一〇万人。

首都であるバンコク市内だけでも、一万二〇〇〇人は、競技人口がある。ジムの数は、バンコクだけでも、五〇〇を超《こ》える。

毎日、一〇カ所以上の会場で、ムエタイの試合が行なわれている。

全四局あるテレビのうち、三局がムエタイの実況中継を放映しており、一週間のムエタイ放送時間は、のべ九時間余り。

国際式ボクシングよりも、国民の熱狂度は、はるかに高い。

ムエタイは、タイにおいて、ふたつの系列に分かれている。

　王室系。

　陸軍系。

そのふたつである。

王室系の試合をやるのは、ラジャダムナン・スタジアム。

陸軍系の試合をやるのは、ルンピニー・スタジアム。

このふたつのスタジアムの名を採《と》って、王室系のムエタイをラジャダムナン系、陸軍系のムエタイをルンピニー系と呼ぶ。

このふたつが、一〇万人いるムエタイ選手の頂点にあって、それぞれ独自にチャンピオンとランキングを制定しているのである。

現在、バンコクでは、毎日、ラジャダムナンか、ルンピニーか、どちらかの会場で必ず試合が行なわれている。

そして、ムエタイは、公認のギャンブル——賭《か》けの対象となっているのである。

毎日行なわれるムエタイの試合に、必ず数千人の観客が集まるのは、ムエタイが公認のギャンブルであるという部分によるところが大きい。

公認のギャンブルであるため、ムエタイの試合には、極端に八百長《やおちょう》が少ない。

一度でも八百長をやったことが発覚すると、二度とリングには立てなくなる。

場合によっては、八百長をした選手が暗殺されるケースもないわけではない。

貧富の差の激しいタイにおいて、ムエタイの選手人口を支《ささ》えているのは、強烈なハングリー精神である。

どのような貧しい家に生まれようとも、ムエタイのチャンピオンになれば、合法的に、大金が稼げるのである。バンコクで、プール付きの豪邸に住めるのだ。

タイのどんな田舎《いなか》に行っても、そこに、必ずあるのは、ムエタイのジムである。

ジムとはいっても、村の広場の樹の下に、サンドバッグを吊《つ》るしただけのものが多い。

しかし、その屋根のないジムへ、まだ七歳から一〇歳の、少年とも呼べない子どもたちが通うのである。

ある者は、自分の意志で、また、ある者は親に強引にそのジムへ通わされる。

小さな少年が、一〇人もいる家族の運命を背負って、樹から吊るされたぼろぼろのサンドバッグを蹴る。

その眼は、子どもの眼ではない。

大人の——というよりは、刺すような獣の眼をしている。

片山が入った、バンコク市内のサーマート・ジムにも、そういう眼をした少年がいた。

そういう眼をしていなければ、生き残れない世界である。

サーマート・ジムは、ジムの会長である、ソイ・サーマートの家の庭にある。

これは、サーマート・ジムだけが特別なのではない。タイでは、ジムのほとんどが、会長宅の庭に設けられている。

庭先にリングを組み、その上に簡単な屋根を造っただけのジムだ。

片山が住むことになった寮も、その敷地内にある。

寮に住む者は、親もとを離れて来た一〇歳の少年であろうが、二〇歳《はたち》を超える大人であろうが、宿と、一日二食を保証されている。日本のように、月謝を払うというシステムはない。

その代わりに、金ももらえない。

もらえる金は、リングに上がって稼ぐファイトマネーだけだ。

リングで稼げなければ、家から仕送りをしてもらうか、トレーニングの合間に、自分で仕事を見つけて働くしかない。

しかし、働いてしまうと、トレーニングの時間が失《な》くなってしまう。トレーニングの時間がなければ、強くなれない。そうして、いつの間にか、寮やジムの練習生の顔ぶれが入れ替わってゆく。

実家のほうでも、いつまでも、仕送りをしていられるわけではないのだ。

会長は、自分のジムの選手がリングに上がれるようになり、ファイトマネーを取るようになって、初めて、その選手に投資した金を回収できるのである。

ただで練習ができる代わりに、ファイトマネーの何割かは会長に渡すことになる。

これが、ムエタイのジムにおける選手と会長の間の、基本システムであった。

片山の場合は、それとは少し違う。

自分の空手の中に、ムエタイの技術を採り入れるためにやって来たのだ。

ムエタイと空手とでは、似てはいても、膝や、肘や、拳や、足の使い方がだいぶ違う。手にはグローブを嵌《は》める。

テレビや、実際に試合で見るムエタイ選手の技だけでは、違いはわかっても、その細《こま》かい機微《きび》がわからない。

特に、これまで片山がやってきた空手と違っているのは、パンチである。

片山がやってきた北辰館の試合ルールでは、パンチは認められているが、そのパンチを顔面に当ててはいけないことになっているのである。

試合では、パンチは、相手の胸や腹を打つことになる。

日本の空手には、現在、大きく分けてふたつの流れがある。

伝統派空手と、フルコンタクト系の空手である。

伝統派空手において行なわれている試合では、実際に拳や蹴りを、相手の肉体に当ててはいけないことになっている。試合のルールが、そのように定《き》められているのである。俗には、〝寸止《すんど》め〟と呼ばれている空手である。

フルコンタクト系の空手は、試合において実際に、相手の肉体に拳や蹴りを当てる。

当てるというところまでは同じだが、しかし、細かい部分になると、さまざまな流派によって、細かくルールが分かれている。

伝統派空手に属する流派は、基本的には試合ルールが統一されているが、フルコンタクト系の流派の試合ルールは、ほとんど、その流派の数だけあり、バラバラであるといってもいい。

しかし、このフルコンタクト系の空手においても、大きく分ければふたつの流れがある。試合において、プロテクターやグローブなどの、防具を身に付けるかどうか——

付ける流派と、付けない流派がある。

その差は、具体的に言うと、試合において、パンチによる攻撃を、相手の頭部に当ててもいいのかどうかというところにある。

当ててもいい流派は、防具を付ける。あるいはボクシングのグローブを使用する。

当ててはいけない流派は、身に防具を帯びないで闘うことになる。

なぜ、そのようなことになるのか。

それは、空手家の、素手の拳が危険すぎるからである。

空手家の、鍛えられた素手の拳が、顔面に、あるいは頭部に直接当てられるということは、試合中に、さまざまな事故が発生する危険をはらんでいるのである。

たとえば、頭蓋骨《ずがいこつ》が陥没する。

たとえば、歯が折れる。

たとえば、鼻の軟骨が潰《つぶ》れる。

そういう事故によって、人が死ぬケースも出てくるのである。仮に、死ななくても、大怪我《おおけが》である。

そういう事故を防ぐために、スーパーセーフというマスクを付ける。あるいは両手にグローブを付ける。グローブを付けるのは、相手を守るだけではなく、自分の拳を守る意味もある。

片山のいた北辰館ルールでは、拳による顔面への攻撃は許されていない。

したがって、拳ではボディのみしか攻撃ができない。

そうするとどうなるか。

顔面への拳による攻撃がないため、練習も、自然に、それに応じたものになる。

空手という武道においても、試合を前提にした練習をする。つまり、顔面に向かって飛んでくるパンチをよけるための、防御の技術の修得がおろそかになる。顔面に拳を当てるための、攻撃技術の修得がおろそかになる。

試合においては、顔面をがら空《あ》きにしたまま、蹴り合い、拳で相手の胴を打つことになる。

蹴りや膝による頭部への攻撃は許されているが、蹴りは、パンチよりも、頭部までの距離があり、めったに頭部には当たらない。パンチに比べてアクションが大きいためと、攻撃がヒットするまでの距離があるため、あらかじめ、よけるかブロックすることができる。

拳は、相手の胴を打つためのものだ。

そういう試合を、片山はやってきたのだ。

二六歳の時に優勝した北辰館の大会も、そのようなルールで行なわれた試合であった。

しかし――

片山は、そのルールに不満があった。

相手に当てないルールでやる伝統派の空手スタイルは、それはそれで仕方がないが、フルコンタクトの空手の試合において頭部への攻撃がないというのは、空手という武道においては、大きな欠陥ではないかと片山は考えていた。

空手――つまり、素手ということにこだわる限りは、顔面への攻撃は危険である。

しかし――

スポーツならば、それでよい。

スポーツならば、ルールがあり、そのルールによって、そのスポーツは成立しているのである。たとえば、ボクシングの試合においては、もし、蹴りが許されていたら、という発想はあり得ない。

しかし、空手は武道であると、片山は考えていた。

突きと蹴りの武道である。

そのうちの、もっとも効果的な技――顔面へのパンチによる攻撃を、試合の中へ組み込んでゆかないというのは、基本的な部分が抜け落ちているような気がした。

試合は試合、普段の練習では、きっちり顔面への攻撃を前提としたトレーニングをすればよいという考えもあるが、試合において顔面への攻撃がない以上、自然に、どうしても、そういう技術の修得がおろそかになる。

試合においては、身体の大きな者が有利になる。

拳で、相手の身体を突き合いながら押し合う相撲《すもう》のような形に試合の展開がなってゆくこともしばしばある。

片山は、けっして、身体が大きいほうではない。

身長一七九センチ。

体重八〇キロ。

それが、大会で優勝した時の自分の身体の大きさである。

一般の基準で言えば、それでも充分に大きいくらいだ。

しかし、北辰館の大会に限っては、さらにその上のクラスの人間がごろごろいる。

身長が一八〇センチ以上、体重が九〇キロ以上という選手を何人か倒さねば、優勝はできない。

顔面へのパンチが許されていれば、体重のある選手の有利は動かないが、なんとかそういう選手に勝つチャンスも増える。顔面へのパンチ攻撃が許されてなければ、いかに技術で勝《まさ》っても、体力で負けてしまって勝てないことになる。

体重別による試合方式ではなく、あらゆる体重の選手が、そのルールで闘うのである。

身体の大きな選手の有利は動かない。

その中にあって、片山は、かたくなに、顔面への攻撃を想定した練習をやめなかった。

北辰館の道場へ通いながら、ボクシングジムへも足を運んだ。

北辰館を愛していた。

北辰館も、ゆくゆくは、顔面へのパンチ攻撃を、その試合ルールの中に採り入れてゆくべきであると、片山は考えていた。

現に、片山のような考え方をする人間も北辰館には多く、そのような動きも、北辰館の内部には間違いなくあったのである。

血の滲《にじ》む思いをしての、優勝であった。

優勝をしたその年から、片山は、いよいよ本格的に、顔面へのパンチの攻撃の練習にのめり込んでいった。

しかし、ボクシングと、空手では、顔面にパンチの攻撃が許されている場合でも、根本的にその構えが違う。

ボクシングにおいて、構えの基本は、前傾姿勢である。

空手においては、そうではない。

後傾とまではいかないが、直立に近いかたちでの構えになる。

それは、蹴りがあるかどうかが、大きなポイントになる。

ボクシングの構えのような前傾姿勢になると、蹴りが出しにくくなる。それだけではなく、相手の低い蹴りが来た場合に、自分の足でそれをブロックする動きが遅くなってしまうのである。

構えている時の拳の高さ、幅も、蹴りがあるのとないのとでは、微妙に違ってくる。

やはり、本格的に蹴りとパンチのコンビネーションを身につけるには、キックボクシングをやるか、ムエタイに学ぶかの方法をとらねばならなかった。

さらに、グローブを嵌めた場合と、素手の拳とでは、パンチの技術が根本的に違ってくる。

そう思いながら、三年の時間が過ぎたのである。

その三年間も、北辰館の大会に出場はしたが、顔面パンチへの練習に時間を取られすぎて、結局、ベストフォー止まりとなった。

そして、ようやく、今年になって、ムエタイを学ぶためにタイへ来る決心がついたのであった。

ひとつには、自分の年齢のためである。

自分の肉体が衰えぬうちに、ムエタイを、肉体で吸収したいと考えていたのである。

日本においては、ムエタイの強さというのは、伝説的であった。

不敗神話があったといってもいい。

自分の肉体が衰える前に、ムエタイの選手と闘ってみたいという夢もあった。

それで、日本を出て来たのである。

格闘技雑誌の記者をやっている知人が、以前にこのサーマート・ジムに取材に来たことがあり、その縁で、その知人から、このジムを紹介されたのである。

一日、三〇バーツという金で、このサーマート・ジムで練習ができるように、知人が、約束を取り付けてくれたのである。

それで、片山は、このサーマート・ジムへやって来たのであった。

その、片山の夢であった、ムエタイの選手と闘える機会がめぐってきたのは、ほどなくであった。

2

眼が覚めた。

汗をかいていた。

背や、胸の肌がぬるぬるとしている。

また、タイでの夢を見ていたらしい。眼を開くと、ぼんやりと、闇の中に白い天井が見えている。レースのカーテン越しに、夜の街の灯《あか》りが、薄く部屋の中に差しているのである。

しかし、暗さに慣れていない眼にとっては、真の闇と同じだ。灯りの点《つ》いた明るい部屋からこの部屋へ入って来れば、見えるのは、白いカーテンばかりのはずである。

女の香水の匂いが、闇の中に満ちている。

そして、女の汗の匂い。

それらを、片山は、闇と共に静かに呼吸した。

夢の中で味わっていたよりも、部屋の空気は冷えていた。

闇の中に、エアコンの音が微《かす》かに響いている。

あのバンコクのことを考えると、まず最初に思い出すのが熱気であった。あの国にいる間じゅう、熱気は、常に、肌にまとわりついていた。その熱気を、自分の肉体が記憶しているのである。

バンコクでの夢を見る度に、それが蘇《よみがえ》り、その記憶が汗を流させるのだ。

女の髪の匂い。

女の頭部が、片山の右肩の上に載っている。

阿川澄子《あがわすみこ》だ。

澄子の右腕が、片山の胸の上にまわされていた。その澄子の寝息が、片山の胸にかかっている。

澄子の右脚が、片山の太い右脚にからめられていた。澄子の乳房が、片山の右胸の端に触れている。

ふたりとも、全裸だった。

薄い、夏掛けの布団《ふとん》が、ふたりの胸近くまで被《かぶ》さっていた。

触れ合っている肌と肌との間に、濃く汗をかいていた。自分の汗であるのか、澄子の汗であるのか、片山にはわからない。たぶん、両方の汗なのだろう。

澄子の部屋であった。

昨夜、澄子と会って飲んだのだ。

その帰りに澄子の部屋へ寄って、澄子を抱いたのだ。

そのまま、眠った。

枕元の時計に眼をやると、夜光塗料を塗った文字盤と針が、青く光っているのが見えた。

午前三時半であった。

二時間近くは眠ったらしい。

「どうしたの？」

澄子の囁《ささや》く声が聴こえた。

いつの間にか、澄子が起きていたらしい。

「起きたのか」

片山は言った。

澄子が、うなずいて軽く動いた。

触れていた肌が離れ、汗で濡れた肌と肌の間に、冷たい空気が流れ込んだ。

「また、タイのこと考えていたんでしょう？」

澄子が言った。

「タイのことを？」

「だって、こんなに汗をかいているから――」

澄子が、分厚い片山の胸の上に、右手の指先を滑《すべ》らせた。胸の肌に、薄く浮いていた汗の上を、澄子の指先が動く。

片山は、その指の動きを感じながら、そうだとも違うとも答えなかった。

沈黙の中で、澄子の指先だけが、片山の胸の上を滑った。

その指の動きが止まった。

「ね――」

澄子が頭を動かした。

片山が顔を向けると、澄子の顔がすぐ眼の前にあった。

「あの話、決心がついた？」

澄子が、囁くような声で訊《き》いた。

澄子の瞳が、片山の眼を覗き込む。

片山は眼をそらせて、

「まだだ」

短くそう言った。

片山に触れている澄子の身体から、力が抜けるのがわかった。

澄子の指が、また動き出した。

その指が、片山の胸の上で、小さく輪を描く。

「いいお話だと思うけど——」

独《ひと》り言《ごと》のように、澄子は言った。

片山は、答えずに沈黙した。

やがて、

「いい話には違いないさ。それは、わかってるよ」

片山は言った。

また黙った。

「あなたの好きな空手を続けられるのよ——」

「空手なら、今もやっている」

澄子の言葉を遮《さえぎ》るように、片山は言った。

「でも……」

何かを言いかけて、澄子は、それを途中でやめた。

「でも、何だ？」

片山は訊いた。

澄子は、答えずに、片山の胸に頰を押しつけて、小さく首を左右に振った。

片山は、眼を開き、沈黙したまま天井を睨んだ。

澄子が、何を言おうとしたのかは、わかっている。

自分は今、確かに空手を続けている。

その空手で、金も稼いでいる。しかし、稼いでいるとはいっても、その金額は、わずかである。

週に五日、夜に、北辰館の新宿支部で、道場生にコーチをしている。その収入が、空手による収入のほとんどすべてだ。年に、三度か四度、雑誌の取材で、二万か三万の金が入ることがあるが、収入のうちには入らない。

他には、スポーツ用品メーカーの、顧問アドバイザーという仕事をしている。

顧問アドバイザーといっても、そのメーカーの社員ではない。

そのメーカーが造ろうとしている新しい運動用具の開発のためのアドバイスをするのが仕事である。サンドバッグや、最近、サンドバッグに代わって売られるようになってきたウォーターバッグなどについて、実際にそれらの用品を使用してみて、その使い心地《ごこち》について意見を言うだけだ。

片山の意見どおりに、新しい製品が出来るわけではない。

その他、すでに売られている商品などの、改良のためのアドバイスを求められたりもする。

練習用の、蹴りやパンチを受ける、ミットの柔らかさや材質について、あれこれ感想を言う。時には、健康機器などのパンフレットのモデルをやることもある。

北辰館の全国大会での優勝経験があり、しかも、タイのルンピニー・スタジアムで、ムエタイの現役チャンピオンと闘ったこともある片山のネームバリューを、メーカーが金で買っているということだ。

空手における顔面攻撃について、雑誌などの企画でプロボクサーと対談するような仕事も舞い込んでくる。

依頼されて、雑誌に、そのようなことに対する手記を書いたこともある。

しかし、収入はわずかだ。

コーチ料と、そういう収入を合わせても、澄子の収入よりも少ない。

独身とはいえ、三五歳の男が住むには、かなり手狭なアパートで暮らしている。

澄子が、何か言おうとして口ごもったのは、そういうことについてであったのではないか。

〝空手なら、今もやっている〟

そう言った自分の言葉に対して、

〝しかし、その空手で生活してゆくことができるのか？〟

と、おそらくはそのようなことを澄子は言おうとしたのであろう。

それが、わかる。

そして、澄子が、なぜ、その台詞《せりふ》を途中で言うのをやめたのかも、片山には充分理解できた。

澄子と会う。

会って飲む。

その後で食事をする。

その食事は、澄子の部屋で、澄子の手料理でというケースが多い。飲む時から、澄子の部屋でということもある。

外で食事をし、外で飲めば、金を使うことになる。

金を払うのはほとんどが、片山だ。

澄子に払わせることは、まず、ない。

澄子の部屋で飲んで喰《た》べるのなら、出てゆく金の額は、たかがしれている。だから、自然に、澄子の部屋で食事を摂《と》ることが多くなる。

一緒に暮らそうと澄子が言ったこともあったが、それは、片山にはできなかった。

自分の収入のほうが、はっきり澄子よりも多いのがわかっていれば――少なくとも、何かの定職に自分がついているのなら、あるいは澄子と一緒に暮らしていたかもしれない。

しかし、そうではない。

片山には、澄子と一緒に暮らすことはできなかった。

女に喰《く》わせてもらう――

そういう形になる。

それはできない。

矜持《きょうじ》――

というほどのものではない。

自分が、つまらない意地を張っているだけなのだ。しかし、そういう意地を自分から取ってしまったら、何が残るのか。

何も残らない。

自分は、ただの、空手バカだ。

十代の頃から、空手に明け暮れた。

空手以外のことは、何も知らないと言ってもいい。

これまで、他の仕事につくチャンスがまるでなかったわけではない。

小さな企業の営業に誘われたこともあったのだ。

しかし、片山は、それを断わった。

断わって、タイへ行ったのだ。

自分で、納得したかったのだ。

もし、ここで、サラリーマンになってしまうのなら、これまで空手に打ち込んできた日々が無駄になってしまう。

そんな気がしたのだ。

欲しいのは納得である。

その納得がない。

いずれは、習い覚えた技が、年齢と共に自分の肉体から去ってゆくのはわかっていた。

それは、必ず去ってゆく。

その前に、これまでやってきた十数年の歳月に結着をつけたかったのだ。それで、タイへ渡った。

タイで、顔に当てる拳について自分なりに考えてきたことに、結論を出そうと考えたのだ。

望んでいたのは、勝利ではなかった。結着であった。

血を吐くような思いをして、徹底的に、ある期間、顔面攻撃ありのルールの中で、自分の肉体を燃焼し尽くしてみようとしたのだ。

その結果が、敗北であってもよかった。

そのはずであった。

髪を振り乱し、歯を軋《きし》らせて、そのことのためだけに、喰べ、呼吸をし、糞《くそ》もし、動き、眠り、眼覚め、そのことのためだけに自分の肉体や精神を燃焼し尽くしてみたかったのだ。

それが、結着であった。

一年――

それが、そのために、自分に課した時間であった。

それで一年経《た》ったら、空手をやめるもよかった。

北辰館を出、新たに自分の流派を造って、船を出して、己《おの》れを世に問うもよかった。

しかし――

その結着がつきそこねた。

それから、六年。

まだ、自分は、その結着を捜《さが》しているのか？

北辰館から、新宿支部をまかせるから、やってみる気はないかと誘われたのは、二〇日《はつか》前である。

迷った。

本来は、迷うべきことではない。

それは受けるべきことであった。

収入も増える。

しかし迷った。

なぜ迷うのか、自分でもわからなかった。

受ければ、結着をつけそこねたことが、そのままになる。それを、腹の中で飼い慣《な》らし、押さえ込みながら生きてゆかねばならない。

しかし、人は、そういうもののひとつやふたつは必ず持っている。

それでいいではないかと考えた。

結着もなにも、ただ、自分はあの男に勝ちたいだけなのではないか。

いや、違う。

負けるのなら、これまで何度も負けたことがある。

そのたびに悔しい思いを胸に溜《た》め込んではきたが、そういうことのひとつずつは、今は、それぞれ、収《おさ》まるところに収まっている。

収まってないのはタイでのあの試合のことだけだ。

あのことに結着をつけることなしには、自分の次の人生はない――ことによったら、自分は、無理にそう思い込もうとしているのかもしれない。

それとも、あの晩の熱気が、ただ単に自分は忘れられないだけなのかもしれない。

あの晩の興奮。

あの晩の汗。

そういうものに、ただ、単に、自分は酔っているだけなのかもしれない。

その酔いが、まだ醒《さ》めてないのだ。

熱気にやられて、頭がおかしくなったままなのだ。

それともなければ、あの晩に、自分は病《やまい》にかかったのだ。その病がまだ治っていないのだ。

「一カ月、考えさせてください」

そう、館長の立松治平《たてまつじへい》に言った。

もし、断われば、北辰館にはいられないだろうと片山は考えている。

なぜ、迷うのか？

その時、片山の脳裡に浮かんだのは、陣内雅美の姿だった。

暗い路地で土下座をし、〝お願いします〟と、陣内雅美が額を地に擦《こす》りつけている。

その陣内が、次の瞬間には、瞬《また》く間《たま》に、三人の男を地に這《は》わしている。
蹴り。
膝。
ストレート。
一発ずつだ。
一発ずつで、陣内は、三人の男をぶちのめした。
強い。
ちんぴらの喧嘩《けんか》とは根本的に違う。
熱いものが、肉の奥から迫《せ》り上がってくる。それが、喉《のど》のどこかにつかえている。
胸が切なくなる。
痛みに似た熱さの塊《かたまり》が、胸の奥にあった。
この前、陣内雅美を自分が見たのはいつだったろうか？
すでに、半年以上は経っている。
一〇カ月は前だったろうか。
そうだ、場所は、後楽園ホールだ。

3

——九月。

外の熱気が、試合場の内部にまでこもっていた。

空調がされているはずなのだが、それが全然効《き》いていないように思えた。

もしかすると、外よりも暑いかもしれない。

人の汗と、体温、そして、その晩、そこに集まった人間たち——群衆の興奮が、その熱気を生んでいるのである。

後楽園ホール——

片山は、八列目の席から、友人の石倉《いしくら》と一緒に、硬い表情で、ライトに照らされたリングを見つめていた。

その晩のセミファイナルが、これから始まるところだった。

すでに、陣内雅美はリングに上がり、赤コーナーに立って、青コーナーの花道を睨《にら》んでいる。

凄《すご》い顔をしていた。

硬く、強張《こわば》った表情だ。

歯を噛《か》んで、眼を尖《とが》らせている。

他人が見れば、今にも噛みつきそうな犬のように見える。

しかし、リングに上がったことのある片山には、陣内のその表情が理解できる。

崖《がけ》から突き落とされる寸前の人間の顔だ。歯を喰い縛って、その瞬間を待っている人間は、ああいう顔つきになる。

これから、陣内を突き落とすのは、たった一発のゴングである。そのゴングによって、陣内はリングに突き落とされるのだ。

背を駆け上がってくるその恐怖に、陣内は耐えているのである。

それがわかる。

試合前は、いつもそうだったと、片山は思う。

自分もそうであった。

試合が近づくと、できることなら逃げ出したいと、その度にそう考えるのだ。

精神がささくれて、ひりひりとするような時間――

その時間が、鑢《やすり》のように、自分の精神を擦《す》り減らしてゆくのである。

逃げたい。

怖いからである。

しかし、自分から、逃げるわけにはゆかない。

試合の前日には、誰もが納得する理由で、試合が突然中止にならないものかと本気で思う。地震で試合会場が潰《つぶ》れてしまえばいい。それとも、何かの事故で、自分が試合に出られないような傷を負ってしまえばいいと——

仮病では駄目だ。

仮病で他人は納得させられても、自分は納得させられない。他人も、自分もが納得する理由で、試合に出場することができなくなるのでなければならない。

しかも、自らの意志で、怪我をするのであってはならないのだ。自らの意志に関係ない力、事件によって、試合が中断されないものかと、試合が始まる直前まで、そういうことを考え続けるのだ。

誰のためでもない。

自分の意志で、自分のためにリングに上がるのだ。

しかし、自分のためという、そのためは、いったい何であるのか。

何かを証明するためであるのか？

自分が、相手よりも強いこと。

自分が、男であること。

いや、単に、自分が、逃げなかったことを証明するためにだけ、リングに上がるのかもしれない。

よくわからない。
金であろうか？
いや。
金は欲しい。
しかし、金のためばかりではない。少なくとも自分は違う。
勝つためか？
勝ちたいとは思う。
勝ちたいがしかし、それは、少し違う。ほんのわずかに違う。勝ちたいという欲望より
わずかに自分寄りの場所――手前にあるもの――
それがわからない。
何か、得体の知れない飢えが自分の内部にあって、その飢えを満たすために、自分は、
ルールこそ違え、空手の試合に出、一度はあのリングに上がりもしたのである。
自分の内部で猛《たけ》っている、わかりようのないエネルギーに衝《つ》き動かされて、あそこに立
つのだ。
逃げたい、逃げたいと思いながら、あそこに立つのだ。
しかし、いったんロープをくぐってしまったら、もう、逃げる術《すべ》はない。
あの場所で、いかに、背を這《は》い上がってくる恐怖と折り合いをつけるかだ。

恐怖は、エネルギーだ。

それが、片山にはわかっている。

恐怖は、エネルギーに換えることができる。その恐怖が強ければ強いほど、それは強い力に変わる。

恐怖があるからこそ、練習をするのである。

恐怖があるからこそ、狂ったようにトレーニングをするのである。恐怖があるからこそ、己れの肉体を苛《いじ》め抜くことができるのである。

あのトレーニングに耐えたのだ。

あれだけのことを自分はやったのだ。現代では苦行僧だってやらないような練習、減量に耐えたのだ。

そのトレーニングは、相手に勝つためというより、ロープに囲われたリングから逃げ出さないためのものだ。恐怖に耐えるためのものだ。

恐怖は、飼い慣らせば、強い味方になる。

背を這い上がってくる恐怖を、背のどこかでエネルギーに換えるのだ。

しかし、その恐怖のコントロールをわずかでも間違えたら――それは、自分にとって最大の敵になる。

試合前の選手は、誰もが、肉の内部に、恐怖という獣を飼っている。自分の味方にもなる獣であり、少しでも間違えれば、自分に向かって牙《きば》を剝《む》いてくる獣だ。

その獣と、今、陣内は闘っているのだ。

悲痛な、泣きそうな顔にも見える。

図太いタイプのファイターではない。

日常生活では、むしろ、あきれるほど心の優しい男であるのだろう。

繊細で、臆病《おくびょう》で、気が小さい。

そういう男が、リングで切れる――切れた時のそういう男がどれだけ強いか。

相手選手の名が呼ばれ、青コーナーの花道を、その選手が歩いて来る。

その選手を、スポットライトが花道に浮き上がらせる。

イスマール・ソータンクン――

元、タイ国ルンピニー系ムエタイの、ウェルター級のチャンピオンだった男だ。

およそ、五年もの間、その王座に君臨した男である。

一年半前に、その王座から落ちている。

ソータンクンが、日本で試合をするのは、これで二度目である。

前回の来日は、半年前だ。

その時、ソータンクンは、東洋キック連盟の、ウェルター級チャンピオンである日野《ひの》義《よし》行《ゆき》を、二ラウンド一分二〇秒で、マットに沈めている。

膝を日野の腹に入れて、よろめいたところを右の肘でとどめを刺した。

鮮やかな動きだった。

現役の頃と、少しも変わってはいない動きだ。

そのソータンクンがリングに上がった。

派手なガウンを脱ぎ捨て、右手を上げた。

頭に、モンコンを冠《かぶ》っている。

大きな喚声が上がった。

その時、ソータンクンの口元に、一瞬いやな笑みが浮いた。

あれだ。

片山自身が、タイで向けられた、あの笑みであった。

しかし、その笑みはすぐに消えた。

ムエタイ独特のチャルメラに似た音楽が流れ始める。

その音楽に合わせて、ソータンクンがリングの上で舞い始めた。

タイでのムエタイの試合においては、必ず行なわれる試合前の儀式《セレモニー》であるワイクーである。

動物の動きを模《も》した動きや、相手選手を倒してやるぞという意志を表わした動きがその踊りの中には入っている。

神に捧《ささ》げる踊りだ。

しかし、その踊りは、わずかの時間で終わった。

ソータンクンが、モンコンを取り去る。

まず、陣内の名が、コールされた。

凄《すご》い声援が上がる。

陣内は、まだチャンピオンでこそないが、ウェルター級のホープである。

ソータンクンが二七歳。

陣内が二五歳。

会場に押しかけたファンは、誰もが、ソータンクンの強さを知っている。

前回の折に見せた、ぞっとするような肘打ちをまた見ようとして集まって来ているファンが多い。

前回は、タイトルマッチでなかったため、タイトルの移動こそなかったが、ムエタイ上位選手の強さ、恐怖をいやというほど見せつけた試合であった。

今回の試合では、そのソータンクンに陣内が挑む。

ソータンクン有利の予想は動かないが、あるいは陣内であれば——そういう期待が、ファンの間にはある。

これまで、一〇戦して、陣内はたった一度しか負けていない。

ＴＫＯ負けだ。

ソータンクンが勝った日野と、一年前にやった七戦目の試合がそうだ。

試合内容は有利な展開で進んでいたのだが、日野のパンチで、左眼の目尻《めじり》を切ったのだ。

大量に出血した。

その出血のため、ドクターストップがかかっての、負けである。

「やらせてくれ」

そう言い続ける陣内を、ドクターストップというルールが負けにした。

だから、観客も、ルールによって陣内が負けはしたが、陣内が弱かったために負けたのだという印象は持っていない。

陣内の顔は、赤く、膨《ふく》れ上がりそうになっていた。

体内の興奮が、爆発寸前にまで昂《たか》まってきているのである。

尻から駆け上がってくる恐怖が、背で、別のものに変わった顔であった。

陣内のセコンドについている三島忠治《みしまちゅうじ》が、大声で何かを叫んでいるが、喚声に消されて、何を叫んでいるのか片山にはわからない。

ゴングが鳴った。

陣内が、コーナーを飛び出してゆく。

ソータンクンが、リングの中央で、大きく両腕を持ち上げて、陣内を迎えた。

「おもいきっていけ！」

三島が叫ぶ。

三島忠治――

もう、二〇年近くも昔。

キックボクシングが全盛であった頃、フェザー級の日本チャンピオンだった男である。

強烈な強さを持っていた男だ。

片山自身も、何度か、試合場で、三島の試合を見たことがある。当時は、キックボクシングのテレビ放映もあり、ブラウン管でも、三島の試合を見たことがあった。

個性的な試合をする男であった。

テクニシャンタイプではない。

防御は下手《へた》なほうであった。

よく、相手選手からいいパンチをもらった。

しかし、けっして、三島は倒れなかった。

引退するまでに、五十何試合かしているが、その間、一度もダウンをしたことがない。

判定で負けることはあっても、ダウンをしたことは、八年に亙《わた》る選手生活の中で、ただの一度もなかった。

片山の眼には、三島は、けっして疲労を知らない選手のように見えた。

うまい選手ではない。

とにかく、相手へ向かって、攻撃をかけ続ける。

蹴る時は、何度でも蹴る。

何度でも殴る。

後ろへ退《さ》がらない。

三島よりは、技も多く技術のある選手が、その三島に根負けする。

三島よりも先に疲労してしまう。

気力が萎《な》える。

疲労すれば、たとえ、どのような技を持っていようとも、その技をベストの状態で出せなくなる。

そうなった状態の選手を、強烈な蹴りとパンチで、マットに沈めるのだ。

上手《うま》さはないが、そんな上手さや技術を超えるものが、三島にはあった。

重いパンチ。

重い蹴り。

不器用だが、いったん、相手の肉体に叩《たた》き込まれれば、必ず相手が倒れずにはおられない武器を、三島は持っていたのである。

片山の眼には、陣内は、三島以上に不器用に見えた。

右のローキックと左のストレート——

たったこのふたつの技だけで、ここまで伸《の》し上がってきた選手のように見えた。

そのふたつしか技を知らないように見えた。しかし、そのふたつの技が、強力であった。

片山も多彩な技を持っているほうではない。

相手に勝つには、必ずしもたくさんの技を使いこなせる必要がないことを、片山はわかっている。

出せば、必ず相手を倒す右のストレートがひとつ。そこへ至るまでの、ローキックから始まるコンビネーションのいくつかをきっちり自分のものにする——それだけでもいいのだ。

むろん、そのパターンへ入ってゆくためのさまざまな攻防が試合中にはあるが、いったんそのパターンの中に入ったら、必ず相手を倒すことのできる武器を、自分が持っているかどうか——

一見、派手で華麗に見える技ほど、実戦においては、なかなか相手に当たらない。アクションが大きいため、実力によほどの差がない限り、相手に受けられてしまうのだ。

飛び後ろ回し蹴り——

片山も、そういう技を使うことはできるが、実戦において多用するのは、地味なローキックやミドルキックになる。

組み合い、首相撲《くびずもう》になってからの膝蹴りなどは、見た目よりは、ずっと選手の身体にダメージを与える。

リングでは、陣内とソータンクンが攻防に入っていた。

陣内が、ローキックと、ミドルキックとで攻めてゆくが、ソータンクンは、間合《まあい》を大きく取って、それをかわしてゆく。ソータンクンの動きに、重いものがない。

前に出る――攻撃しようとするよりも、初めから、陣内の相手をするのを避けるような動きをしている。

陣内の蹴りが、空《くう》を切る度に、あのいやな薄嗤《わら》いが、ソータンクンの口元に浮いた。

やる気があるのか、ソータンクンは？

片山はそう思った。

陣内の、いいパンチが、ソータンクンのこめかみに入った。

一瞬、ソータンクンの上体が揺らいだ。

場内が沸《わ》いた。

むきになってパンチを振り回す陣内の左のこめかみに向かって、ふいに、ソータンクンのみごとなハイキックが疾《はし》った。それまでのソータンクンのキックとは一変した、鋭い、しなやかな鞭《むち》のような蹴りだった。

これだ。

片山は思った。

これが、ムエタイの蹴りだ。

陣内が、左腕でそのハイキックをガードしたが、ガードでカバーしたのはそのハイキックの力の半分ほどだ。そのガードの上からこめかみにまでダメージが届いた。

陣内が、反撃に出ようとした時に、ゴングが鳴った。

なおもソータンクンに突っかかろうとする陣内を、ソータンクンが薄嗤いを浮かべて、右手で制した。

インターバルの間じゅう、陣内は、ソータンクンを睨みつけていた。

何かがおかしかった。

二ラウンド目が始まった時、片山は、はっきりそのことに気がついていた。

ソータンクンのパンチは、まるで腰が入っていない。当たるはずのない遠い間合で、大振りのパンチを出す。あの、カミソリのようなソータンクンの肘打ちも、当たるはずのない距離で空を切るばかりである。

陣内が、顔を真っ赤にさせていた。

不器用な陣内のパンチや蹴りが、ますます不器用になって、空転する。

二ラウンドが終わった。

インターバルの間、陣内はすわらなかった。

セコンドについている三島が、陣内に怒鳴っている。

陣内が、それに対して立ったまま怒鳴って答えている。

三ラウンド目が始まった。

ソータンクンは、相変わらずだ。

のろい前蹴りを出す。

陣内が、左のフックを出す。

それが、浅く、ソータンクンの頭部に当たった。

それだけで、ソータンクンは、あっさりと尻を着いた。

四《よつ》ん這いになって、起き上がる。

五年前の、あの、華麗な技を出すソータンクンはどこにもいなかった。かつてのソータンクンを思わせる技は、一ラウンド終了間際に放った、ハイキックだけであった。

大袈裟《おおげさ》な動きで立ち上がったソータンクンが、首を大きく左右に振る。

陣内が、狂った。

大きく声を上げて、ソータンクンに突っかかっていった。

子どもの喧嘩《けんか》のようになった。

その時の陣内にならば、新人だって、顔面にいいパンチをぶち込むことができたろう。顔面をがら空《あ》きにして、両腕を振り回して、ソータンクンにパンチを打ち込んでゆく。

ソータンクンは、がら空きの陣内の顔面に、パンチを入れもせずに、逃げた。

そのソータンクンの後頭部に、陣内のパンチが当たった。

あっさり、ソータンクンが膝をついた。

下段ロープに、尻をついた。

レフェリーがカウントに入る。

ソータンクンは、首を左右に振り、四ん這いになって立とうとするが、立てない。

立って来いと、陣内が、大声で叫んでいる。

その中で、テンカウントが入った。

ゴングが連打された。

陣内のノックアウト勝ちだ。

試合が終わった。

立ち上がったソータンクンを、ソータンクンのセコンドがタオルで抱えた。ソータンクンが、リングを降り、花道を帰ってゆく。

その背を、陣内がリングから睨んでいる。

睨んで、叫んでいる。

三島が、リングに入って来た。

その三島を陣内が突き飛ばした。

「おかしいじゃないスか……」

陣内が叫んだ。

その声が、片山のところまで届いてくる。

「おかしいスよ。なんであんなパンチで倒れるんスか、あいつは!!」

陣内が、グラブで三島の胸倉を摑《つか》む。

「おかしいスよ。おかしいスよ!!」

陣内が叫んでいる。

「畜生《ちくしょう》」

「畜生」

そう言いながら、陣内は、三島の両肩を摑んで揺すった。

陣内は泣いていた。

なぜだ!?

片山は、呆然《ぼうぜん》として、リング上の陣内と三島を見つめていた。

何が起こったのか!?

わかっている。

わかっているが、それを、まだ自分が呑《の》み込めないでいるのだ。

観客もざわめいていた。観客も、今、リング上で見たものについて、消化不良を起こしているのである。

なぜ、倒れるのか。

あんなパンチで——

ボクシングなどの試合でも、偶然に入ったようなパンチで、あっさり選手がマットに沈んだりすることがある。ほとんど、顎の先を掠《かす》めるようなパンチでも、人はマットに崩れて、テンカウントを聴くことになったりする。

それには、理由がある。

もともと、頭部を狙《ねら》うパンチというのは、脳にダメージを与えるための技なのだ。痛みを与えるための技ではない。

脳に衝撃を与えて、脳震盪《のうしんとう》を起こさせるのが目的である。

ノックアウトと呼ばれるシーンのほとんどは、この脳震盪によるものだ。

ボディを打たれて倒れ、起き上がれずにノックアウト負けをするケースもあるが、これは、脳震盪によるものではない。苦しみのために起き上がれないのだ。

苦悶《くもん》でのたうちまわりはするが、意識を失ったりはしない。

腹筋の力が緩んだ隙に、強烈なボディ攻撃を受けると、その衝撃が直接、内臓に届くのだ。そういう衝撃が、胃なり、肝臓なり、腎臓なりを直撃する。

そのダメージで立てなくなるのだ。

頭部にパンチを受けて、ノックアウト負けになるのとは、根本的に、意味が違う。

頭部への攻撃――つまり、脳にダメージを与える攻撃の場合、もっとも効果的なのは、顎への攻撃である。

何気なく放ったフックが、横から顎に浅く当たっただけで、頭部は、首の骨を支点にして、大きく振られてねじくれる。つまり、脳が頭蓋骨の内側に激しくぶつかることになる。この衝撃で脳震盪が起こるのである。

だから、ボクシングにおいても、キックボクシングにおいても、簡単なパンチや蹴りが相手の顎の先に当たっただけで、あっさりと選手がノックアウト負けするケースもあるのである。

しかし、ソータンクンの場合は――

あれが、ソータンクンか!?

片山が、タイで闘ったソータンクンとは、別人のようであった。

くそ。

「馬鹿野郎！」

石倉が、立ち上がって、呻くように叫んだ。

「おれは、控室に行ってくる」

石倉は、そのまま、選手控室に向かって、人混みを掻《か》き分けて歩き出した。

片山は、そこを動かなかった。
得体の知れない怒りが、渦巻いていた。
リング上では、まだ、陣内が叫んでいた。
片山は、強く、自分の拳を握っていた。
どこにもやり場のない拳であった。

三章　餓狼《がろう》の牙

1

体調は、悪かった。

気温は四〇度に近い。

ニコムの構えているキックミットに左回し蹴りを、連続して叩き込んでゆく。左回しのみだ。

それを四分間で百発あまり。

足が重い。

力を込めて、蹴る。

蹴る。

蹴る。

ハイキックではない。ミドルキックだ。

相手の上体に、蹴りを入れてゆく。それをニコムがキックミットで受ける。

四分蹴って、二分休む。

その二ラウンド目が終わった時には、息が上がっている。

休んでいる時には、膝が小さく震《ふる》えてしまう。

まだ四日目だ。

四日目になろうというのに、まだ、身体が馴染《なじ》めないでいる。

問題は、暑さだろうか。

寮には、むろん、エアコンディショニングの設備などはない。扇風機があるだけだ。

寝不足であった。

夜は、たまらなく暑い。

身体に汗をかく。

それが、睡眠を浅くさせる。

自分の肉体が、熱い泥の塊になったような気分になる。疲れがあると、人は、すぐに眠りに落ちたりもするが、逆に、その疲れが人を眠らせない場合もある。

夜に眼が冴《さ》える。

耳元で、蚊《か》の飛ぶ音がする。

ほとんど休みなく、蚊が、露出している肌の上に止まって血を吸いにくる。

蚊取り線香を点《つ》けてはいるが、それで、どれほど蚊が撃退されているのかはわからない。

そういう夜を、すでに三度、過ごしていた。

三ラウンド目——

また、蹴る。

一発蹴る度に、濃い疲労が筋肉の中に溜《た》まってゆく。

これまでの経験知から考えると、どんなに疲労しても、人の肉の中には、なお、残っている体力がある。練習をし過ぎて、もう身体が動かなくなる。それでも、身体を動かそうとすると、疲労の皮が一枚剥《む》けて、その下から、それまで思ってもみなかったみずみずしい体力が現われてくることがある。

練習というのは、肉体をとことん疲労させ、その、皮の下にある力を、自分の肉体から発見してゆく作業であると思っている。

しかし——

その、疲労の皮が一枚めくれるような、そんな状況が、今回は生まれそうにない。自分の血管の中に、鉛が詰《つ》まっているような感じであった。

着いた翌日から、このサーマート・ジムで練習を始めた。

練習は、午前と午後と、二度に分けられている。

午前は、早朝から、昼の十一時まで――

午後は、三時から夕刻まで――

昼の、空《あ》いた時間帯に、国際式ボクシングの選手がジムで練習をする。

日本で言えば、国際式ボクシングのジムとキックボクシングのジムとが、同じであることはあり得ない。タイでは、それが同じであるケースが少なくない。

国際式ボクシングと、ムエタイとを一緒にやっている選手も多い。

こういう開かれた素地があるからこそ、片山のように、日本からムエタイを学びに来る選手をあっさり受け入れることができるのである。

片山が練習に入ってから、すでに三日が過ぎている。

最初の日には、ニコムから、いきなり、サンドバッグを蹴ってみろと言われた。

サンドバッグに向かって立ち、自分の間合いを取ってから、蹴った。

ハイキックだ。

膝から入って、下から斜めに柳の枝が跳ね上がるような蹴りだ。

「ほう……」

ニコムが声を上げた。

今、自分が放った蹴りが、ニコムが想像していたよりも、はるかにいい蹴りだったに違いないと、その時片山は思った。

「もっと、続けて——」

ニコムが言った。

拳を、持ち上げて、こめかみの高さで構え、肘と、爪先《つまさき》と膝でリズムをとる。

「シッ!」

右足を跳ね上げて、蹴った。

一度。

二度。

少し、バリエーションをつける。左でローを狙って、右でハイにゆく。

軽くステップして、ミドルキックを連続して入れた。

動きを止めた。

ニコムが片山を見た。

「今の蹴りは、空手の蹴りかい?」

ニコムが訊いた。

「そうです」

片山は答えた。

「わたしの知ってる空手の蹴りとは、少し、いや、かなり違うね。空手よりはタイ式に近い」

「自分のは、新しいスタイルの空手です」

フルコンタクトと言わずに、片山は、ニュースタイルという言い方をした。

「新しいスタイルの空手？」

「伝統派のスタイルとは、少し、違います」

「パンチは、どんなスタイルなんだい」

ニコムが、ムエタイ流に、拳を持ち上げて、

「そのパンチを見せてもらえるかな」

そう言った。

片山は、拳をさっきのように持ち上げて、ニコムに向かって構えてみせた。

軽くフットワークを使いながら、ジャブとフックのコンビネーションと、それにアッパーを加えた動きを、ニコムの身体の手前でやってみせた。

「空手というよりは、日本のキックスタイルにずっと近いね」

ニコムは、自分でうなずいた。

「だと思います」

その頃には、もう、ジムの選手たちの視線が、片山に集まっていた。

タイには、重量級の選手はほとんどいない。

大きくて、ウェルター級である。体重でいうなら六七キロ弱の選手が、ムエタイにおけ

るもっとも重いクラスの選手ということになる。

片山のような、八〇キロ級（クラス）の選手が、きっちりとした蹴りで、サンドバッグを大きく揺らすのは、初めて見るのだろう。

ニコムが、片山をそれまでとは違った眼で見るようになったのは、その時からであった。

それが、三日前であった。

再び、新しいラウンドが始まった。

ニコムのキックミットに、次々に蹴りを叩き込んでゆく。

一発ずつに、渾身《こんしん》の力を込めた。

むきになっていた。

いつまで、こういう練習をやらせるのか。他の選手は、それぞれのメニューに従って、それぞれの練習をしているのに、自分は、この蹴りばかりであった。

そのラウンドが終わった時、片山は、リングの上にすわり込みそうになった。

練習が一番きついのが、始めてから一週間くらいだ。

それから後は、肉体のほうが慣れてくる。

慣れてから一〇日もすれば、始めた時に比べて嘘のように身体が軽くなる。

そうなるはずであった。

しかし、本当にそうなるのか。

背に浮き出た汗の玉を意識しながら、片山は、そんなことを思った。

ふと、顔を横手に向けると、リングサイドに、白い上着と白いズボンを穿《は》いた、太った男が立っていた。

ちょうど、陽差しが斜めにその男の上に当たっていて、男の着ているものが、眩《まぶ》しいほど白く光っている。

薄く色のついたサングラスをかけていた。

タイで、金のある男は、ひと目で見分けられる。

太っていて、いい服を着ている。

そういうタイプの男だった。

ニコムは、リングに立って、その男と何かタイ語でやりとりしていた。

時折、男の視線が片山に向けられる。

自分のことが、そこで話題になっているのだということが、片山にはわかった。

ニコムが、片山を振り向いた。

「カタヤマ、こっちへ来ないか」

ニコムが言った。

片山は、言われるまま、ニコムの横に並んだ。

その間、男は、ずっと片山に視線を注いでいた。

「紹介しよう、こちらが、このジムのオーナーの、ソイ・サーマートさんだ」

ニコムが言った。

英語である。

「片山です」

片山は、日本語でそう言い、頭を下げた。

リングの下の男は、片山に向かって、小さくうなずくような仕種《しぐさ》をした。

それが癖なのか、上下の唇の左半分だけで笑《え》みを造ってみせた。

このジムのオーナーであるサーマートとは、この時が初対面であった。

ソイ・サーマートは、テレビ局に勤務していて、そのテレビ局ではかなり上位のポストにいる。週に一回、独自のランキングでの、ムエタイの試合を放映している。

そこでは、ラジャダムナン系やルンピニー系の選手がリングに上がって、互いに交流戦をしたりしているのである。

その番組のプロデューサーをやっているのも、この、ソイ・サーマートのはずであった。

ニコムが、タイ語で、その男――サーマートに何かを告げている。どうやら、片山について、何かを説明しているらしかった。

その間、片山は、黙ったままニコムの横に立っていた。

やがて、ニコムが、片山を振り返った。

「カタヤマ、きみのことを、サーマートさんに話したら、彼が大変きみに興味を持ってね。ムエタイにひじょうに近い闘い方をするニュースタイルの空手と、きみを見てみたいというので、今日、彼はここに来たのだよ──」

ニコムが言うと、リング下から、サーマートが何かを言った。

「きみが、日本の、そのニュースタイルの空手チャンピオンになったというのは本当かと訊いている」

ニコムが、サーマートの言葉を通訳した。

「三年前、北辰館ルールの空手トーナメントで優勝はしたが、そういう意味で言うなら、日本には空手の流派が多いから、そういうチャンピオンは大勢いる──」

片山のその言葉をニコムが通訳すると、どのように片山の言葉が伝わったのか、サーマートは満足そうにうなずいた。

また、サーマートが何かを言った。

「今、ここで、そのニュースタイルの空手を見せてもらえないかと、サーマートさんは言っている──」

「見せる？」

「ジムの選手の誰かと、一ラウンドか二ラウンド、軽いスパーリング程度の試合をやってみせてくれないかね」

ニコムはそう言った。

2

新宿の居酒屋で、片山は、独りでビールを飲んでいた。

生ビールの入ったジョッキが空《から》になっていた。

タイでのことを考えていたのだ。

六年前のことを考えながら飲んでいるうちに、ジョッキのビールを、いつの間にか飲み干《ほ》していたのである。

焼き鳥の串《くし》が三本、まだ手つかずでそこに残っている。

約束の十時を、すでに、二〇分過ぎていたが、石倉はまだ姿を見せなかった。

片山は、十時ちょうどにこの店の暖簾《のれん》をくぐり、石倉がまだ来ていないのを確認してから、石倉が来るまでの時間潰しにと、焼き鳥とビールを注文したのだった。

石倉直樹《なおき》――

『月刊ファイティング』という格闘技雑誌の編集者をしている男だ。

デスクをやっている。

思えば、六年前に、片山にタイのサーマート・ジムとニコムを紹介してくれたのが、この石倉であった。

片山は、ビールをもう一杯注文し、焼き鳥をつまんだ。

冷えた焼き鳥を口の中に入れながら、片山は、陣内のことを思った。

石倉ならば、陣内の居所《いどころ》を知っているだろうか？

そうだ、サーマート・ジムだけではない。陣内雅美のことを初めて知ったのも、石倉が教えてくれたからだった。

あれは、何年前だったろうか。

タイから帰って来て、二年か三年は過ぎた頃だったか。

何かの加減で、ひさしぶりに石倉とふたりで飲んだ時だ。

池袋《いけぶくろ》の、やはり、こんなふうな居酒屋だったはずだ。

「片山よ、おもしろいやつが、キックにいるぜ——」

石倉は、テーブルの向こうから、身を乗り出してそう言った。

鍋か何かを、ふたりで突っついていた時だから、あれは冬だったはずだ。

「陣内雅美ってやつなんだけどな、こいつが凄い」

「まさみ？」

「男だよ。雅美なんて名前がついてるけどね」

「どう凄い？」

「あの三島忠治が、その陣内を教えてるんだ――」

「三島先輩がか⁉」

「そうだ。それだけでも、おまえには充分わかるだろう」

石倉は言った。

片山はうなずいた。

三島忠治は、片山にとっては、北辰館の先輩格にあたる。

一〇歳ほど年上のはずであった。

しかし、面識はない。

片山が、北辰館に入門したのは、一六歳の時だ。その時より、三年前に、三島は北辰館をやめている。北辰館を出てキックボクシングのリングに身を投じたのである。

その時、三島は二四歳。

片山は一三歳であったことになる。

しかし、三島の練習ぶりや、逸話は、伝説のように北辰館に残っている。

どのような空手流派にも、伝説がある。すでに死んだ先輩や、やめた先輩が、たとえば、ヤクザ相手にどのような喧嘩をしただとか、どのような独自のトレーニングをしていただとか、そのような類《たぐい》のものだ。

三島は、そういう伝説上の人間であった。

ものが憑《つ》いたように、三島は練習したという。

狂う――と言ってもいい。

ミドルキックならミドルキック、ハイキックならハイキック――練習の間、それのみを延々とやり続ける。ただサンドバッグのみを蹴り続けるのだ。ひと蹴りひと蹴りに全力を込める。体力がなくなれば、ないそれなりに、その時のありったけの力を込めて蹴る。

オーバーワークになる。

筋力をつけるという作業は、筋肉を苛《いじ》めて破壊することである。破壊された筋肉の細胞は、二日で再生する。再生する時には、前よりも量が増える。つまり、筋肉が太くなる。パワーがつく。

そのようにして、人は、自分の筋肉の量を増やしてゆくのである。

しかし、同じ運動をやり過ぎて、筋肉に負荷《ふか》をかけ過ぎてしまうとどうなるか。

筋肉を造っている細胞が死んでしまうことになる。

つまり、ひとつの筋肉に、一定量以上の負荷を与えると、逆に筋肉の量が減る――パワーが落ちるという現象を生じさせてしまう。

これがオーバーワークである。

三島の練習は、明らかに、筋肉にオーバーワークを課するものである。

しかし、三島は、そういう肉体の理《ことわり》を超《こ》え、理を自分の裡《うち》に持っていた。

あった。

三島は、必ず、ぶっ倒れるまで練習をやった。

しかも、倒れてから後もなお、三島は起き上がって練習した。

ぶっ倒れるまで練習をやるのなんて、誰だってできるんだ――というのが三島の口癖であったという。

倒れてから、その後やるのが、本当の練習なんだと――

三島は、精神力によって、オーバーワークという肉の理を超えようとした。

理では説明しきれない神秘を――わかりやすくいえば可能性を、人の肉体というものは持っているのだと、三島は考えていたらしい。

精神と肉体とが、三島の中でせめぎ合いながら、互いに、一方が一方を引き上げたのだ。

肉体の動きに、どこまで精神が耐えられるか？

肉体の動きに、肉体自身が耐えきれなくなって、つまりぶっ倒れるまで、精神は肉体の動きに耐えねばならない。逆に、肉体のほうは、精神が要求して来る練習量をこなさねばならない。

そういうせめぎ合いの中から、精神と肉体とをひとつにすることが、三島にとっては憑くことであり、狂うことであったのかもしれない。

ある時、北辰館の立松治平が、入門したばかりの三島忠治に声をかけた。

「そこのサンドバッグを蹴ってみろ」

わかりましたと答えて、三島がサンドバッグを蹴る。

当時、すでにサンドバッグは、空手の道場にも置かれるようになっていた。

サンドバッグを蹴っている三島を、立松治平は、

「ふうん」

腕を組んでしばらく眺めてから、他の道場生たちの練習を見るために移動した。そのまま、立松治平は道場から家に帰った。

翌日、立松治平が道場に出て来ると、道場に人がいて、練習をしている気配である。

誰かと思って見てみると、それは、三島であった。

三島が、朝の道場で、ふらふらになりながらサンドバッグを蹴っている。

「どうした？」

立松治平が訊くと、

「昨夜、先生が、サンドバッグを蹴れと言われましたので――」

三島はそう答えたという。

立松治平が、サンドバッグを蹴れと言ったから蹴り、

「よし」

と、立松治平が言わなかったために、三島はサンドバッグを蹴り続けたのだという。

すべての道場生が帰った後も、三島は、朦朧《もうろう》となりながらサンドバッグをひと晩じゅう

蹴っていたのだ。

「おまえな、やめと言わなかったおれも悪いが、普通の人間は、あのような場合は、ほどほどのところでやめるものだ」

後になって、立松治平がその時のことを言うと、

「先生が、自分を試したのではないかと思いましたので――」

表情を変えもせず、真面目《まじめ》な口調で、三島はそう答えたという。

また、ある時――

三島が、本部道場の指導員をしていた時のことだ。

ふたりの道場生が、ふたりのヤクザの男と喧嘩をした。

飲み屋で、道場生ふたりとそのヤクザの男ふたりとが口論になり、店の外へ出た。どちらも酔っていた。

喧嘩の原因は、ささいなことだ。どちらがいい、悪いという類《たぐい》のものではない。

店の外で喧嘩になり、道場生ふたりが、ヤクザのふたりの男を叩きのめした。

しかし、ことはそれで終わらなかった。

酔った勢いで、ふたりが道場の名を名乗ってしまったのだ。

北辰館の道場生であることを、ヤクザに言った。

三日後に、身体じゅうに包帯を巻いた男ふたりと、もうふたりのヤクザが道場にやって

来た。

その時、指導員クラスで、道場にいたのは三島だけであった。

ヤクザを叩きのめしたふたりのうちのひとりも、その時道場にいた。三島が直接指導している学生であった。

三日前の喧嘩のことは、すでに三島の耳にも入っている。誰がその喧嘩の当事者であるかも、三島にはわかっている。

「治療費を二〇〇万出せ」

と、やって来た男たちは言った。

医師の診断書もある。

彼らの息のかかった医者に書かせたものである。

「金を払う気がなければふたりを出せ」

と、彼らは言った。

彼らにも面子《メンツ》がある。

空手をやっているとはいっても、素人《しろうと》は素人だ。

素人に街の喧嘩でぶちのめされて、それで済ますわけにはいかない。喧嘩の相手が誰だかわからなければ、それはそれで仕方がないが、相手がはっきりわかっているのである。

相手が、北辰館の人間とわかっている以上は、落とし前をつける必要がある。

それは、ふたりの道場生の腕か脚の骨を折ることである。

それともなければ、それなりの金を取る。

それが、彼らのけじめである。

しかし、金はない。

はいそうですかと、ふたりの道場生を渡すわけにもいかない。

すでに、事件を起こした学生は、隠してある。

普通であれば、この場はいったん相手に引き取ってもらい、立松治平と相談をしてから、よい対処の方法を考えることになる。

しかし、三島は、違っていた。

決断力——そう呼ぶには呆気《あっけ》ないほどあっさりと、

「自分が責任を取る」

と、男たちに言った。

「道場生のしたことは、自分の責任である」

と。

「どう責任を取るのか」

男たちは訊いた。

「金はない。自分を好きなようにしろ」

と、三島は言った。

「腕を折るぞ」

「折れ」

三島は答えた。

「殺してもいいのか?」

「いい」

三島は言った。

「しかし――」

と、三島は言い添えた。

「自分は、武道家である。武道家として死にたい」

「どういうことだ」

と、相手は問うた。

「おまえたちと闘いたい」

「――」

男たちは、三島の言う意味がわからない。

「おれは、空手家だから素手でよい。おまえたちは、日本刀なり、銃なり、おまえたちの方法でくればいい。殺したくばそれでおれを殺せ。おれはひとりだ。おまえたちは、何人でもよい。好きにしろ」

「いいのか」

「いい」

「あんた、勘違いするなよ。おれたちが、警察が恐くって、あんたを殺さないだろうって考えてるんなら、それは大きな間違いだぜ。そこまで言われちゃ、こっちにも面子がある。その面子のためだけに人を平気で殺す連中が、おれたちにはいるんだぜ。おい、金で済ませようっていうのは、おれたちの好意なんだ――」

「おれが言ったことは、そのまま、受け取ってもらっていい。その代わりに、決着に関係なく、今回のことは、後腐れなしにしてもらいたい」

三島の極端すぎる反応に、男たちのほうが驚いている。

しかし、そこまで言われては引き退《さ》がれない。

「よし」

男たちは答えた。

すると、三島は、そのまま道場の一方の壁に歩いてゆき、そこに掛かっている自分の名の書かれた名札をはずした。

「ゆこう」

三島が言った。

「これからか？」

「そうだ」

三島は言った。

道場生たちが、三島の周囲に集まって来た。

ゆくなと止める者もいれば、自分も一緒にゆくと言う者もいる。

隠れていた学生も飛び出して来て、やめてくださいと、泣きながら三島の前で床に土下座をした。

「おれの責任だ」

三島は、誰にも後を追わせなかった。

四人の男と出て行った。

その後、道場生は、慌《あわ》てて立松治平や、他の指導員に連絡を取った。

立松治平に連絡が取れた。

立松治平には、空手家としての表の顔ばかりではない、裏の顔もある。

警察官で、かなり上のポストにいる人間の中にも、北辰館で空手を学んでいる者がいる。

逆に、裏の世界の人間にも、知己《ちき》が何人かいる。

そういう人間に連絡を取った。

ほどなく、三島の居場所の目星《めぼし》がついた。

組員のひとりが、女のアパートに立ち寄って、隠しておいた日本刀を一本持ち出して行ったという。三日前に、街の喧嘩でのされた男の弟分だ。

きっちり、その仲間四人の姿がない。

そのうちに、四人が、練馬《ねりま》にあるビルの工事現場に、空手着を着た男と向かったらしいという情報が入った。やはり、別の組員のところに、四人のうちのひとりが、木刀を借りに来たのだという。

その時に、木刀を借りに来た男が、邪魔が入らずに喧嘩ができる場所があるかと、その男に訊いた。

訊かれた男は、練馬のビルの工事現場の名を口にした。そこは、地ならしが済んだばかりで、本格的な工事はまだ始まってはいない。現場の周囲を、フェンスと板で囲っていて、外からは中が見えない。

建築資材が積んである他は、喧嘩の邪魔になるものはない。

男は、木刀を借りに来た男に、そういうことを言った。

あちこちから人を集めては、さまざまな現場へ人を送るのも、組の仕事の中にはある。その男は、そういう仕事をしている男だった。

「わかった」

木刀を借りに来た男は、なぜ木刀が必要なのかと問う男に、そううなずいただけで外へ出て行ったという。

そういうことが、四〇分ほどでわかった。

立松治平が、組の者と、指導員ひとりを連れて、車で現場へ向かった。

現場へ着いた時、工事現場で、もぞもぞと動いている人影があった。

三島忠治であった。

三島は、地に尻をついて、左足の裏から足の甲《こう》へ突き抜けた日本刀を、右手で引き抜いているところだった。

三島の周囲には、四人の男が悶絶していた。

ひとりの男は、股間《こかん》を潰され、白眼を剝《む》いて天を仰《あお》いでいた。ひとりの男は、うつ伏せに倒れ、横を向いた唇から大量の血と折れた歯を地面に吐き出していた。ひとりの男は、尻を持ち上げ、膝と頰とを支点にして、地面の上で身をよじらせていた。残ったひとりは、うつ伏せになったままぴくりともしない。

三島の左耳は、半分もげそうになって、ぶら下がっていた。髪の中から大量の血が噴出しているらしく、髪から這い出てきた血が顔を赤く染《そ》めていた。

左腕を、ほとんど動かさないところをみると、左腕は折れているらしい。三島の呼吸音が、不規則に止まったり始まったりしている。呼吸の度に、強い痛みが、身体じゅうを疾《はし》り抜けているらしい。

肋骨《あばら》が、何本か折れているのかもしれなかった。

その三島が、無言で、自分の左足から日本刀を引き抜こうとしているのである。

男たちの呻き声と、荒い、強い三島の息づかいが届いてくるだけである。

しかし、日本刀はなかなか抜けない。

鬼気迫る光景であった。

「三島――」

立松治平が、駆けつけて声をかけた。

三島が顔を上げた。

「先生――」

「動くな」

立松治平が言った。

立松治平が、三島の左足から日本刀を抜いた。

抜ける時に、いやな音がした。

三島は、その時、喉の奥から声を短くしぼり出した。三島が声を出したのは、その時一度だけであった。

「済みましたよ。先生――」

三島は言った。

「馬鹿！」

三島に向かって、立松治平が言った。

三島は、微笑しようとしたが、顔が強張《こわば》っていて、うまく、それをすることはできなかった。

代わりに、三島は、道着の襟《えり》をなおし、帯を締めなおそうとした。

しかし、それができない。

「あれ？」

三島が声を上げた。

「あれ？」

手が震えていたのだ。いや、手だけではない。三島の全身が、今、小刻《こきざ》みに震えているのだった。

そのまま、三島は、自分の名札を返さなかった。

その後、三島は、キックボクシングに身を投じたのである。

そのくらいのことは、片山も知っている。

立松治平から、その時の話を直接耳にしたこともある。

「変わった男だったたな」

立松治平が、三島のことを、そんなふうに言ったのを聴いたこともあった。

キックのリングを降りてからは、空手からも、キックからも、きれいに足を洗ったように見えた。

いくつかのジムから、コーチとして誘いがあったらしいが、三島はそのどれも断わったと片山は伝え聴いている。

その三島忠治が、陣内雅美という選手を教えているというのである。

それで、片山は石倉と一緒に、陣内の試合を見に行ったことがあったのだ。

陣内は、リングの上で、何かがもどかしくてならないように、人を殴る男だった。何かを伝えたい、何かを届けたい、それはけっして相手選手にではない、世間——いや、何か、世間というよりは、自分を取り囲む世界の全部に向かって、何かを届けようとするように、人を殴る。

言葉では足らないもの、表現したいもの、それがうまく届けられずに、陣内は、自分の肉体という言葉を選んだのだ。しかし、その言葉でも届けられない。

リング上で、それがもどかしくてもどかしくてたまらず、これでもかこれでもかというように、陣内は肉体を使う。パンチを使って、相手に何ものかを届けようとする。もどかしさのあまり、陣内は、リング上で、身をよじってもがいているようであった。

片山には、それが、泣いているように見えた。

言葉になりようのない、情念の塊のような男だった。

そんな気がした。

片山を、後楽園ホールに連れて行った石倉は、リング上の陣内を見ながら、

「な」

とだけ言った。

その帰りに、飲んだ。

「片山よ、おれはさ、あの陣内を追っかけるぜ。あいつが、これから、どんなふうにこの世界で伸《の》し上がっていって、どんなふうに負けてリングを降りてゆくか、おれは、それを見たいんだよ。商売っ気抜きにしてもな」

石倉は言った。

石倉は、片山と同い年《とし》である。

北辰館の同期だ。

片山と同じ時期に、北辰館に入門し、四年後に北辰館をやめた。

〝おれには才能がないのがわかったよ〟

やめる時に石倉はそう言った。

石倉にとって、陣内を追っかけるというのは、一度は断念した夢を、陣内によってもう一度見ようとする行為であったのかもしれなかった。

3

「会ったのか、陣内に!?」

三〇分遅れて姿を現わした石倉は、片山から陣内の話を聴かされて、そう言った。

石倉の、首に当てられたおしぼりを持つ手がそこで止まっていた。

「会ったよ」

片山は言った。

「いつ?」

「一週間前、新宿でだ」

片山が、そう答えた時、注文していた生ビールのジョッキが運ばれてきた。

二本——片山の分と、石倉の分と、一杯ずつである。

ジョッキを触れ合わせてから、石倉は、ひと息にジョッキの半分以上を飲んだ。

音を立てて、石倉は、ジョッキをカウンターの上に置いた。

校了の最中に、仕事を途中で抜け出して来たのだという石倉の顎には、薄く不精《ぶしょう》鬚《ひげ》が浮いていた。

片山は、あの路地で見かけた陣内のことを、短く石倉に語った。

「陣内が、ヤクザに土下座を？」

石倉は、何か信じられないような顔つきで言った。

「ああ」

片山は、その時の光景を、はっきり頭の中に思い出しながら、言った。

「それで？」

石倉が訊いてきた。

「だから、そのことが妙に気になってね。今、陣内がどうしているか、おまえなら知ってるんじゃないかと思ってね――」

「いや、残念だが、それがわからないのさ。最後の試合以来ね」

「最後の、というと、十一月にやった黒井進《くろいすすむ》戦以来ということだな」

「ああ――」

石倉は、声を低めて答えた。

陣内雅美が、イスマール・ソータンクンと闘ったのは、昨年の九月である。片山は、その試合を後楽園ホールで見ている。

陣内と黒井進が闘ったのは、それから二カ月後の十一月であった。

闘いに精彩《せいさい》を欠いた陣内の、判定勝ちであった。結局、その試合が、陣内の最後の試合となった。

試合後、控室で、陣内と三島が、引退を表明したのである。

「インタビュー記事は、読ませてもらったよ――」

片山は言った。

その晩、引退を表明した陣内と三島を追っかけて、ふたりに石倉がインタビューをしている。その記事が『月刊ファイティング』に載っているのである。

片山は、それを読んだ。

〝キックに情熱が持てなくなって――〟

陣内は、インタビューで、そう答えている。

だから、やめるのだという。

本当は、九月にやめたかったのだが、その時にはすでに十一月の黒井進戦が決まっており、結局、その試合を終えてから、正式に引退を表明することになったのだという。

〝本人が、情熱が失《な》くなったと言っている以上、おれにはどうしようもないね。陣内がやりたいっていうなら、いくらでもおれは協力できるが、やりたくない人間には、何も教えられないよ〟

淡々とした口調でそう答えている三島の言葉も、そのインタビュー記事には載っていた。

――三島ジムはどうするんですか？

その問いに、三島は、

〝閉めるさ〟

あっさりそう答えている。

──もう、選手を育てるつもりはないんですか？

〝ないね。陣内がいたから教える気になったんだ。陣内がいなくなれば、おれもやめるしかないからな〟

もともと、師ひとり弟子ひとりのジムである。

いや、正式にはジムではない。

正確に言うなら、他のジムの間借りである。

木原《きはら》ジム──

それが、ふたりが間借りしていたジムである。

陣内は、形の上ではその木原ジムに所属している選手である。どういう形にしろ、連盟に属しているジムに籍を置いていないと、キックのリングには上がれない。

木原ジムは、三島が、キックボクサーの現役選手時代に所属していたジムである。オーナーである木原左一《さいち》と三島とは、旧知の仲であった。

三島がその木原に頼み込んで、ジムを間借りすることになったのだ。

三島が教えるのは、陣内だけ。木原ジムには、他にもコーチはいるが、陣内が教わるのは三島だけ、そういう約束であった。

これまで、キック界からきっぱり足を洗ったはずの三島が、たとえひとりの選手だけにしろ、コーチをする——それは、木原ジムにとってはいい宣伝になる。

他の人間が、似たようなことをやろうとしても、まずはうまくゆかない。三島の伝説的なネームバリューと、木原との関係があったればこそ、実現できたことである。

そうして、三島と陣内の、間借りの練習が始まったのである。

ジムの隅で、間借りをしながらトレーニングをする三島と陣内——そのふたりが、木原ジムの一郭に造ったふたりだけの空間、それを、マスコミが三島ジムと呼んだのである。

その三島ジムが、陣内の引退と共に閉鎖だと、三島は言ったのである。

「原因は、九月のあの試合か？」

片山は、石倉に訊いた。

「そんなところさ」

石倉は言った。

片八百長《かたやおちょう》——

九月の陣内対ソータンクン戦が、そうであったのではないかという話が業界で話題になったのは、試合後間もなくであった。

八百長試合というのは、闘う選手どうしが、その勝敗について互いに了解した上でなされる試合のことである。

片八百長というのは、その勝負について、一方の選手のみが了解している場合のことを言う。

陣内とソータンクンの試合でいえば、連盟から金をもらって、ソータンクンが負ける約束をしていたのではないか、ということである。

陣内も、三島も、その約束のことを何も知らされないまま、当日の試合に臨《のぞ》んだのだと、一部の通《つう》のファンの間では噂された。

陣内雅美という、キック界のスターになる可能性を秘めた選手に、ここで傷をつけないために、連盟側が、勝手に片八百長を仕組んだというのである。

現チャンピオンでこそないが、元ムエタイのチャンピオンであるソータンクンの実力を、連盟が恐れたのだと。

——九月のソータンクン戦が原因ですか？

その質問には、陣内も三島もきちんとは答えていない。

〝やる気が失くなった、だからやめるんだよ〟

陣内の答えも三島の答えも、そういうものであった。

連盟から、引退を思いとどまるように説得されたが、結局、陣内の意志は変わらず、引退に至ったのだという。

十一月の試合の半月後に、引退届が正式に連盟に提出され、五日後にそれが受理された。

「あれから、ほとんど、陣内の噂は耳にしてないよ」

石倉は言った。

「三島忠治も知らないのか？」

「ああ。何度か、三島忠治には連絡を取ったんだが、陣内の居所はわからないって、そういう返事をもらっただけさ」

「本当に知らないのか？」

「仮に、三島忠治が、陣内の居場所を知っているにしたって、それを知らないというのは、教えたくないってことだろうからね」

「だろうな」

「三島忠治のやっているラーメン屋の二階に下宿してたんだけどね、今はもういない」

「それっきりか——」

「ああ」

消息を絶った陣内の姿を捜そうとでもするように、石倉は、煙草《たばこ》の煙が満ちた店内の空間に、視線をさまよわせた。

「あれから、陣内を見たという話を聴いたのは、これが初めてさ……」

石倉は視線をカウンターの上にもどして、独り言のように言った。

陣内の引退が決まった晩、片山は石倉と飲んだ。

飲んで、石倉は荒れた。

いつもは羽目をはずさない石倉が、珍しく痛飲した。

「畜生」

その時、飲んで、石倉は言った。

「やっと、キックが、長い低迷から抜け出せるかもしれない人材が生まれようとしてたのに、連盟が、そいつを、陣内を潰しやがった――」

一時期は、三つのテレビ局で放映されていたキックボクシングも、今は、どのテレビ局でも放映されていない。

キック界は、今、統一コミッショナーもなく、いくつもの派閥に分かれ、それが潰れたり分裂したりくっついたりを繰り返している。それぞれの派にそれぞれのチャンピオンがいて、それぞれ独自に興行を行なっている。

陣内が属していたのは、そういう派の中のひとつだ。

あるいは――

あるいは、陣内雅美という人材を生み出すことによって、キックの人気が盛り返し、キック界に統一コミッショナーが生まれるかもしれないと、そういう夢を、石倉は抱いていたのである。

石倉は、『月刊ファイティング』で、そういう統一コミッションの可能性についての特集を組んだこともあるのだ。

「なあ、石倉――」

片山は、ビールが半分以下になったジョッキを見つめている石倉に声をかけた。

「――陣内雅美を捜し出したいんだよ。何かいい方法はないものかな」

「陣内を？」

「そうだ」

「なぜ？」

「わからん――」

片山は言った。

片山は自分を見つめている石倉の視線に気づいて、小さく首を振った。

「――何か隠しているわけじゃない。自分でも、まだ、陣内を捜し出して自分がどうしたいのかわからないんだ。とにかく、今、おれは、あいつに会ってみたいのさ」

片山は言った。

石倉の視線を避けるように、片山は眼をそらせた。

その片山を、まだ石倉は見つめていた。

「そう言えば、おまえも、ソータンクンには因縁《いんねん》があるんだったな」

片山の言葉に答えるでもなく、話題を変えるでもなく、ふと、気づいたように石倉は言った。

「そう言えばな、陣内だけでなく、ソータンクンも、今、どこにいるのかわからないらしいぜ」

片山は、石倉に横顔を見せたまま、うなずきもせず、声を出しもせず、ただ黙っていた。

その片山の横顔を、石倉はしばらく見つめ、

「片山、おまえ……」

囁《ささや》くような声でつぶやいた。

その後、石倉はさらに言葉を続けようとし、しかし、続けようとした言葉を呑み込んだ。

片山には、石倉が、どういう言葉を呑み込んだのか、どういう言葉を言おうとして言わなかったのか、それがわかった。

〝おまえ、まだ終わっていないのか——〟

石倉が呑み込んだのは、そういう言葉である。

六年前のあのことが、まだ終わっていないのか？

片山は、石倉が呑み込んだその言葉を自問した。

——あの夏が、まだ終わっていないのか？

そうだ。

と、片山は、思う。

まだ、終わっていないのだ。

あの夏の記憶が、まだ燻《くすぶ》っているのだ。

まだ、燃え残っているものがあるのだ。

本当に!?

わからない。

あのタイでの日々のことを、今も考え、未《いま》だにそのことを思い続けて、自分は新しい道に踏み出しきれずにいるのだ。

それが、まだ終わってないということではないのか。

片山は、残っていたビールを、喉の奥に流し込んだ。

「陣内をどうやって捜したらいい?」

片山は、自分の思考を断つように言った。

四章　鬼哭《きこく》

1

軽いスパーリングのはずであった。

それが、そうはならなかった。

ジムの、ぼろぼろのリングの上で、グローブに包んだ拳《こぶし》を構え、向き合った途端に、そんな思いは消し飛んでいた。

相手は、まだ、名前も知らない選手である。

同じジムで練習をしているので、顔くらいは知っているが、名前は知らない。

ジムの寮で寝泊まりしている選手ではない。

自分の家から、ジムに通っている選手である。

ランキング入りこそしていないが、プロの試合を、すでに何試合か経験している。

年齢は、二〇歳前後だろうか。

ぎらつくその男の眼と視線《はたち》を合わせた途端に、

〝これは試合なのだ〟

そう思った。

実力を見るための軽いスパーリング——そうなるわけはない。

相手の眼を見た途端に、それがわかった。

ヘッドギアを付けていても、試合は試合だ。

スパーリングにしろ、日本の空手にムエタイが負けるわけにはいかない。

当たり前だ。

それは、こっちだって同じだ。

片山は、自分の唇の左端が、上方に小さく吊り上がるのを感じていた。

「一ラウンド、三分だけでいい——」

ニコムが言った。

相手は、ニコムの言葉に、顎を引いてうなずいたが、視線は、片山を睨んだままである。

身長は、片山よりやや低い。

しかし、体重の差は、身長以上にある。

片山が八〇キロ、相手は七〇キロにやや足りないくらいだろうか。試合の時には、何キロか落として、六三キロぐらいにしてジュニア・ウェルター級あたりでやるのだろう。

現在の体重差は一〇キロあまり。

単に、体重のみで言えば、片山が圧倒的に有利である。

しかし、これは、空手ではなくムエタイのリングである。空手のルールでやるなら片山のものだが、ムエタイルールでのスパーリングである。グローブも嵌《は》めている。しかも、相手は、このタイの暑さの中に生まれた時からいる。

ルールなしの喧嘩ならともかく、この差は大きい。

一〇キロの体重差は帳消しになるくらいだ。

レフェリーをやることになったニコムが、リングに上がって来た。

ルールについて、短く片山に説明する。

股間は蹴るな、眼へ攻撃——サミングはいけない、噛みつくな、故意に頭突《ずっ》きをしてはいけない、そのくらいの簡単な説明だ。

身体が熱くなっている。

それがわかる。

血であるのか、肉であるのかわからないが、身体が熱くなっている。しかし、どこか冷めている部分がある。

それは、片山にとって、初めての感覚ではない。

どちらも、試合前の緊張からくるものであることが、経験上わかっている。

試合前の緊張が、必ずしもマイナスにばかり働くものではないことが、片山にはわかっていた。リラックスはむろん必要だが、緊張もまた、試合には必要なものである。緊張は、そのまま、武器になる。

蹴りが来た。

鞭《むち》のような、よくしなう蹴りだった。しなやかで、疾《はや》い。空手家にありがちな、太い棒で横殴りにしてくるような蹴りとは、明らかに違う。

柔らかな柳の枝が、地面から跳ね上がってくるような蹴りだった。

右のミドルキック——

その蹴りが、ぐん、とさらに伸びて届いてくる。

左の脇腹だ。

左腕で、それをカバーする。

肉と肉とがぶつかる、刃物が弾《はじ》けるような音。

いい蹴りだ。

しかし本気の蹴りではない。片山の様子を見るための、さぐりのための蹴りだ。だが、何でもないその蹴りが、疾く、重い。

片山が、初めて受ける、ムエタイの蹴りであった。

片山は、驚嘆した。

――これが、ムエタイの蹴りか。

これほどバランスのいい蹴りを放てる人間が、日本の空手家の中に何人いるだろうか。

ムエタイでは、ほとんど無名に近い選手が、これだけハイレベルの蹴りを有しているのである。

その蹴りひとつで、片山は、ムエタイの底の深さを見たように思った。その蹴りが、それを片山の肉体に刻《きざ》んだのだ。

だが、その思いが片山の脳裡を掠《かす》めたのはほんの一瞬である。

思った時には動いていた。

その蹴りがもどるのと同じ速度で、片山は半歩踏み込んでいた。

右のローキックを、相手の軸足である左脚に向かって入れた。

相手は、左脚を軽く持ち上げてそれを受けた。

脛《すね》と脛、骨と骨とがぶつかり合う鋭い音がした。木の棒を蹴ったようであった。

痛みはない。

脛は、いやになるほど鍛《きた》えてある。

相手のミドルキックを受けた左腕に、甘い痺《しび》れがある。肌のそこの温度が、上がって熱い。

片山にはわかっていた。

すぐに、その温度は全身に広がることになる。

フットワークを使いながらのさぐり合いになった。

前蹴りで、浅く片山の動きを止めておいて、パンチと蹴りで攻め立ててくるのが、相手のやり方であった。

落ち着け――

と、片山は自分に言い聴かせる。

片山は、わざと、アッパーもフックも出さなかった。

ジャブとストレート――それしか知らないかのように、相手に放つのは、そのふたつのパンチだけであった。

それと、ローキック。

体重差を利用して、大きく踏み込む。

踏み込んで、ストレートを打ち込む。ガードされるのを承知のストレートであった。ガードする相手の腕を叩くつもりで、ストレートを出す。

相手に、重いパンチを叩き込んで、ストレートのイメージを、相手の記憶に刻みつけるのが狙《ねら》いであった。

やはり、ジャブと、ストレートしかこの空手家はできないのか――

相手にそう思わせるためである。

空手には、ボクシングでいうような、下からのアッパーとか、フックというような技はない。代わりに掌底《しょうてい》を当てたりとか、裏拳《うらけん》というボクシングにない打法があるが、それは、ここでは使えない。

相手の強い視線が、持ち上げた両拳の間から、片山を睨んでいる。

二分を過ぎたと思われる頃、相手が勝負をかけてきた。

決定的なパンチも蹴りも、互いに、まだ、相手の肉体には入っていない。

ダメージは同じくらい。

しかし、息が上がりかけているのは、片山のほうであった。

暑さに、片山の肉体が負けているのである。

呼吸のたびに、片山の鼻の穴が膨《ふく》らむ。

相手の顔が、笑ったように見えた。

いや、実際には、相手は笑ってはいない。片山の呼吸を見て、
勝てる——

そういう思いが、相手の脳裡に動いたのだ。

その相手の心の動きが、片山には笑みのように見えたのである。

その笑みが、残像も残さずに、相手の表情から消え去っていた。

来る――

軽い戦慄《せんりつ》が、片山の背を疾《はし》り抜ける。

その、戦慄を肉の外に向かって解き放つように、片山は、マットのキャンバスを蹴って、右足を跳ね上げていた。

右のローキックを相手の左脚に浅く当てた瞬間に、相手のパンチが、片山の顔面に向かって飛んできた。

狙っていたパンチである。

そのパンチを、片山は読んでいた。

相手が、何を狙っているかはわかっている。

ダッキングぎみに、そのパンチを横に流して、下から右のアッパーを跳ね上げる。

相手が、スウェーバックで逃げる。

踏み込んで追った。

左のフックを、相手の右腕の下をくぐらせて、相手の顎に叩き込む。

当たった。

首を支点にして、相手の頭部が、顔をそむけるように斜めに半回転した。

相手の両膝が、折れた。

体重だけの存在になった相手の肉体が、ふいに、垂直に下に沈んだ。

相手の身体が、キャンバスの上に倒れていた。

相手は、マットに沈んだまま、起き上がらなかった。

片山は、大きく息をついた。

小さな拍手の音が、ぽんぽんと、リングの下から響いてきた。

手を叩いているのは、ニコムだった。

ソイ・サーマートは、腕を組んで下から片山を見上げていた。

「君のそれは、本当に空手かね」

サーマートが、片山に言った。

それをニコムが通訳した。

「空手です」

片山はそう言い、大きく、呼吸をした。

胸が大きく上下している。

三分もやっていないのに、ここまで自分の呼吸が荒くなってしまうのか――

慣れた、よく知っているはずの自分の肉体が、急に、他人のもののように片山には思われた。

暑い。

強烈な暑さが、じわじわと片山の肉体をしぼり上げ、全身から汗を噴《ふ》き出させる。

両腕が、疲労で重かった。グローブをしていたためだ。

しかし、ともかくは勝ったのだ。

片山は、他人のような自分の肉体をリングの上に立たせたまま、荒い呼吸をしながら、そう思った。

2

結局、勝てた。

勝てたがしかし、あの時、自分は運がよかっただけなのではないか。

片山は、その路地の入口に立って、そんなことを考えていた。

運か――

片山はぽつりと声に出さずにつぶやいた。

一〇メートルほど先に、ぽつんと灯りが見えている。

ラーメン屋の看板の灯りだ。

〝ラーメン王島《おうしま》〟

看板には黄色の地に、黒い文字でそう書かれている。暗い路地の奥に、その看板の灯りが浮き上がって見えている。路地のアスファルトの上に、店の灯りと看板の灯りが差して、その一郭だけが、くすんだように明るい。

片山は、その路地の入口に立ち止まったまま、さっきからその灯りを見つめていた。

そこまで来て、店にゆくのを躊躇《ちゅうちょ》しているうちに、タイでのあのスパーリングの光景を、ふと思い出していたのだ。

最近は、何かというと、タイでのことがすぐ頭の中に蘇《よみがえ》る。

まだ、あの過去が自分の中で清算できてないのだ。

そう、思う。

そのために、ここまで足を運んでしまったのだ。

店の戸が開いたままになっているらしく、そこから、何人かの男の声が片山の所まで届いていた。

決心がついたように、片山はその声と灯りに向かって足を踏み出していた。

店に入る。

小さな店であった。

人が一〇人もすわれば、それで満員になってしまうカウンターの席があるだけである。

客が四人いた。

男ばかりのその四人は、どうやら仲間うちらしく、カウンターの一方の端に腰を下ろし、ラーメンを喰べていた。彼らの前のカウンターに、空《から》になったビール瓶と、まだビールが少し残っているコップが並んでいた。

「らっしゃい」

店主の声を聴きながら、片山は空《あ》いている椅子《いす》に腰を下ろした。

片山は、低い声で、ビールとラーメンを注文した。

すぐに、ビールとコップが出てきた。

氷のように冷たいビールであった。音を立てそうなほど固く冷えている。瓶の表面に、たちまち空気が凝固して露の玉を造ってゆく。

片山は、ビールをコップに注いで、それをひと息に飲んだ。

冷たい液体が、喉を気持ちよく擦《こす》りながら、食道から胃へ降りてゆく。その温度が下方へ移動してゆく感触がよくわかった。

客が帰って、ふたりきりになった。

ラーメンは、とっくに喰べ終えている。冷めたスープの入った丼《どんぶり》が、カウンターの上に載っていた。さっき注文したビールも、今は、コップに半分ほど残っているだけになっていた。そのぬるいビールを、半分胃の中に無理に流し込んだ。

声をかける決心がついたその時、

「なにか用かい」

カウンターの奥から、三島忠治が片山に声をかけてきた。

片山は、うなずいてから、

「片山といいます」

自分の名を告げた。

「北辰館の片山さんだろう」

「知ってたんですか」

思わずそう口にしたが、三島が、自分のことを知っていても、それは、別に不思議なことではない。

格闘技関係の雑誌には、時折顔写真も載るし、北辰館の全日本大会で優勝した時には、グラビアページに大きく写真が出ている。

片山自身も、これまで会ったことのなかった三島の顔も名前も知っているのである。

狭い業界であった。

「ローキックの片山なら、あんたが考えているより有名だぜ」

「三島さんの後輩です。三島さんが北辰館をやめて、三年後に入門しました」

「今は？」

「新宿支部で、コーチの真似事をしています」

片山が言うと、

「ふうん」

低い声で、三島はうなずき、沈黙した。

最初の挨拶はこれで終わりで、今度はおまえが用件を言う番だと、三島の沈黙は、そう言っているようであった。

三島の、小さな眼が、片山を見ている。

どちらかと言うなら扁平《へんぺい》な顔だ。

鼻の軟骨は、とっくに潰れている。耳は、カリフラワーをそこに押しつけたようになっていた。無数のパンチや蹴り、首相撲《くびずもう》などの練習で、鼻や耳がそうなってしまうのである。

「昨年の試合を見ました」

片山は、表情のない、三島の小さな眼を見ながら言った。

表情がないくせに、その眼の奥のどこかに、怒りを潜ませたような光がある。

「昨年!?」

「九月ですよ。陣内雅美と、イスマール・ソータンクンの試合です」

また、沈黙。

「あれは、どういう試合だったんですか?」

「どういうって、見たとおりの試合だよ」

言葉をちぎって捨てるような言い方であった。

三島は、また、押し黙った。

「十一月の黒井戦――陣内は、あれから試合をしていませんね」

片山は、三島の眼から、視線をそらさずに言った。三島は、片山のその視線を黙したまま受けていた。

「陣内は、今、どうしてるんですか」

片山は訊いた。

「知らねえな」

短い答えが返ってきた。

「以前は、ここの二階にいたと聴きましたが」

「今はいない」

「どこにいるかもわからないんですか」

「あいつはキックをやめたんだ。やめた人間が、今どうしているか、何でおれが知っていなくちゃいけないんだ」

「やめた原因は、九月のあの試合ですか」

片山は訊いた。

三島は答えなかった。

片山は、コップの中に少し残ったビールに視線を落とし、

「三島ジムは、どうしてるんですか」

そう言ってから、顔を上げた。

三島は、まだ、片山を見ていた。

「三島ジム？」

「もう、誰も教えないんですか？」

「教えないね」

三島は、そう言ってから、手を伸ばし、片山の前のラーメンの丼をカウンターの中へ持ち去った。下を向いて、その丼を洗い出した。

「キックを教えてやるから来いって、そういうもんじゃないんだよ。教える気はない。気はないが、どうしても教わりたいってバカがいるなら――」

「その時はどうなんです」

「雅美みてえなバカは、そうはいねえよ」

「陣内がバカですか」

「大バカだよ。大バカだから、バカみたいなおれのやり方についてこれたんだ。あいつにね、キックの才能なんかない。ただの凡人だよ。あったとすりゃあ、バカだっていうそれだけだ。バカの才能だけは、あいつはあったよ」

ひと息に言い終えた。

口を閉じるのに合わせたように、三島は丼に水を注《そそ》いでいた水道の蛇口を止めた。

洗い終えた丼を、後方の棚に置いた。

片山を見つめ、

「バカだから、あいつはキックをやめたんだ」

三島はぼそりとつぶやいた。

少し饒舌《じょうぜつ》になった自分に気づいたように、三島は、また押し黙った。

三島の言うバカの意味が、片山にはわかるような気がした。しかし、わかると、うなずきはしなかった。

「なぜ、雅美の居場所を訊こうとするんだ」

三島が言った。

今度は、片山が黙る番であった。

なぜ、陣内を捜すのか。

わからない。

わかっているようでわからない。いや、本当は、わかっているのかもしれない。それに、まだ自分が気づいてないだけなのだ。

もどかしいような、熱い塊《かたまり》が胸の奥にある。

自分は、あのソータンクンに負け、陣内は勝った。

しかし、負けた自分も、勝った陣内も、その時から何かを背負ってしまったのだ。

「あんた、あのソータンクンとやったことがあるんだったな」

三島が言った。

片山は、無言で、それを肯定した。

「まさか、会って、ふたりでソータンクンの思い出話をしようってわけじゃないんだろう
――」

三島の問いは、そのまま、己れ自身に向けられた片山の問いでもあった。

問いに答える代わりに、片山は、三島に問うた。

「教えてくれませんか。陣内は、どんなやつだったんですか」

三島は、片山の問いの答えを考えてでもいるように、しばらく片山の顔を、さぐるように見つめていた。

やがて、

「ねえ、片山さん。あんた、練習を休む一番いい方法を知ってるかい」

ふいに、そう問うた。

「いいえ」

素直に片山はそう言った。

三島が、その答えを自分で言おうとしていることがわかったからだ。

「練習をするんだよ。練習をして練習をして、へとへとになってぶっ倒れちまうことなん

だ。ぶっ倒れれば休めるんだ」

三島は、自分でうなずいた。

「けどね、本当の練習ってのは、ぶっ倒れたそこから始まるんだよ。ぶっ倒れてからが練習なんだ。ぶっ倒れるまでやるだけなら、誰だってできる。ぶっ倒れたその後に、もう一度起き上がって、サンドバッグをぶん殴るのが、練習なんだ」

「――」

「最近じゃ、ぶっ倒れるまでだって、やる奴はいなくなったけどね。オーバーワークだの、なんだのって、気の効《き》いたふうなこと言いやがってさ」

自分の質問に答えるために、三島が、いったいどういう遠回りをしようとしているのか。片山は、次の三島の言葉を待ちながら、そんなことを考えた。

「雅美はね、ぶっ倒れるまでできたよ。ぶっ倒れたそこから、起き上がってまたサンドバッグをぶん殴ることができたんだよ」

陣内雅美は、初め、三島の眼には、自閉症の少年のように見えたという。

陣内が、三島のやっている店に姿を現わしたのは、ちょうど五年前であったという。陣内が二一歳、三島が四一歳の時である。

二〇歳《はたち》を超《こ》えている陣内が、臆病な少年のように、怒った顔をして、三島のいるカウンターの前に立った。

右手に、古いカバンをぶら提《さ》げたまま、およそ五分近くも、陣内は三島を見つめていた。

三島のほうから、声をかけた。

何か用があるのか、何をしに来たのか。

陣内の言うべきことを、三島が代わりに言うことになった。

「キックをやりたいのか？」

三島が問うと、

「押忍《オス》」

低く陣内が答える。

「空手をやっているのか」

「押忍」

「歳は幾つだ。二〇歳か」

陣内が首を振る。

「二一歳か」

「押忍」

うなずく。

最初はそういう会話から始まり、やがて、ラーメンを啜《すす》りながら、陣内は、ぽつりぽつりと自分のことを語り始めた。

山口県の生まれであること。

両親がいないこと。

北辰館から分かれた、フルコンタクト系のある流派で、これまで空手をやっていたこと。

三島が好きで、現役当時の試合のビデオは、すべて持っていること。

高校を中退し、町の工場に勤めながら空手をやっていたのだが、昨年、母親が癌《がん》で死に、独《ひと》りの身になったこと。

それで、身辺の整理をして、その日、上京して来たというのである。

「名前は？」

「陣内雅美です」

口の先でぼそりと言ってから、また怒ったような顔になり、

「先生を尊敬しています」

そう言った。

先生のようなキックボクサーになりたいと。

「なれねえよ」

と、三島は言った。

「三島忠治は三島忠治、おまえさんはおまえさんだ。みんなそうなんだよ。自分になるんだ。自分以外のキックボクサーには、誰もなれねえんだよ」

「自分を弟子にしてください」

言われて、三島は首を振った。

「おれは、人には教えない」

「自分には才能がないですか」

「そんなのは誰にもわからねえよ。何だって、才能があるかどうかなんて、そのことだけを一〇年間やり続けてみなけりゃわかるもんじゃねえんだよ」

「やります。一〇年やります」

「やるのはいいが、おれのところじゃなくて別の所だ。いいジムを紹介してやる」

「先生に教わりたいんです」

その会話は、なめらかに取り交《か》わされたのではない。

途切れ途切れに、たどたどしく、つかえながら交わされた会話であった。

「蹴ってみな」

ふいに、三島が言った。

店の外の路地に、電信柱が一本立っていた。

奇跡のように残っていた木製の電信柱だ。三島は、それを蹴ってみろと、陣内に言ったのである。

「はい」

と、陣内は立ち上がってその電信柱の前に立った。

陣内は睨んだ。

その電信柱を、である。

動かない。

陣内の顔が、緊張のため青くなっている。

身体が小刻《こきざ》みに震えていた。

歯を噛んだ。

まだ動かない。

その青かった顔に、赤みが射《さ》してきた。

陣内の顔が赤くなった。

構えた。

奇妙な、獣のような雄叫《おたけ》びが、陣内の唇から洩れた。

その時、陣内の右脚が地を蹴って跳ね上がった。

「待て！」

三島が、思わず叫んだその時には、陣内の右足の脛《すね》は、おもいきりその電信柱を蹴っていた。

鈍い、いやな音がした。

骨の折れる音であった。

蹴った陣内の右脚の骨が折れたのだ。

陣内は、呻き声を低く洩らしながら、右脚を押さえてうずくまった。

本気で蹴ったのだ。

本気で、しかも、木の電信柱を蹴ったのだ。渾身《こんしん》の力がこもっていた。普通の人間ならできない。

陣内はそれをやった。

陣内が、しばらく蹴るのをためらっていた理由が、三島にもわかった。

震えた理由もわかる。

かたちを見て、そこそこのところでお引き取り願うつもりが、とんだ誤算であった。

「教えるよ」

三島は、低い声で、陣内に告げた。

それが、ふたりの最初の出会いであった。

「あいつはね、他人とうまく話ができねえんだよ。おれだって、もともと口が軽いほうじゃない。今は少ししゃべり過ぎちゃいるがね。それでも、酒が入れば、そこそこ空手やキックの話をしたり、女の話くらいはするさ――」

しかし、やつは、無口というよりは、何を他人に言ったらいいか、その言葉を持ってないのさ、と、カウンターの向こうから、三島は片山に言った。

「だから——」

と、三島は拳を突き出して、

「こいつを使うんだよ」

そう言った。

片山にも、それはわかる。

陣内の試合を最初に見た時に感じたのも、同様のことであった。

黒ぐろとした情念の塊のような男であった。得体の知れないその塊を、何とか他人に告げようとするように、陣内は拳を使った。相手や、観客というよりは、もっと大きな、自分を取り巻く社会や世間に向かって、陣内はそれを届けようとしているようであった。

叩いても叩いても、それは届けられない。

叩かれても叩かれても、それは届いてこない。

そのもどかしさにもがいているような試合であった。

届かないから、何度ダウンしようが、陣内は立ち上がってきた。自分の情念を何ものかに届けようとするように。

倒れた陣内が、ほとんど意識もないのに、起き上がる。

尻が、あやつり人形のように持ち上がり、それから、肩と、頭が持ち上がる。

立つ。

何度でも起き上がってくる。

相手は、そんな陣内に困惑し、恐怖し、そして負ける。

過剰すぎるほどの情念を持った男であった。

相手は、その情念の量によって負けるのである。

陣内は、リングでもがき続けた。

そのもがきに、観客は感情移入をし、この異様な闘いをする男にファンがついてきたのだ。

スターになる男であった。

それを大事にしたあまりに、そのスターを連盟は潰したのである。

リングでもがき続け、もがき続けた挙句《あげく》に、陣内はリングからいなくなった。

「畜生！」

片山は、リングで、そう叫んだ陣内の声を耳にしている。

畜生。

畜生。

陣内は、そう呻くように叫びながら、拳を出す。

相手に向かって叫んでいるのではない。

おそらく、自分に向かってさえ、叫んでいるのではなかったのかもしれない。

畜生。

理由の知れないもどかしさ、そのどろどろとしたものをどうしていいかわからずに、そのエネルギーが、〝畜生〟という言葉になって口から出てくる。

そんなふうに見えた。

自分とも、また、三島とも違うタイプの男だと、片山は思った。

三島は、一種の天才である。いや、天才ではないが、生まれつきとも言うべき、異常なまでのストイックなものを持っている。

三島は、陣内のことを凡人《ぼんじん》と言ったが、そうではない。陣内もまた、息苦しくなるほどの情念をその肉の内に抱え込んだ、特殊な能力を有した男だ。

三島と陣内と自分とを比べた場合、自分が一番、凡人なのではないか。

片山はそう思った。

才能ということで言えば、普通の人間よりも、ほんのわずかに、それはあったかもしれない。しかし、空手をやっている他の人間たちに比べて、それは、特別なものではない。

自分くらいの才能を持った人間は無数にいると思っている。

では、自分が他人より勝《まさ》っているものとは何か。

同じ技を、何度も何度も反復練習できる精神的な持久力。というよりは、他人に負けたくないという意地のようなもの……。

わからなかった。

自分は、ローキックと左のストレート、そのふたつだけで、ここまでやってきた人間だと片山は思っている。

空手家としては、ぶきっちょなほうだと思う。

才能のある人間は、道場に初めて来た時から、とんでもない技を使う。いきなり、バランスのいい高い蹴りを放つことができたりする。蹴りが高く上がり、どのような技も、見よう見真似で、すぐに自分のスタイルに採り入れてしまう。

すぐに技をそこそこ身につけはするが、しかし、なかなか、自分のスタイルを見つけ出せないでいたりする。

しかし、凡人には凡人のやり方がある。

何度も何度も、納得がゆくまでサンドバッグを蹴り、スパーリングをし、ひとつの技を覚える。天才がわずか二日か三日で覚えてしまうようなことを、一カ月からそれ以上もかけて覚えるのだ。

しかし、覚えたら、それを一生忘れない。

ある時、なかなか上がらなかった足が、ふいに高く上がるようになる。

腰の角度がほんのわずかに変わっただけで、これまで、駄目だということであきらめていた高さまで、ふいに足が上がるようになる。

その瞬間に、これまで、駄目だと考えていた蹴りを放てるようになる。

その時の感動を、どこまで、持ち続けることができるか。

技をすぐに身につけてしまう天才には、感動がない。

その感動の差が、時には、凡人を天才に勝たせたりもする。

しかし、中には、感動し、努力することのできる天才がいる。

どのような分野にしろ、結局、頂点を極《きわ》めるのは、そういう人間である。

努力で、カバーできる部分は間違いなくある。そこらの地方大会でトップになるくらいなら、その努力によって、可能である。しかし、そのさらに上のレベルになると、持って生まれた才が、勝敗を決してゆく場合が少なくない。

単純に、空手の才能というものではないのかもしれないが、その才が、三島にも、そして陣内にもあるように思った。

だが、自分には――

片山には、わからなかった。

「さっき、おれが訊いたことに、まだ答えてないぜ」

三島の声が、片山の思考を中断させるように響いた。

「訊いたこと?」

「なぜ、片山草平が、陣内雅美を捜しているのかってことさ」

「気になることがあって――」

片山は言った。

言ってしまってから思う。

違う、そういうことじゃない。

おれが考えているのはもっと別のことのはずではなかったか。そう思いながら、片山は
三島を見、

「しばらく前に、陣内を見たんですよ」

「どこで?」

「新宿です」

「へえ」

「陣内は、どうもたちのよくない連中と関《かか》わってるみたいなんですよ」

片山は、新宿で陣内に出会った時の様子を、低い声で三島に語った。

「それで?」

三島は訊いた。

「それで?」

片山が、三島の言った言葉をそのまま口にした。

「雅美が、おかしな連中と関わっているらしいってのはわかったよ。だから、あんたがそれでどうなんだっていうことさ。あんたには、まるで関係のないことなんだろう。そのことであんたが雅美に会って、どうしようってわけなんだ」

「――――」

言葉を発しようとして、片山は視線を落として沈黙した。

答える言葉がなかった。

なぜ、自分が言葉を失くしたか、片山にはわかっていた。本当は、三島には違うことを言おうとしたからだ。自分が心で思っていることと違うことを、三島に言ってしまったからだ。

正直に言わねばならない。

しかし、その正直な自分の気持ちが、片山にはわからない。いや、わかってはいるのだ。

それがただ、うまく言葉にならないのだ。

畜生、畜生と呻きながら、言葉を捜すように、リングで、もがいている陣内の姿が脳裡に浮かんだ。

熱い塊が、片山の腹にある。

あのリングに――

あのリングに、たぶん言葉はあるのだ。

あのリングで失ったものは、あのリングで取りもどしてくるしかないのだ。

夢。

言葉。

歯を軋《きし》らせるような、密度の濃い時間が流れていたはずの日々が、間違いなく自分にはあったはずなのだ。

考えてみれば、あんなに辛《つら》い日々はなかった。

あらゆるものを捨て、空手に賭《か》けてきた日々。歯軋《はぎし》りするような日々ではあったが、また、逆に、喜びや哀《かな》しみが、少なくとも、強烈な密度で、あの日々にはこもっていた。

それは、麻薬のようであった。

痛みや、辛さや、悲しさや、嬉《うれ》しさが、普通の生活をしていては味わえない深さ、密度で、あの日々にはこもっていたのだ。空気や、時間の微粒子が、輝いているのが感じ取れるような日々であった。

しかし今は――

あの日々ほどは辛くもない。

悲しくもない。

代わりに喜びもまた、ない。

あらゆる感覚が、薄められ、その薄い時間の中を自分は今生きているのだ。

あの日々を、もう一度、自分はこの手に取りもどそうというのか。

片山は自問した。

自問し、そうだと、自分に答えていた。

片山は顔を上げて、三島を見た。

「陣内を、自分にもらいたいんですよ」

片山は、はっきりと言った。

「陣内をもらいたい？」

「そうです」

「何のためにだ？」

「ソータンクンと、もう一度やりたいんですよ」

片山は言った。

言葉にしてから、片山はようやく気がついていた。

そうなのだ。

もう一度――もう一度あのソータンクンとやらねばならないのだ。

「驚いたな」

本当に驚いたような顔つきで、三島は片山を見つめていた。

「ソータンクンとやりたいって、あんたがかい」

「自分じゃありません。陣内にやらせたいんです。陣内を捜し出して、もう一度、ソータンクンとやらせたいんですよ」

「駄目だね。やつには、もう、キックをやる気力はないよ」

「説得します」

「いくら説得したって、やつがその気にならなきゃ駄目だ。そんなに簡単なもんじゃねえよ。仮に、やつがリングに上がったって、その気にならなきゃ、やつは不様《ぶざま》な試合しかできねえ」

「その気にはならないと?」

「ならないね。なるもんなら、おれと一緒にまだやってるさ。おれもバカだからね、バカの気持ちはわかる」

「もし、陣内がその気になったら、おれに陣内をもらえますか」

「あんたが、おれに仁義《じんぎ》をきってくれるのは嬉《うれ》しいがね、もらうも何も、雅美は、おれのものでも誰のものでもねえ。雅美がうんと言うなら、あんたと雅美が好きなようにやりゃあいいんだ。しかし——」

「——」

「もし、雅美がその気になったとして、ソータンクンとはやれなかろうよ」

「なぜ!?」

「連盟じゃ、もう、あれは過去のことなんだ。陣内とソータンクンの試合のことは、誰も触れたがらないよ。今さら、あの試合のことを蒸し返したくなかろうからね。それに、陣内が、かたちの上では勝っているんだ。一度勝っているソータンクンとの試合をもう一度組んで、客を呼べると思ってるのかい、あんた——」

「日本ではなく、タイでなら?」

「その前に、肝心《かんじん》のソータンクンをどうやって捜し出すんだ?」

「ソータンクンを捜す?」

「知らないのかい。ソータンクンが今どこにいるか、誰も知らないってことだよ」

「なぜ?」

「逃げまわってるって話だ」

「逃げる?」

「雅美との試合が原因さ」

「どうして、あの試合が原因と——」

「知ってるだろう。タイの連中は、ムエタイに銭《ぜに》を賭《か》けてるんだ。日本での試合にだって、連中は銭を賭ける。そういうのを仕切っている奴らがいるんだよ。雅美とソータンクンといや、誰だって、ソータンクンに賭けるさ。タイ人ならね。ムエタイが負けるとは思っちゃいないからね。そのソータンクンが負けた。しかも片八百長《かたやおちょう》だ。銭を賭けた連中が、賭けを仕切っている組織にさんざ文句を言ったらしいね。そうなりゃ、組織の連中もソータンクンを放ってはおけない。それで、組織がソータンクンを追い始めて、ソータンクンは今、逃げまわっているってことさ」

「――――」

「一〇万円出しゃあ、人を殺してくれる連中が、タイにゃ、ごろごろいる。それを仕事にしている元ムエタイの選手をおれは何人か知ってるよ。ソータンクンだって、そのあたりの事情はわかってるだろうさ。うまくソータンクンを見つけたって、リングの上には上がらないよ。下手《へた》すりゃ生命《いのち》がかかってるからね」

そうか――

片山は、歯を噛んでうなずいた。

そういう事情がソータンクンにはあったのか。

石倉が、ソータンクンが今どこにいるのかわからないらしいと言っていた意味がようやく片山にはわかった。

しかし、それは、ソータンクンの事情だ。

こっちにはこっちの事情がある。

「しかし、まるっきり、ソータンクンとやるのが無理というわけじゃない――」

三島は言った。

「できるのですか――」

「金だよ。その組織に、金を積みゃあいいんだ。その金が、一〇〇万だか二〇〇万だか知らないがね。向こうが要求する金を、目の前に積んでやれば話はつく。一〇万で人を殺すんだ。助けるには、もう少し銭はかかるだろうがね」

「――」

「問題はその金があんたに用意できるかどうかだろうよ」

三島が言った。

突き放すような言い方ではない。単に、事実を片山の前に言葉にして転がしただけだ。

しかし、片山には、その言葉が重く響いた。

〝あんたにその金が用意できるのか？〟

「陣内雅美はどこにいますか？」

片山は、また訊《たず》ねた。

「だから知らないんだよ。雅美がどこにいるかね」

「どこにいるか見当はつきませんか。それとも、陣内の居場所を知っていそうな人間の心当たりはないんですか」

「ないね」

三島がそう答えた時、店の暖簾《のれん》を右手の甲《こう》で掻《か》き分けて、サングラスを掛けたひとりの男が入って来た。

「ごめんよ」

低い声で男はそう言い、サングラスの奥から、三島を睨んだ。

3

四〇歳を、いくらか過ぎたくらいの男であった。

夏だというのに、きっちりと、白いストライプの入ったダークブルーの背広を着、サングラスを掛けていた。

ひと目で、どういう種類の人間か、はっきりわかる男であった。スーツの内側の肉体から、外に向かって滲《にじ》み出てくる暴力的な威圧感。

分厚い男であった。

男は、ごめんよと声をかけ、片山の右隣りに、椅子《いす》をひとつあけて腰を下ろした。

不思議な威圧感が、男にはあった。

男の背後——店の外で、小さく口笛が鳴った。

片山が外へ視線を向けると、四、五人の男が、店の前の路地の暗がりに立っているのが見えた。

明らかに、今の口笛は、店に入った男がひとりではなく、外に自分たちがいるぞという示威の行為であった。

「チャーシューをひとつもらえますか」

あくまでも丁寧な声音《こわね》で、男は言った。

「はい、チャーシュー一丁《いっちょう》ね」

三島が、答えてチャーシューメンを造り始める。

やがて、男の前のカウンターに、チャーシューメンの丼が置かれた。

男は、無言で、それを喰べ始めた。

狭い店内に、男が、チャーシューメンを喰べる音だけが響く。

その間じゅう、誰も口を開かなかった。

新しい客も、姿を見せなかった。店の前に、見るからにそれとわかる男たちがたむろしていては、客があったとしても入るに入れないであろう。

男は、丼を抱え、汁《つゆ》まであまさずに飲んだ。空《から》になった丼がカウンターに置かれる音が、重く響いた。

男が、顔を上げて、また三島を見た。

三島は、黙って、その男の視線を受けた。

「お久しぶりです」

男が、低く底にこもった声でつぶやいた。

三島は、数瞬、男の顔を見つめ、ゆっくりとサングラスをはずした。

「あんたか」

ぼそりとそう吐き捨てた。

「二一年——いえ、二二年になりますか——」

男は、喉の奥から、こもった言葉を出しながら、サングラスをふたたび掛けた。

「そんなになるのか」

「なりますよ。たとえ、三島さんはお忘れになっても、わたしのほうは、忘れられません。ただの切った張ったは、あの前にも何度もやったし、あの後だって、生命のやりとりに近い喧嘩は何度もやりましたがね、あの時、三島さんとやった分だけは、忘れられない。今でも、思い出せば震えがくる時がありますよ——」

男の言葉に、三島は、押し黙った。

男は続けた。

「あの時は、本気でしたよ。殺す気はありませんでしたが、腕の一本はもらうつもりでした。場合によっては、もし殺すことになったとしても仕方がない、という覚悟までしてたんですからね――」

「――」

「三島さんが、本気にさせたんですよ。三島さんが頭を下げて、そこそこの金を積んでくれたら、こっちの面子《メンツ》も立った。けれど、ああ言われちゃあ、こちらも本気になるしかないでしょう。おれたちも相当バカな人間ですがね、三島さんほどじゃない。弟子の喧嘩のため、生命を張るなんて、並のお人じゃない。あの時のあんたは、今思い出しても、惚《ほ》れするほど潔《いさぎよ》かった……」

男は、しみじみとした口調で言った。

片山は、ようやく、男が何のことを言っているのか気がついた。

二二年前、三島がまだ北辰館にいた頃、弟子のふたりが、酒が原因でその筋の男たちと喧嘩になり、相手を叩きのめしたことがあった。

その折、相手の男たちが、落とし前をつけに北辰館に乗り込んで来た。その時、男たちの相手をしたのが三島であった。

片山が、まだ北辰館に入門する前のことである。

どうやら、男は、その時、ビルの工事現場で三島と闘った四人の男たちのうちのひとりらしい。

「あの時の喧嘩があるから、今のわたしがあると言ってもいい――」

男は、スーツの内ポケットから名刺入れを取り出し、黙って、それを三島と、それから片山に差し出した。

「北辰館の片山さんですね。赤石《あかいし》と言います」

片山は、その名刺を受け取った。

桜風会《おうふうかい》　若頭　赤石利彦《としひこ》
と、あった。

「片山さんのことは知ってますよ。昔、こちらの三島さんとは妙な因縁《いんねん》がありましてね。その時から、こっち――」

〝こっち〟と、男――赤石利彦は、右手で拳を造った。〝空手〟という意味らしい。

「――こっちのほうに興味が湧いてね。自分じゃあやらないんですが、北辰館の試合は、何度か拝見させてもらってるんですよ。片山さんが優勝した九年前の大会も拝見させていただきました」

片山は、無言で目礼してから、

「片山です」

感情を殺した声で言った。

「何の用だ」

三島が言った。

「別に、昔話をしに来たわけじゃありません」

赤石の声も、見事に感情が殺されている。

「たいへん恐縮なんですが、二二年前と似た用件でしてね」

「――――」

「三島さんのお弟子の、陣内雅美を捜してるんですよ。彼が今、どこにいるかご存じありませんか」

「知らないね」

「居場所を知っている方《かた》の心当たりは？」

「ない」

「困りましたね」

赤石は、小さく首を振った。

「なぜ、雅美を捜している？」

訊いた三島を、赤石は見つめ、

「わたしの恥になることなんですが、お話ししますよ。そうすれば、三島さんも、何か思い出してくれるかもしれませんしね」

そう言って、溜息《ためいき》に似た呼気《こき》を洩らした。

「わたしにはね、きちんとした女房も子供《ガキ》もいるんですがね、別に、女もいるんですよ。今村《いまむら》菜穂子というんですがね。わたしのような稼業の人間にとっちゃ、それほど珍しいことじゃないんですけどね」

「――――」

「その女に小さな一杯飲み屋を一軒まかせてたんですがね、その女が、ふた月ほど前に、男を造って逃げちまったんですよ。それで、女と男の行方《ゆくえ》をずっと捜してるんです。その男がどういうやつか、ずっとわからなかったんですが、つい先日、ようやくわかりましてね。それが、元キックボクサーの陣内雅美って男だったんですよ」

赤石の言葉を聴いていた三島の唇に、小さく、微《かす》かな笑《え》みが点《とも》った。

「何かおかしいことでも？」

赤石が訊いた。

「いやね、あの雅美に、あんたみたいな人の女を口説《くど》く甲斐性《かいしょう》があったのかと思ってね。あんたにゃすまないが、それがちょっとおかしかったんだよ」

「いや、三島さん、口説いたのは、菜穂子のほうですよ。わたしにはわかります。しかし、口説いたのがどっちかってことは、この際関係がない。それはわかっていただけるでしょう」

「わかるよ」

「その陣内をね、つい先日、うちの人間がようやく新宿で見つけたんですよ。見つけたっていうより、陣内のほうからうちのほうへのこのこやって来たんですよ。女を出せってね――」

「女を？」

「どうやら、陣内のところから菜穂子がいなくなっちまったらしい」

「いなくなった？」

「女がいきなりいなくなったら、こりゃあ、たいてい、男のところへ行ってるってのが、相場ですよ――」

赤石は、意味ありげに微笑した。

「だから、まあ、菜穂子がおれのところへもどったか、おれが連れもどしたんじゃないかって、陣内は考えてたんでしょうよ。もっとも、その時はまだ、男の名前が陣内雅美だってことはわからなかったんですがね。で、陣内を連れて行こうとしたら、こいつがなかなか強い。うちの人間がその時四人いたんですが、そのうちの三人をあっさりのして、陣内は逃げてしまったんですよ」

「それで――」

「その時、妙な男がひとりいて、どうやら陣内を知ってはいるらしいんですが、知り合いじゃないらしい。その男が、陣内を捕えるのを邪魔したっていうんです。その男もまた、やけに強かったって言うんですがね――」

サングラスの奥で、赤石の視線がちらりと自分に向けられたのが、片山にはわかった。

「それなら、おれだよ」

片山は言った。

「どうりで――」

赤石は、唇の端に笑みを溜《た》めた。

「――それならうなずけますよ。陣内雅美と、北辰館の片山草平が相手だったんなら、うちの若いのを責めるわけにはいきませんな」

「別に、おれは邪魔をしたわけじゃない。偶然にあの場所を通りかかっただけだ」

「ならばどうして、あなたがここにいるんです？」

赤石の問いに答えたのは、三島であった。

「その男も、陣内を捜してここに来たんだよ」

三島は、片山に視線を向けて言った。

「ほう……」

赤石が囁《ささや》くような声で言った。

「それじゃあ、お仲間というわけですね。しかし、どうして、北辰館の片山草平が陣内雅美を捜してるのですか――」

「本人に訊いてくれ」

三島が言った。

「まさか、おたくも、女を盗《と》られたというわけじゃあないんでしょう」

「違うよ」

片山は短く答えた。

「事情を訊いてもいいんですが、これでなかなか忙しい身体でしてね。まだ、この後も用事があるんですよ。ここへも、若い者だけを来させるつもりだったんですが、三島さんのところじゃあ、まず、わたしが顔を出して、ご挨拶申し上げたほうがよかろうと思いましてね――」

「どうして、雅美だとわかったんだ？」

三島が、話をもどすように、赤石に訊いた。

「いえね。わたしだけでなく、これで、うちの連中の中にも空手だのキックだのが好きな人間がいましてね。事務所にもそういう関係の雑誌があるんですよ。こう首を抱えて、膝で顔に蹴りを入れたという話を耳にして、そりゃあ素人《しろうと》じゃないと言い出してね。たまたま事務所にあった格闘技雑誌をぱらぱらやってたら、陣内が、ムエタイの選手とやった時の写真がグラビアに載《の》ってましてね、新宿で陣内にやられた男がその写真を見て気がついたんですよ」

言いながら赤石は、スーツの内ポケットに手を入れて、財布を取り出した。

「さっきも申し上げましたが、わたしも忙しい身体でしてね。今日は、とりあえず事情を説明しに参上したわけでして。今夜はこれで失礼させていただきますよ。たぶん、この次からは、わたしではなく、うちの若い者がお邪魔させていただくことになるでしょう。何か陣内のことで思い出したことがあれば、その時に、うちの若い者に言っていただくか、先ほどの名刺の場所へお電話いただければ嬉しく思いますよ」

赤石は、きっちりと、正確にチャーシューメンの代金だけを財布の中から取り出して、それをカウンターの上に置いた。

「それじゃ」

立ち上がった。

「なかなかおいしかった。まさか、あの三島忠治の造ったラーメンを、こうして喰べることになるとは思ってもみませんでしたよ」

赤石は、入って来た時と同じ動作で暖簾を分け、外へ一歩踏み出したところで、後ろを振り返った。

「三島さん。ラーメン屋、儲《もう》かりますか?」

そう訊いた。

「そこそこ喰っていけるくらいはね」

「そりゃあよかった」

笑みを浮かべて、赤石はうなずき、

「陣内の話とは別ですが、もし、三島さんが、もう少し銭の儲かる仕事をお望みでしたら、いつでもわたしに声をかけてください。本気で力になりますよ」

赤石は出て行った。

赤石の足音を、数人の男たちの足音が包んで、それが、ゆっくりと遠ざかってゆく。

カウンターの上に、赤石の置いていった硬貨が、鈍《にぶ》く灯りを映《うつ》して光っていた。

五章　荒涼たるリング

1

「カタヤマ、今夜、少々時間を取れるかね」

ニコムが、片山にそう声をかけてきたのは、サーマート・ジムで、試合まがいのスパーリングをやった四日後のことであった。

その時、片山は、ジムのコンクリートの床に素足で立ち、サンドバッグを蹴っていた。

そこへ、いつもなら朝から姿を見せているはずのニコムが遅れて姿を現わし、やや興奮した顔で、片山の前に立ったのである。

片山は、サンドバッグを蹴っていた足の動きを止めて、ニコムを見た。

ニコムは、片山に数歩あゆみ寄り、まだ揺れているサンドバッグに右手を当て、その揺れを止めた。

「サーマート会長が、君と食事をしたがっている」

「食事を？」

「久しぶりに、まともな日本食を好きなだけ喰えるぞ」

「何かあるんですか」

「会長は忙しい方だ。その会長が食事を誘っている。もちろん、ただ食事だけということはない」

「どういう用件なんでしょう」

「わたしは、その用件の内容はもちろん知っているよ。しかし、それはここで言うわけにはいかない。きみが会長自身の口から聴くことだ」

「――――」

「先日きみがここでやった試合《スパーリング》に会長はひどく感動したんだよ。そのくらいは言ってもいいだろう。きみがやっているニュースタイルの空手にもひじょうに興味を持ったようでね」

ニコムは、自分で揺れを止めたサンドバッグを右手で押した。サンドバッグが動き、バッグを吊るしている金具が、小さく音を上げ始めた。

「ビッグチャンスは、人生にそういつも転がってるわけじゃない。今夜、きみはそのビッグチャンスをもらうことになる。もちろんきみ次第《しだい》だがね。わたしなら、このチャンスは逃さないよ――」

ニコムは言った。

サンドバッグの揺れが自然に止まっていた。

「わかりました」

自分を見つめているニコムに向かって、片山はうなずいていた。

その日本料理屋は、パッポン通りの東にある、アッサムストリートの一郭にあった。

〝ニュー舞子《まいこ》〟

ジムからタクシーで向かったのだが、街の中心に入ると道路が渋滞《じゅうたい》し、途中からタクシーはほとんど動かなくなった。

パッポン通りの手前で車を降り、片山はニコムとアッサムストリートに向かって歩き出した。

歩道の両側に、さまざまな屋台の店が出ている。

ほとんどが喰べ物や飲み物を売る店だ。

焼いた肉、果実、コーラ――

白熱灯の灯りの中で、さまざまな喰べ物が眼に映る。肉の焼ける匂いや、肉を揚げる油の匂いが、濃密な熱い大気の中に満ちていた。

バッタや、コオロギ、タガメなどの虫を油で揚げたものも売られている。

その屋台の店の間を、互いの肌に浮いた汗を擦《こす》りつけ合うようにして、人々が歩いてゆく。

Tシャツに短パン、サンダル姿の男女。子ども。老人。

ねっとりしたタイの夜気以上の、ひしめく人間の放つ熱気がそこにあった。

日本にはない種類の混雑であった。

混沌《こんとん》とした人間のエネルギーが、汗や喰べ物の匂いと共に、そこで混ざり合っているのである。

この熱気のような混沌の中から、タイの文化も、そしてムエタイも生まれたのだと片山は思った。

その人混みの中を、歩いてゆくと、

「ジャパニーズ？」

派手な半袖シャツを着たタイ人の男が、片山に声をかけてきた。

ひと目で、日本人専門のポン引きとわかる男であった。

タイの可愛い女を抱けるぜと、男は、英語と日本語混じりの言葉で話しかけてきた。

その男に、ニコムがタイ語で何かを言うと、男は肩をすくめて姿を消した。

「タイガールを、もう抱いたか？」

歩きながら、ニコムが話しかけてきた。

「まだです」

「日本人にしては珍しい。女は嫌いか」

「嫌いではありません」

片山は、乾いた声で言った。

確かに、女は嫌いではない。

男なら当たり前のことだ。

女の肉が欲しくて、身体が軋《きし》むほど女を抱きたくなることがある。肉がちぎれそうなほどの欲望に、一晩苛《さいな》まれることだってある。

自分は、人一倍そういう欲望が強いのかとさえ思う。

女がいない時期が長かった。女は周《まわ》りに大勢いたが、自分の所へ来る女はいなかった。自分には一生女など出来ないのではないかと考えていた時期もあった。

そう思えば思うほど、女への欲望に狂おしく身をよじることになる。そういう欲望を、なんとか、空手への欲望へ、ねじ伏せるようにして変えながら、自分はここまでやってきたのではないか。

一〇分歩かずに、〝ニュー舞子〟に着いた。

店の名前を染めた暖簾《のれん》をくぐると、三味線《しゃみせん》の音が耳に届いてきた。

「おいでやす」

和服を着た女が、京都弁で声をかけてきた。日本人である。
奥の、畳敷きの席へ通された。
すでに、ソイ・サーマートは着いており、座布団《ざぶとん》の上に胡坐《あぐら》をかいて、そこに座してい
た。
サーマートは、片山を見、ゆるんだ顎の下の肉に皺《しわ》を寄せて微笑した。
冷房の効《き》いた店内の空気の中で、片山の肌に張りついていた熱気と汗が、たちまち退《ひ》い
てゆく。
サーマートと、向き合うかたちで、片山は座した。
ニコムは、サーマートの隣りにも片山の隣りにも座さずに、向かい合ったふたりを横か
ら見るかたちで、座卓の一方の辺に座した。
「きみのニュースタイルの空手は、じつに素晴らしい」
ビールで乾杯《かんぱい》を済ませた後、サーマートは片山に言った。
「わたしがイメージしていた空手よりも、ずっとムエタイのスタイルに近い。正直言って
驚いたよ。ああいう空手のスタイルがあることは知っていたが、そのレベルがあそこまで
のものとは思わなかったよ」
サーマートの言葉を、ニコムが片山に通訳をする。
「恐縮です」

と、短く片山は言った。

「正確に言うなら、ニュースタイルの空手が凄《すご》いというよりは、君個人が持っている技術やスピリットが凄いと言うべきなんだろうな。ニュースタイルの空手をやっている連中が、誰でもきみのように蹴ったり、パンチを打ったりできるわけではないんだろう?」

そう問われて、日本人である片山には、そうだと答えられるものではない。

「恐縮です」

片山は、もう一度、同じ返事をした。

「ムエタイはどうかね」

サーマートは、ふいに、別のことを問うてきた。

「素晴らしいです」

と、片山は答えた。

グローブを付けた場合のパンチの出し方、受け方、相手の首を抱えての首相撲から相手を膝で蹴ってゆく膝の使い方、そして肘《ひじ》——そこに空手のスタイルの中にはない独特のものがある。

どういう角度からくるかわからない膝と肘は、特に恐ろしい凶器であった。

片山は、自分が感じたそういうことを、正直にサーマートに言った。

「きみは、かなり正確にムエタイの特徴を理解しているようだね——」

自分は、ムエタイの技術を、自分の空手のスタイルの中に採《と》り入れるために、タイに来たのだと、片山はサーマートに言った。

いや、本当はそれだけではない。

空手。

強くなること。

空手を学んで強くなって、それで、自分はどうするのか。どうしたいのか。

身につけた空手の技術は、永久にその身に残るものではない。練習を惜しめば、その技術はたちまち錆《さ》びる。練習を怠《おこた》らずとも、肉体の老《お》いと共にその技術は去ってゆく。

どんなに努力しても、やがては去ってゆくもののために、自分は自分の時間を潰《つぶ》してゆけるのか。

片山自身にも、それはわかるものではない。

タイに、その答えがあると思って来たわけでもない。

しかし、日本での空手というスタイルの中で、自分は行き詰まった。空手の試合では、ここひとつ燃えきれないものがある。

答えはないかもしれないが、ムエタイの中に身を投じてゆく中で、自分の空手の方向、自分の生き方が見えてくるかもしれないとの思いはある。

自分が、一〇年以上も身を投じてきた空手というものが何であったのかを知りたかった。

それは、

〝自分は何者であるのか〟

それを問うことであった。

そのためには、空手で、完全に燃焼し尽くしてみることだ。それは自分の肉体に問うことであった。

自分の肉体が、その答えを出してくれるのではないか。

ムエタイは、スポーツである。

ルールがある。そのルールがすべてだ。もし、関節を取って極《き》めることができたら――という発想は、ムエタイの中にはない。それではムエタイではなくなってしまうからだ。

しかし、空手は武道であると片山は思っている。

ルールは、流派ごとにいろいろあるが、それは仮に定められたルールである。

空手――武道の根底にあるのは、実戦であり、ストリートファイトである。極論すれば、殺し合いである。

しかし、練習の過程であれ、試合であれ、殺し合いはできない。また、片山にはそのつもりもない。

そのためのルールだ。

武道――

人を殺すための技術をその肉体に刻《きざ》みつけたとして、それが今の社会でどうだというのか。

片山にはわからない。

自分の肉体に問うこと、片山にできるのはそれだけだ。

空手というものに、自分の肉体を捧《ささ》げ尽くしてみるしかない。

「何を考えているのだね」

サーマートが言った。

「ずいぶん怖《こわ》い顔をしていたな」

サーマートが、片山の顔を、銀縁《ぎんぶち》の眼鏡《めがね》の奥から眺めている。

いつの間にか、刺身が並べられていた。

「片山くん、ムエタイのことを勉強したいと言っていたね。そのムエタイのことを勉強する一番いい方法を、きみは知っているかね」

片山は答えられなかった。

サーマートの質問の意味がよく呑《の》み込めなかったからだ。

サーマートが、微笑した。

「それはね、ムエタイと闘ってみることだよ」

サーマートは、微笑を残したまま、片山の心の裡《うち》をさぐるように、冷《さ》めた視線を片山の顔に投げかけた。

「闘う!?」

「そうだ。ルンピニー・スタジアムでだ。相手は、イスマール・ソータンクン――」

サーマートのその言葉をニコムは通訳してから、

「ルンピニーの、ウェルター級の現役チャンピオンだよ」

そう付け加えた。

「君のような、重量級の選手がタイにはいないんでね、それが、ムエタイでは一番重いクラスなんだ。それでも、きみよりは一〇キロ近くは軽い。体重が違うんで、タイトルマッチというわけにはいかないがね」

「本気で言ってるんですか!?」

片山は訊《き》いた。

声がかすれた。

日本の空手家――いや、空手家と言わず、キックボクサーでもいい、誰であれ、日本人で、ルンピニー・スタジアムにおいて、タイの現役のチャンピオンと闘った者は、これまでにいない。

そのチャンピオンと、自分がやるのである。

片山も、空手家とはいえ、ムエタイのことはわかっている。

自分が今直面していることが、どれだけのことであるのかは理解できる。

それは、外人の格闘家が、日本の両国《りょうごく》国技館で、相撲の横綱《よこづな》クラスと、試合をするようなものだ。いや、そこまでではないにしても、それに近いものはあるだろう。

もともと、ムエタイは、他の同種スタイルの格闘技に対しては開かれている。

カンフーや、跆拳道《テコンドー》の選手が、ムエタイのリングに、立つケースがないわけではない。

しかし、いきなりチャンピオンとやるというのは――

かっと、血が熱くなった。

「本気だよ。君の実力も、先日見せてもらったし、テレビ局も乗り気だ。君は、ニュー空手のチャンピオンなんだから、こちらもチャンピオンを用意するということだよ。しかし――」

と、サーマートは口ごもった。

「会長が心配しているのは、きみが属している、北辰館のことだよ。きみが、ルンピニーに上がることで、北辰館とのトラブルが生ずるのは困る。われわれのほうで問題があるとすればそこだけだ」

ニコムが言った。

北辰館――

片山は、そこの門下生である。

内弟子ではない。月謝を払って、道場に空手を学びに行っている身分である。先輩として、他の道場生に教えることはあっても、北辰館から金をもらっているわけではなかった。

タイへも、自分の金で来ている。

この件に関しては、自由な立場にいる。かたちの上ではそうだ。しかし、それだけではむろん、ない。仮にも、一度、全日本大会で優勝をしているのだ。

その自分が、ムエタイのチャンピオンと闘う。

世間は、単なる個人が闘うとは見ない。北辰館がムエタイと闘うと見る。

勝てば問題はない。

しかし、自分がもし負けたら――

世間は、北辰館がムエタイに負けたと理解する。北辰館にも、敵がいる。

それは、伝統派の、あるいは同じフルコンタクト系の他の空手流派であり、あるいは一部のキックボクシング関係者である。すべてがそうだというわけではない。しかし、北辰館を感情的におもしろく思っていない人間は間違いなくいるし、それは別にしても、今、空手界において北辰館が占めている位置を、代わりに自分の団体が占めたいと考えている団体は無数にある。ライバル団体が、北辰館批判をするのに、ちょうどよい材料を与えてしまうことになる。

ルールが違う、思想が違う、空手に対する姿勢や考え方が違うという以上のものが、そこにはある。

伝統派空手――実際に相手に当てない空手を批判し、寸止《すんど》め空手と評し、それを否定するところから、現在の北辰館が始まったといっていい。

その北辰館が、フルコンタクトという空手の流れを日本に造った。

しかし、その北辰館から、現在は無数のフルコンタクト系空手流派が生まれている。

思想面で言えば、それは、顔面にパンチを入れるか入れないか、という問題である。

北辰館ルールでは、顔面にパンチを入れない。

素面に、素手の拳を当てるのは、極めて危険である。

頭蓋骨《ずがいこつ》が陥没する。

あるいは鼻が陥没する。

あるいは、鎖骨《さこつ》が、肋骨《ろっこつ》が折れる。

眼の中に指が入ることもあり得ようし、失明の危険度も高い。怪我《けが》だけでなく、試合においては、死の危険すら生じてきてしまう。

実際に当てはするが、顔面へのパンチ攻撃は禁止。これが北辰館のルールである。顔、人間の頭部に攻撃を入れたければ、足の攻撃でそれをすることになる。

しかし、空手という武道においては、拳による頭部への攻撃は最大の武器と言ってもいい。その最大の武器を禁じられたら――

武道の本質は、殺し合いである。

一番有効な技が、一番危険ということになる。空手の流派をやってゆく場合、これが最大のジレンマとなる。

一番有効な技を使えないのだ。空手をスポーツとして捉《とら》えるならそれでいいが、武道性を考えた場合、どうなのか。

あとは、摑み、投げ、関節技という問題もある。体重の問題もある。それに、どう答えを出すか。

身体が大きくない人間が北辰館に入門して直面するのが、この問題である。

顔面を殴《なぐ》らない空手においては、身体の大きな者の優位が、ますます動かなくなる。

拳で、胴を叩く。

胴を叩きながら前に出る。

拳による相撲のような闘いになるケースも少なくない。そうなると、身体の大きな者に、身体の小さな者が勝つチャンスがますます減少することになる。

そこに不満が生まれることになる。

顔面パンチを認めれば、大きい者の優位は動かないにしても、小さな者が勝つチャンスが増えることになる。

試合は試合、空手は空手という考え方がある。顔面を殴るのが禁止ならば、そういうルールで試合はやればいい。しかし、そうでない闘いの時――ストリートファイトの時には遠慮なく顔面に拳を入れればいいではないかと。

そうではないという人間がいる。

ストリートファイトならばそれでいい。

しかし、空手の中に間違いなくある、拳で相手の頭部を攻撃する技術、それが失《な》くなってしまうというのである。進歩がないだけでなく、退化してしまう。

試合で使えるからこそ学ぶのであり、試合で使えない技術を、人は学びはしない。人は、試合に勝つための練習をするのである。

顔面を叩かない試合をやっていながら、いざという時に、人の顔面を叩けるものではない。相手が素人ならともかく、顔面の技術を持った者、仮にその相手がボクサーであれば、まず空手のパンチは入らない。

ルールの中でだけの勝敗でいいのなら、それはスポーツだ。空手は武道でなければならない。

結局、北辰館の出した答えが、空手、であった。

空の手――すなわち素手であった。

北辰館がこだわったのは、素手、素面であった。

空手は、素手、素面でやるものであり、素手で素面を叩くのが危険すぎる以上、やはり顔への手による攻撃はないというのが北辰館の結論であった。

ボクシングのグローブを付けることによって、あるいは、頭部に面《マスク》を付けることによって、頭部への攻撃を認めればいいではないかという流派が、そういう所から自然に生まれていった。

むろん、新しい流派が生まれるのは、何もそのような考え方の違いばかりによるのではない。

金銭面のトラブル。

人間関係のもつれ。

名誉欲。

権力欲。

さまざまなものが複雑にからみ合って、新しい流派が生まれてゆくのである。

単独で、それまでどこの流派にも属さずにやってきた人間が、いきなり空手の流派など興《おこ》せるものではない。必ず、どこかの流派に属していた人間が、そこの流派を出て、新しい流派を興すことになる。

そこに、トラブルが生じないはずがない。

北辰館は、その意味では、無数の敵を、外部にも内部にも持っていることになる。

片山の敗北は、そのまま北辰館の負けということになる。北辰館のイメージダウンは計り知れない。

たとえ、相手が、ムエタイであってもである。

今でこそ、片山自身が代表するように、北辰館の外部ではなく、内部から、顔面の技術を北辰館に採《と》り入れてゆこうとする人間が出てきているが、それでも、北辰館の主流が〝顔面なし〟であることに変わりはない。

北辰館の片山が、ムエタイという顔面ありのルールで闘って負けた場合の北辰館のリスクは大きい。

勝ちも負けも、片山個人にとってはただ自分だけのことにすぎないが、北辰館にとってはそうではないというのはわかっている。

しかし、逆にこれは、北辰館にとっても大きなチャンスのはずであった。

もし勝てば――

そのメリットは計り知れないものがある。

北辰館内部に、顔面ありのルールの大会が、小さいながらも開催される可能性さえある。

「どうなんだね」

片山の思考を断つように、サーマートが訊《き》いてきた。

「お受けします」

片山は答えていた。

最終的に、北辰館は、この挑戦を受けるだろう。立松治平は、肚《はら》のすわった男である。答えはひとつだ。

「で、ホクシンカンとのトラブルについては、問題はないのかね」

ニコムがサーマートの代わりに問うてきた。

「これから東京に連絡を取ってみますが、おそらく、大丈夫でしょう」

と片山はうなずいた。

「よし、試合は、二週間後だ」

サーマートが言った。

「二週間後!?」

「不満かね。きみは、あと一カ月はタイにいるんだろう?」

いることはいる。

しかし、そういう問題ではない。二週間というのはあまりに時間がなさすぎる。

「チャンピオンのほうも、二週間という条件は同じだ。他にスケジュールが取れないんだ。会場やテレビや他の調整もある。駄目なら、ソータンクンをやめて、別の選手にすることもできる」

サーマートは、片山の答えを待つように、腕を組んだ。

片山が沈黙していたのは、わずかな時間であった。

「わかりました」

片山は答えていた。

「二週間後で結構です」

2

「駄目だったよ――」

ビールを喉の奥に流し込み、ジョッキをカウンターに置いてから、石倉は力を落とした声で言った。

しばらく前に、石倉と飲んだ、新宿のあの居酒屋だった。

「フリーのライターにね、いろいろ調べさせたんだが、結局、陣内の居所はわからなかった」

石倉は、カウンターの上のジョッキの縁《ふち》を、右手の人差し指ではじいた。

「思いつく限りの関係者に当たったって訊《たず》ねたんだけどね。空手のほうも、キックのほうも、駄目だった。学生時代につき合いのあった人間にも連絡を取ったんだが――」

「転出届は？」

「練馬の区役所にも行ったよ。しかし、転出届は出てなかった――」

「じゃあ、出さずに……」

片山が問うと、石倉は、顎を下に引いてうなずいた。

陣内が、練馬にある三島の店の二階から姿を消したのは、昨年の十二月である。年の暮れも押し迫った十二月二十三日の夜に、彼は出て行ったという。

店を閉めてから、三島と陣内は、店でビールを飲んだ。買い込んでいた牛肉で、スキヤキを造った。それを喰べながら飲んだ。

ふたりとも、口数は少なかったという。

八本のビールが失くなり、スキヤキも失くなった頃、陣内が、バッグを持って立ち上がった。

立ち上がった陣内を、やはり立ち上がった三島が見つめ、

「くやしいなあ……」

ひと言《こと》そう言った。

「押忍《オス》」

とだけ、陣内は答えた。深々と陣内は三島に頭を下げた。

「落ち着いたら、電話をしろ」

「はい」

顔を上げて、陣内は言った。

会話らしきものは、それだけであった。

どこへゆくとも、これからどうするとも、陣内は言わなかった。三島も問わなかった。

約束した日まで陣内は働き、その約束の日の夜に、陣内は出て行ったのだ。

「じゃ、行きます」

陣内は、背を向けて出て行った。

それだけの、呆気《あっけ》ないほどシンプルな別れであったという。

そういう別れであったのだ。

「その時から、雅美には会ってない」

と、赤石がいなくなった店内で、三島は片山に告げた。

「電話連絡も？」

「ない」

三島と、陣内と、ふたつの肉体、ふたりの精神の間に、煮《に》え立つように存在していたものが失《う》せたのだ。それがふたりを繋《つな》げていたのであり、それが失せた時、ふたりは、互いにどちらの人生からも、自分の身を退《ひ》く以外になかったのだろう。

だから、問いもせず、答えもしなかったのだろうと、片山は思った。

陣内は、これから、どうやって世間とつき合ってゆくのか。

拳という言葉、リングというその言葉を伝える場所、それを陣内は失ったのだ。

片山の横で、石倉が溜息をついた。

「もし、陣内の居所を知っている人間がいるとするなら、それは三島忠治だろうって、そう言う人間が多かったよ」

その三島が、陣内の居場所を知らなければ、もう、陣内の居場所を知る者はいないことになる。

「三島忠治は、本当は陣内の居場所を知っていて、嘘をついたのかもしれない」

石倉が言った。

「なぜ、そんな嘘を――」

「陣内をそっとしておいてやりたいんだろう。特に、キックや空手の関係者や、マスコミの人間にはね。三島が、自分の意志で、われわれに教えないと決めているんなら、どちらにしろ無理だろうな」

石倉の言葉に、片山はうなずいた。

「残るのは、女の線だな」

石倉は言った。

「女?」

「おまえ、陣内が、女のことでヤクザともめているって言ってたじゃないか。その線から、陣内まで糸をたどるしかない」

「ヤクザの女か――」

片山の脳裡に、あの赤石の顔が浮かんだ。

女を、別の男に盗られたあの男が、どういう心境でいるのか、あの表情からだけでは想像がつかない。

「桜風会、若頭の赤石というのがわかっていれば、その店の場所を調べるのは、不可能じゃない。その筋にも、桜田門《さくらだもん》のほうにも知り合いがいるしね」

石倉は、これまで飲むのを忘れていたように、ジョッキを握り、泡の消えたビールを喉に流し込んだ。最初のひと口よりは、ずっとビールの減る量が少ない。

「今気がついたんだがな――」

ジョッキをカウンターに置いて、石倉は何か思い出したように片山を見た。

「――なんだかんだ言っても、一番最後にというか、一番最近陣内に会っているのは、片山、おまえじゃないか」

そうか、おれか、と片山は思った。

おれなのだ。陣内を新宿で見たおれが、一番最近の陣内を見ていることになるのだ。

しかし、追われている陣内が、なぜ女の店のある新宿にいたのか？

伸びた髪を振り乱し、狂ったように男を殴っていた陣内の姿が脳裡に浮かんだ。

ビールを一杯だけ飲んで、片山は石倉と店を出た。

まだ仕事が残っているからと、石倉は、すぐに人混みの中に姿を消した。

片山は、澄子へ電話をしようかどうか迷い、結局、そのままアパートの自室に帰った。

畳の上に仰向けに寝ころんだ。

ぼんやりと、天井を睨んでいる。

澄子にここしばらく会っていない。

会いたいと思う。会わないでいる澄子の身体へ、焦《こ》げつきそうなほどの欲望が湧くこともある。

しかし、結局、連絡をしそびれる。

そろそろ、決断をする時期であった。

今、決断しなければ、自分たちは、このままずるずるつき合った挙句《あげく》に、結局、別れることになるだろう。互いに、互いの関係に倦《う》むことになる。

受けるか？

と思う。

館長の申し出をである。

新宿支部の支部長をやるか。

そうすれば、そこそこの収入はある。澄子と一緒にもなれる。

しかし、まだ、消えない炎が、肉のどこかで燃えている。その炎が、決断をためらわせる。

自分から空手を取ればただの男だ。おれから空手を取ったら何も残らない。このまま歳《とし》を取って、それでどうなるのか。ただ、今の日々をこのまま過ごしてゆくのでいいのか。

空手以外に、自分の道があるのか。

ない。

あったとしても、もう、その時期は過ぎた。二〇代であれば、もう一度、別の道でスタートラインから何かを始めることもできたかもしれない。

だが、今年三五歳になる男が、これまでやってきた道以外へ進むということは、大変なハンデを負うことになる。

空手なら——

空手以外に、自分が生きてゆく道はない。

顔面に拳を当ててもいい空手への夢もある。

ふと、三島の姿が浮かんだ。

あの男も、空手——キックから足を洗えなかった男だ。

ああいう生き方もある。

空手で生きてゆくにしろ、生き方がある。

三〇代の半ばになろうという男が、学生のようなアパートに住んで女にたかって食費を浮かせて生きている。これでいいわけはない。

しかし、その前に、自分の内部で燻《くすぶ》っているものにどういうかたちにしろ結着をつけねばならない。

それだけは確かなことだ。

いや、それとも、結着などというものは、もしかしたら、一生つけられないことなのかもしれない。誰もが、自分の過去にひとつずつ結着をつけているわけではない。また、そのようなことができるわけでもないのだ。

過去の結着のために、現在とこれからの時間を生きてどうなるのか。

背負うべきものは、背負わねばならない。

誰もが、無数の、結着をつけきれなかったものを背に負って生きているのである。

自分は、それを背に負う勇気がないだけなのかもしれない。

なぜ、あの勝負にこだわるのか。

何度も負けたことがある。

そのつど、内臓がよじれるような口惜《くや》しさを味わってきたが、タイでのあの勝負にだけは悔《く》いがある。

日本で、空手のルールでとはいわない。

せめて、二カ月——いや、一カ月の時間があったら——

何を考えているのか、このおれは。勝負に、もし、ということを考え始めたら、この世には敗者の数——勝者と同じ数だけのもしが存在することになる。何もかも承知で、自分はあのリングに登ったのではないのか。

片山は、考えるのをやめた。

ぼんやりと天井を見ていた。

その時、電話が鳴った。

澄子?

片山は、受話器を取った。

「片山です」

片山は言った。

答えはすぐにはなかった。

沈黙があった。

片山が、澄子かと、声をかけそうになった時、男の声が響いてきた。

「陣内といいます」

短く、低い声であった。

一瞬、その言葉を耳にしても、片山は相手が誰だかわからなかった。

「陣内雅美です」

と、低い緊張した声がもう一度響いた時、片山はようやく相手が誰であるかを知った。

〝お願いします〟

新宿で、あの晩に耳にした声だ。

あの時ほど、昂《たかぶ》ってはいないが、確かに陣内の声であった。

「陣内!?」

「新宿では、すいませんでした」

緊張したままの声が響いた。

「ご迷惑をおかけしてしまいました」

「迷惑?」

「桜風会の人間と、会ったんでしょう?」

「なぜそのことを知ってる。そうか、三島さんからか」

「昨日、電話をして、いろいろうかがいました。あの時、声をかけてきたのが誰かを、三島さんから聴きました」

「それでここへ」

「三島さんが、片山さんの所へ連絡をしろと、この電話番号を教えてくれたんです」

「今、どこに?」

訊《たず》ねると、少しの沈黙があって、

「言えません」

陣内の声が言った。

「いや、それは言わなくていい。会いたいんだよ。どこかで会えないか。都合《つごう》のいい場所へ、こちらから出てゆくよ」

また沈黙があった。

「片山さんが、わたしを捜していることは、三島さんから聴きました。電話では済まない用事なんですか」

「そうだ。会って話をしたい」

迷うような沈黙があり、やがて、

「わかりました」

陣内の声が言った。

3

片山が、陣内雅美と会ったのは、町田《まちだ》の駅前であった。
小田急《おだきゅう》線北口の改札口——

その約束の場所に、六時二十分に着いた。

約束の時間までには、まだ一〇分のゆとりがある。

勤め帰りらしいサラリーマンが、せわしなく改札を出入りしていた。その流れの中に立つ一本の杭《くい》のように、片山はそこに立って人の群れを見つめていた。

人の群れは、どの顔もどの顔も、皆同じように見えた。

個々の男や女たちは、改札を出入りしながら、片山の視界から見えなくなってゆくのに、群れとして見える風景は同じである。

同じような顔が電車からまた吐き出され、改札口に溢《あふ》れて、その人数がまたいつの間にか減ってゆく。

その減ってゆく個々の人間を、それぞれに追ってゆけば、それぞれ違う生活があるのだろうが、群れとして眺めた時に、同じ顔の集団に見えてしまうのである。

自分は、この集団の仲間なのだろうか?

ふと、片山は思う。

自分は、この自分の眼の前を通り過ぎてゆく人間の集団、その群れから取り残されてしまった人間なのではないか。

いや、他人《ひと》から見れば、おそらくこの自分も、ここに突っ立っているか、歩いているかの違いがあるだけで、基本的にはあの人間たちの群れのひとりには違いないのだろう。

いや、自分は、彼らとは違うのだ。

少なくとも、彼らとは違う生き方をしようとしているのではないか。

ならば――

おまえがしようとしているその違う生き方とは何だ!?

片山は自問した。

わからない。

わからなかった。

単に、自分はあの人の群れから取り残されているだけの人間ではないのか!?

片山がそこまで考えた時、その人の群れの中に立ち止まって、自分を見つめている人影があることに気がついた。

ジーンズと、Tシャツ姿の男――

陣内雅美であった。

短い髪と、歯を喰い縛っているような顎に特徴があった。

陣内は、人の群れの中から、怒ったような顔で、片山を見つめていた。

片山が気づいたことを知っても、陣内は、そこを動こうとしなかった。

陣内の内部にある緊張感――不安のようなものが、その距離を陣内に取らせているらしかった。

片山は、自分から陣内に向かって歩き出した。

陣内の前に立った。

陣内は、口を開こうともせず、ただ、片山を見つめていた。

片山は、その怒ったような陣内の前で、言葉を失っていた。

「飲もうか――」

片山は言った。

「押忍《オス》……」

と、陣内は低い声で答え、斜め後方に視線をやった。

そこに、ひとりの女が立っていることに、片山はようやく気がついた。

二〇代の後半――

やっと、三〇歳になったかどうか。豊満な肉体をした女であった。

ジーンズに、ブラウスを着ていた。そのブラウスの前の布地を、内側から、乳房が大きく盛り上げている。やや厚めの唇が微《かす》かに開いていて、白い歯が見えている。

片山の視線に気がつくと、女は、柔らかな身ごなしで、小さく頭を下げた。

軽く化粧をしているのが見て取れる。

この女か――

と、片山は思った。

この女が、あの赤石の捜している女なのだ。名前は、記憶が正しければ、今村菜穂子だったはずだ。

「一緒に？」

片山は、陣内に訊いた。

「いえ」

とだけ、陣内は言った。

ならば、どうしてここに――片山がそう思った時、女は、片山にもう一度、頭を下げてから、人混みの中に姿を消していった。

「これから、出勤なんです」

陣内は言った。

「彼女が？」

「ええ」

短く、陣内が答えた。

また、沈黙。

その沈黙が長くなる前に、

「行こうか――」

片山はそう言って歩き出した。

陣内が、少し遅れて片山に並んで歩き出す。

ゆっくりと人混みの中に、歩きながら身体を埋めてゆく。

無言であった。

ふたりで、しばらく無言で歩き、なんとはなしに眼についた焼肉屋に入った。

生ビールを注文し、カルビ、ロース、野菜、キムチを注文した。

「彼女、働いてるんです」

やっと、陣内がそう言ったのは、出てきた生ビールを、喉に流し込んでからであった。

「今村菜穂子さんだろう」

「そうです」

陣内は、まだ、どこかに怒ったような表情を残したまま、うなずいた。

こうして、近くで向き合ってみると、陣内は、一〇カ月前のソータンクンの試合の時よりも肉がついていた。

頰から首にかけて、肉がゆるんでいる。

明らかに太っていた。

七キロぐらいであろうか――

片山は、陣内の増えた分の体重を、そう踏んだ。

陣内は、とぎれとぎれに、自分が今、運送会社で昼間働いていること、今村菜穂子が、市内の深夜営業のコンビニエンスストアで働いていることなどを、片山に語った。

言葉は、ちぎって捨てるように、センテンスが短かった。しゃべる言葉の量そのものも少ない。

しゃべっている最中に、ふいに、何か思い出したように、陣内は、言葉を詰まらせて、顔を赤くした。

他人《ひと》が見れば、本当に怒っているような表情に見える。

しかし、そうではないことが、片山には、陣内とこうして向き合ってみてわかった。

陣内は、緊張しているのである。

緊張し、上がってしまっているのである。初対面の他人と、向き合って話すことに慣れていないのだ。

もし、怒っているとするなら、想《おも》いをうまく言葉にできない、そのもどかしさに腹を立てているのだ。

「ご……」

と、陣内は言って、片山を睨《にら》んだ。

睨み、もう一度、ご、と言ってから、

「ご迷惑をかけてすいませんでした」

頭を下げた。

会ったら、このことを最初に言うつもりだったのだと、陣内は、片山に言った。

「自分は口下手《べた》で——」

思っていたことを言う前に、違う話題の話になってしまったのだと。

陣内のジョッキは、もう空《から》になっていた。

額に汗が浮いている。

片山は、自分のジョッキを空にして、自分と陣内のビールを注文した。

肉が、火に炙《あぶ》られて音を立てている。

陣内をうながし、焼けてきた肉を、ふたりでつまんだ。

片山は、肉を喰べながら、その身体を見ていた。

確かに肉がついている。

しかし、リングに上がるキックボクサーの肉体は、もともと、研《と》いだ刃物のように、無駄な肉が削《そ》ぎ落とされている。その刃物の上に、薄く肉がついただけだ。肉がついたとはいっても、それは、リングに登る刃物の肉体と比べてのことである。常人の感覚からすれば、まだ、充分にシェイプアップされている肉体と言ってもいい。

だが、キックボクサーの肉体としては——

「練習は？」

片山は、陣内に訊いた。

「練習？」

「トレーニングだよ。もう、やってないのかい」

「やってません」

「もう、どのくらい？」

「五カ月……」

そうか――

五カ月か、と片山は、胸の中で陣内の言葉を反芻《はんすう》した。

五カ月で、あの刃物のような肉体が、ここまでになるのか。

トレーニングを、ほんの一週間さぼっただけで、筋肉の上をたちまち脂肪の層が包んでゆく。

そのことを、片山は知っている。

「それでも、キックをやめてから、二カ月くらいは、毎日走ってたんス――」

陣内は言った。

走ることを、肉体が要求するのである。

「身体を使わないと、調子が悪くて、夜、眠れなくて――」

当たり前だ。

陣内が持っている筋肉は、使うための筋肉だ。

日常の生活では考えられないくらいの負荷《ふか》にも耐えられる筋肉なのだ。そのための筋肉なのだ。

ある日、ふいに、その負荷がなくなったら――

筋肉が、その負荷を要求する。

使ってくれと、筋肉が呻《うめ》くのだ。

片山にも経験がある。

ある一定レベルの運動量を毎日こなしていると、その運動量を肉体が要求してくるのだ。運動をし、肉体を疲労させないと眠れなくなるのである。

運動中毒――

その運動中毒に、陣内もかかっている――いや、いたのである。

「今は、走ってないのか?」

片山は問うた。

「ええ」

「なぜ?」

訊くと、陣内は黙った。

「どうして走るのをやめたんだ」

黙った陣内に、もう一度片山が訊いた。

陣内は、眼を伏せてから、またその眼を上げた。

「走って、なんになるんですか？」

陣内が片山に訊いた。

「走って、それで、どうなるっていうんですか。何のために走るんですか。自分の身体を疲れさせて、ぶっ倒れるまでやって、それでどうだっていうんですか──」

「それは──」

片山は答えられなかった。

リングに上がるためだと、そういう言葉は出てこなかった。

しかし──

「もったいない」

片山はそう言った。

「もったいない？」

「その身体がだよ。その身体がだ」

片山は言った。

今度は、片山が、もどかしい想いを味わっていた。

陣内に、自分の想いを、どう表現したらいいのかわからない。

一九年だ。

一九年だと、片山は思う。

自分が、空手に時間とエネルギーを使ってきたその時間が一九年だ。

自分のことで言うなら、今さら、空手がやめられるのか。

他人《ひと》よりも頭が悪い代わりに、人よりも数学ができない代わりに、空手をやったのだ。

他人と、うまくつき合ってゆけない、あの人の群れの中に入ってゆけない代わりに、自分は空手にのめり込んだのだ。

他人が受験のための勉強をしている最中に、サンドバッグを蹴り、殴り、空手に自分という人間の持つエネルギーのありったけを費《つい》やしてきたのだ。

そういう生き方に、疑問を持った時期がなかったわけではない。疑問なら、いつでも持っている。

これでいいのか？

自分の生き方は、本当にこれしかなかったのか。

空手の他にも、自分の生き方はあったのではないか。

しかし、その答えはどこにもない。

他人は教えてくれない。

あったのは、自分が、空手に費やしてきた時間である。

二年なら二年、五年なら五年、一〇年なら一〇年——いまで言うなら、一九年、自分には空手に費やしてきた時間がある。

身につけてしまった、技や、体力、武道や空手に対する考え方、人間関係がある。

他のことをやるなら、一からのスタートだ。

音楽をやるなら、これから、三五歳の自分は、自分を例にするなら、音楽のことを一九年間やってきた人間と競うことになるのだ。

そうなったら――

それまで、自分が空手のために費やしてきた時間やエネルギー――それは何だったというのか。

二年なら二年、一〇年なら一〇年――その時その時、その人間なりに、空手に使ってきてしまった時間とエネルギーがあるのである。

それを、否定して、別の生き方を選んでゆく方法もむろん、あろう。ある。

あるが、しかし――

自分が、過去において、空手に費やしてきた時間とエネルギーの量が、そういう疑問を持つ度《たび》に、自分を空手へと押しもどしたのだ。

だが、逆にまた、その空手、キックボクシングへの想いが強ければ、強かったその分だけ、それが、その世界から自分を遠ざけようとする場合だってある。

さまざまな想いが、片山の脳裡《のうり》を駆け巡った。

もどかしかった。

もしかしたら、自分も今、この陣内のように、怒ったような顔つきをしているのかもしれなかった。

「もったいないじゃないか」

片山は、もう一度、同じことを言った。

まだ、やれる肉体が、自分の眼の前で朽《く》ちてゆく。

あそこまでの肉体を造るのに、どれほどのものに耐えてきたのか、それが、片山にはわかる。その肉体が、今、別のものに変わろうとしている。

まだ――

まだ、取り返しはつく。

もし、一度、完全にその肉体が常人のそれにもどってしまったら、もう、取り返しはつかない。

この肉体がまだ、二〇代であるなら、たとえ一年休んでも、また、元にもどすことができる。

だが、二六歳という陣内の年齢で、一年間むだをしたら……。

肉体を、元のようにするのに一年――信じられぬような苦痛を、その肉体に加えながらの一年が必要になる。それで、やっと、元のように、もどるかどうか。

二六歳で、一年休んで二七歳。一年で元にもどして、二八歳。格闘技者としてのピークかもしれない時期は、それで終わりだ。

トップは狙《ねら》えない。

キックボクサーとしてリングに上がることはできても、トップを狙うには、厳しいものがある。

練習を重ねてきて二八歳になったのとは中身が違う。

「いいんスよ、もう……」

陣内は言った。

「あきらめましたから」

陣内は、その唇に笑《え》みを造ろうとしたようだった。

弱々しい微笑が、その唇に浮いた。

〃あの試合のせいか?〃

片山はそう問おうとしたが、問えなかった。

〃女か?〃

そうも問おうとした。

しかし、問えなかった。

問うたから、どうなるのか。

どうにもなりはしない。

〝本人にやる気がなけりゃ――〟

三島の声が、脳裡に浮かんだ。

もう、終わってしまったのか。

陣内は、その話題を避けようとするように、とぎれとぎれに、自分のことを話し始めた。

「猫です……」

陣内は、つぶやいた。

今村菜穂子と初めて会ったのは、イスマール・ソータンクン戦の一週間前であったという。

早朝に、ロードワークで、走っている時だ。

場所は、練馬区の平和台《へいわだい》――

コースは、約一〇キロ。練馬区にある三島の店から、五キロ走って、五キロもどる。

その最中のことであったという。

いつも、陣内が折り返し地点にしているのは、平和台にある小さな公園である。

最近できたマンションを右手に見ながら走り抜けた所に、その公園があった。

公園に着き、そこで、軽く一〇分ほどシャドウをやり、その後に、今度はマンションを左に見ながら引き返す。

その朝も、そのコースだった。

公園で、シャドウをやってから、そのまま公園を走り出た。

着ているのは、上下のジャージである。

薄く汗をかいている。

そのマンションのある狭いアスファルトの通りへ出た時、正面から一台の乗用車が走って来た。

外車――白いＢＭＷだ。

陣内は、コースを道の左側に採《と》った。

その時、マンションの入口から、膨《ふく》らんだ黒いポリ袋を持った女が出て来た。

その女の足元に、白っぽい小動物がじゃれついているのが見えた。

猫であった。

通りへ出ようとした女は、走って来た白いＢＭＷに気づき、そこに立ち止まった。

しかし、猫はそうではなかった。

そのまま通りへ走り出た。

白いＢＭＷが、クラクションを鳴らして、ブレーキングをした。しかし、間に合わなかった。

白い車体の下に、走り抜けようとした猫が巻き込まれ、猫の身体が固いものにぶつかる音がした。

マンションの入口を走り抜けたところで、車は停《と》まった。

女は、小さく叫んで、路肩《ろかた》に倒れている猫に駆け寄った。

猫は、アスファルトの上で、動かなかった。

猫の口と尻から、赤いものが流れ出ていた。

後輪に、身体を轢《ひ》かれたらしい。

車の運転席の窓が下がり、そこから、中年の男の顔が覗いた。

男は、無言で、猫に駆け寄った女を見やり、車の汚れが気になるように、自分の車体を何度か見やってから、無言のまま車を発進させようとした。

その時には、陣内は、その車のすぐ傍《そば》に立っていた。

無表情な顔で、車を発進させようとした男の顔を見た時、

「なんだか、わかんないんスけど──」

急に、陣内は腹が立ったのだという。

「謝ったらどうなんですか？」

陣内は、まだ、開いている窓に向かって、男に声をかけた。

男は、あからさまに不快そうな表情をした。

「謝る？」

男は言った。

「そこの女の人と、猫にです」

「なぜかね」

「なぜって――」

当たり前ではないかと言おうとした陣内に、男が言った。

「動物をね、街の中で放し飼いにするからいけないんだ。放し飼いにしていた猫が車に轢かれた責任は、猫はともかく、飼い主にある。確かに、わたしは猫を轢いたが、轢いたわたしも迷惑してるんだ。なぜ、わたしが謝らなくてはいけないのかね――」

「――」

「あの女性が、わたしに謝ってくれることをわたしは望んではいない。これは仕方のないことだからだ。わたしは、猫を放し飼いにしたあの女性を責めるつもりはないよ。その代わりに、わたしも、誰かに謝るつもりはない」

男の言葉が終わるタイミングに合わせて、窓が閉じた。

車が、ボディにかけた陣内の手を振りほどくように、動き出した。追おうとした陣内の手を摺《す》り抜け、ＢＭＷが加速した。

「おい、待てよ」

陣内のその声が、車に届いたかどうか。

陣内と、女が、そこに取り残された。

女と、眼が合った。

女は、その手の中に、猫を抱えていた。

ペルシャ猫であった。

女は、陣内を見つめ、その視線を猫に移した。

「マーちゃん」

女が、その、ふっくらとした唇で言った。

陣内は、その一瞬、その唇が自分の名を呼んだのかと思った。

陣内の名は、雅美《まさみ》である。

すでに、死んでいる両親からは、子どもの頃に〝マーちゃん〟と呼ばれていたことがある。

しかし、自分の名でないことは、すぐにわかった。

初めて会った女が、自分の名を知っているわけもない。

マーちゃんというのは、猫の名だ。

陣内は、女と、その手の中の猫を見つめた。

女の手の中で、猫は、ぴくりとも動かなかった。猫の口が赤く染《そ》まっていた。

尻から、猫は、赤い内臓の一部をひり出していた。

女が、顔を上げて、陣内を見た。

眼が合った。

陣内は、あわてて、視線をそらせた。

頭を下げて、女におじぎをし、走り出した。

その背に、女が声をかけてきたが、それが、どういう意味のものか、陣内にはわからなかった。

次に、陣内が女に会ったのは、ソータンクンの試合から、一八日後であった。

その時、陣内は、酔っていた。

何軒か、飲み屋をハシゴした。安い飲み屋で安い酒を飲み、さらにまた飲んだ。酔うことが目的であった。

「あの時は、未練がまだあったから……」

陣内は片山にそう言った。

未練――

リングへの未練であった。

まだリングに立ちたかった。しかし、気持ちはあるのに、気力が消失している。その気力がない以上、駄目なのはわかっている。サンドバッグを蹴っても、力がこもらない。気持ち、気魄《きはく》が入らない蹴りを、何度サンドバッグに入れても同じことだ。どうしようもない。

陣内は、短く、低い声で片山に当時のことを語った。

途切れ途切れの言葉であった。

蹴って、練習をする。倒れるまでやり、倒れてからも起き上がって練習をする。

それは、勝ちたいからだ。

相手に勝ちたい。

己《おの》れに勝ちたい。

だから練習をするのだ。他に方法はない。リングに入ったら、誰も助けてはくれないのだ。自分だけだ。だから練習をする。

しかし――

そのリングの中には、他のものが入ってきた。

金だ。

金で勝利が買えるのだ。

ならば、何のための練習であるのか。何のために、苦行僧のようになって、己れの肉体を苛《いじ》め抜いてきたのか。

神聖な――あのリングのことを、そう呼ぶと、少し違うかもしれない。しかし、他に表現する言葉が、陣内にはない。

自分と相手のみ——自分の肉体と相手の肉体、自分の精神と相手の精神、自分のやってきた練習量と相手のやってきた練習量、情念と情念、何と言っていいかはわからないが、とにかく、あのリングの中に入って来られるのは、そういうもののみのはずであった。

自分たちのみ。

リングのそれを、うまく言えないが、神聖と、自分は呼んできたのである。

闘いの前には、いろいろな駆け引きもある。

闘いの最中にだって、リングサイドでの駆け引きはある。

それはいい。

勝ち負けが約束されてないからこその駆け引きなのだ。

だが、闘う前から勝者と敗者が金で約束されている試合——それは、そのリングの神聖とは相反《あいはん》するものだ。

ごく普通の人間、普通の人々の群れの中にどうしてもうまく溶け込んでゆけない人間が、やっと、リングの上に自分の場所を見つけたのだ。

あの上でなら、自分は、自分でいられるのだ。

得体の知れない、狂おしいものを、あそこでなら表現できるのだ。言葉にできるのだ。

あそこからなら、自分は、社会と呼んでもいい、他人と呼んでもいい、自分と呼んでもいい、そういう何者かに向かって言葉を伝えられるのだ。

リングの上のそれは、哀しいくらいもどかしく、どうしようもないものがあるが、少なくとも、そのもどかしさを伝えようとすることはできる。そのもどかしさを伝えるための言葉、拳を自分は持っている――いや、持っていたのだ。

それを、自分――陣内は失くしてしまったのだ。

陣内が、それを、自分に伝えようとしているのが、片山にはわかった。

しかし、陣内の言葉は、なんと、たどたどしく、控え目であったことか。

それを聴いているのが、片山であるからこそ、同様の想いに胸を焦《こ》がした日々を持つ片山であるからこそ、それは、一部にしろ、なんとか理解できたのだ。

話している最中にも、陣内は、もどかしげに言葉を詰まらせた。

「もうどうしようもなくて――」

それで、陣内はその時、新宿で飲んでいたのだという。

だが、酒で、未練が断ち切れるものではない。

三軒の店で飲み、路地に倒れ、吐き、また起き上がって、四軒目の店に入り、その店を追い出された。

すでに深夜であった。

店はもう、暖簾《のれん》を下ろしている。あちこちの店で、断わられ、いよいよ陣内が行き場を失った時――

「河蓮《かれん》の前に立っていたんです」

と、陣内は言った。

〝河蓮〟――赤石の女、今村菜穂子がやっていた店の名前であった。

その時、菜穂子は、客がいなくなって入口の暖簾を下ろそうとしていたところであった。

暖簾に手をかけた菜穂子が、横に立っていた陣内に眼を止めた。

それが誰であるかわかったらしく、

「あら――」

菜穂子が声を上げた。

陣内が、その女が誰であったのかを思い出したのは、店に入って、女に猫のことを言われてからであった。

猫は、あの日、公園の隅に穴を掘って埋めたのだと、女――菜穂子は、陣内に言った。

すでに、暖簾は下ろしている。

陣内と菜穂子は、ふたりきりで飲んだ。

話をしてみれば、菜穂子も陣内と同じ山口県の出身であるという。

その晩のうちに、ふたりは、店の中にある座敷で結ばれた。

「初めてだったんス」

陣内は、片山に言った。

陣内にとって、菜穂子が初めての女であった。

菜穂子と、店の外で何度か逢瀬《おうせ》を重ねた。菜穂子は、自分が赤石というヤクザの女であり、店も、その赤石の金で始めたのだということを、陣内に告げた。

しかし、こういう生活は、もういやになった。赤石には他に女ができた。赤石にもやがて、自分は捨てられるか、売り飛ばされることになるだろうと。

菜穂子に、陣内はのめり込んだ。

その菜穂子と、陣内は逃げた。

それが、今年の二月だ。

最初は、新潟へ逃げた。

そこで、二カ月暮らしてから、再び東京へ出て来た。

それがどうして、あの片山に会った晩、陣内は、新宿にいたのか。

「菜穂子が急にいなくなっちまって」

と、陣内は言った。

書置きがあった。

「すぐにもどります。心配しないでください」

と記された書置きがあった。

行く先は書いてない。

その晩、菜穂子は帰ってこなかった。その次の晩も、菜穂子は帰ってこなかった。

陣内は、必死で待った。

菜穂子のいう〝すぐに〟が、いったい、いつのことであるのか。

いやな思いが脳裡をかすめた。

もしかしたら、組の者に見つかったのではないか。

相手はヤクザだ。女がどうされるかわかったものではない。無事に済むわけはない。

この書置きも、組の者に無理やり書かされたのではないか。

これは、絶対、組の誰かに連れてゆかれたに違いないと、陣内は思い込んだ。

それで、陣内は新宿に出た。

陣内は、狂った。

女のことしか頭になかった。

〝河蓮〟の前で見張り、組の関係者が出入りするのを待ち、出て来るのを待ち伏せて、路地へ連れ込んだのだという。

「菜穂子はどこですか」

組員に問うた。

「知るか」

「てめえは姐《あね》さんの何だ？」

「一緒にいたんです。住んでたんです。教えてください。お願いします」

陣内は恥も外聞もなく地面に両手をついた。額を地面に当てた。

そんな時に、片山が姿を現わしたのだという。

その場を逃れて、町田の家に帰ったら、菜穂子がもどっていた。

山口の実家に帰っていたのだという。

あなたのことを、両親に話すために帰っていたのだと——

初めからそのことを話しておくと、陣内にいらぬ心配をかけるから、黙って出かけたのだが、それは、自分の浅知恵であったと菜穂子は言った。

行く先を告げずにいなくなることのほうが、よほどあなたに心配をかけるのだということまで、頭がまわらなかったのだと。

けれど、よい報らせがある。両親が、あなたとの結婚を承知してくれた。ヤクザの女でいるよりは、ずっといいと。両親には異存はない。

九月に、両親が東京に出て来ることになったから、その時に会ってくれないか——

菜穂子は、陣内にそう言った。

ざっと、それが、陣内が片山に語ったことのあらましであった。

片山は、口数少なく、陣内のその言葉を聴いていた。

「結婚するのか——」

片山は、駅で見た女の姿を思い出しながら、陣内に訊いた。

「そのつもりです」

陣内は、答えた。

また、沈黙の中で、ビールを飲んだ。

「話というのは、何だったんですか」

陣内が片山に訊いた。

「いや……」

片山は、言いかけて、口をつぐんだ。

「言ってください」

「いや、あんたをね、口説《くど》こうと思ってたんだよ」

「口説く？」

「そうだ」

リングにもどれと、もう一度、自分と組んであのイスマール・ソータンクンとやるのだと、片山は陣内にそう言おうとしたのだ。

しかし、陣内の告白を聴いているうちに、片山の気持ちは萎《な》えた。

すでに、陣内は、別の選択をし、そちらのレールの上に乗っているのだ。そのレールを取り外《はず》して、別のレールの上に乗れと、自分は言えるだろうか。

だが、急速に輝きを失いつつある肉体が、眼の前にあるのだ。

「もったいないなあ」

思わず、しみじみと口から出ていた。

さっきも言った言葉だ。

陣内にも、片山の言った言葉の意味はわかっている。

「お話というのは、そのことですか――」

「ああ。もう一度、リングにもどる気はないかと思ってね」

「リングに!?」

「イスマール・ソータンクンと、陣内雅美の、本音のところを、リングで見てみたいのさ」

「――――」

ソータンクンの名を耳にして、陣内の表情の中に硬《かた》いものが疾《はし》った。

「仮にだ、結婚したとしても、キックは続けられる。結婚をし、他に仕事を持ちながらだって、選手をやってチャンピオンになった人間は、何人もいる」

陣内は、眼を伏せ、片山の言葉を嚙み締めるように沈黙した。

やがて、眼を上げた――

「片山さんが、なぜ、やらないんですか」

陣内が訊いた。

「片山さんは、まだ、現役なんでしょう。三〇歳を超えてから、チャンピオンになった人だっているじゃありませんか――」

「トレーニングや、練習は現役だが、試合からは、もう、おれはリタイアしちまってるんだよ」

「なぜ!?」

「眼さ」

片山は、右手で、自分の左眼を指差した。

「網膜全剝離《もうまくぜんはくり》というのをやっちまってるんだ。六年前のソータンクン戦の時にね。今は、なんとか見えてきてはいるが、強いパンチをもらえば、たぶん、完全に失明することになるだろう」

片山は言った。

六章　心に牙もて哭《な》く

1

耳に、強く喰い込んでくるような音楽が響いている。

チャルメラに似た音だが、チャルメラとはむろん違う音だ。スタジアム内の熱気を、さらに煽《あお》り立てるような音。

その音色に合わせて、褐色の、肉体が動いている。

イスマール・ソータンクンが、試合前のワイクーを踊っているのである。

イスマール・ソータンクン――ルンピニーのウェルター級のチャンピオンである。

体重は六七キロ。

片山が七五キロ。

ミドル級――二階級上の体重である。

体重差は八キロある。しかし、それだけの体重差があっても、賭《か》け率は圧倒的にソータンクンが上だ。体重差のハンデを超《こ》えて、なお、ムエタイ最強神話を、タイの人間は信じているのである。

片山にも、初めてのムエタイルールでの闘いというハンデがある。しかも、この暑いバンコクのルンピニー・スタジアムで闘うのだ。ハンデは、五分と五分《ごぶ》というところだろう。

階級が違うから、タイトルマッチではない。しかし、タイトルマッチ以上の興奮が、スタジアム内を包んでいた。

その熱気の中で、ソータンクンが踊っている。

ワイクーの舞いは、ムエタイの選手が試合前に必ず行なうセレモニーであった。

片山の視界の中で、ソータンクンが舞っている。それは、片山が知っているどんな踊りとも似ていない。空手の型とも違うし、中国武術の表演とも違う。

独特のリズムと間《ま》――

ソータンクンが、リング中央から、ロープに向かって、リズムを採《と》りながらゆっくり進んでゆく。

ロープの手前で立ち止まり、片足を後方へ持ち上げ、両手を胸の前でなめらかに踊らせる。そこで、ソータンクンが反転し、リング中央にもどって来る。

リング中央から、ふいに、ソータンクンが、赤コーナーにいる片山に向かって、同じリズムで動き出した。

「先輩——」

後方で、富野が声を上げた。

背後の、セコンドについた男たちの間に、緊張が疾《はし》るのがわかった。

片山は、近づいて来るソータンクンから、わざと視線をはずした。ソータンクンの気合をそらすためである。

ソータンクンが、自分を睨みながら近づいて来るのが、それでもはっきりわかる。

ソータンクンが止まった。

自分のすぐ眼の前だ。

ソータンクンの姿が視界の隅に入っている。視界に入ってはいるが、視線は合わせない。

強い視線が、頬に刺さってくる。

頬肉の内側まで痒《かゆ》くなるような視線だ。

まだソータンクンは動かない。

頬肉のあたりの、ささくれたような感覚が、はっきりとした痒みの感覚に変わっていた。

まだ動かない。

ソータンクンの視線が、自分を観察しているのがわかる。

ソータンクンは、まだ動かない。

会場に、どよめきがうねるように湧き起こった。

リングの一郭に生じた、異常な緊張が、スタジアムの観客席まで届いたのだ。

トタン屋根。

チャルメラに似た闘いの音楽。

観客の歓声。

客席とリングサイドとを分ける金網。

闘犬場のようであった。

ここは、獣と獣とを嚙み合わせ、闘わせる場所なのだ。ここで、獣が、その牙の優劣を競うのだ。それに、客は、金を賭ける。

ムエタイが、現在も、タイの国技的地位を占《し》めるのは、この賭けが許されているという理由に負うところが大きい。

だから、観客も、異様な熱気をもって、リング上の闘いに、自分の情念を注ぎ込むのだ。

それによって、このムエタイ独特の熱気が生まれるのである。

このリング上には、闘う者と、それを裁《さば》く者以外は立つことは許されない。

今、片山はそのリング上にいた。

自分のコーナーに立って、ソータンクンの、潜《もぐ》り込んでくるような視線に耐えている。

汗が、髪の中から、額《ひたい》に滑《すべ》り出てきた。

暑さによるのか、緊張によるのか、わからない。

すでに、プレッシャーは、ない。

いや、ないのかあるのかさえ、すでに区別はつかなくなっている。緊張は、今、自分を横から睨みつけている男が、自分に与えているものだ。試合に緊張しているのではない。

この男に緊張しているだけだ。

いや、これがつまり、試合に緊張するということなのか。

いけない――と、片山は思った。

自分は、考え過ぎている。

空手の試合と同じだ。

今は、リングに立った相手を叩き潰すことだけを考えればいい。

リングの四方から、波音のような歓声が、うねるようにぶつかってくる。そのうねりの中心に立って、自分は今、そのうねりの飛沫《しぶき》を全身に浴びているのである。

身体が、震えているようであった。

なぜ、震えるのか。

わからない。

わからないが、震えている。

いや、この震えは、恐怖のためではない。

悦《よろこ》びのためだ。

そう考える。

ソータンクンはどうしている。

まだ自分を見ているのか？

ソータンクンは動かず、ただ、片山を睨んでいる。

もし視線を合わせたら——

合わせたら負けだ。

ソータンクンは、自分と視線を合わせようとし、自分はそれを避けるやり方で、ソータンクンの仕掛けてきた闘いを受けたのだ。

ソータンクンが見ている。

ソータンクンに見られている。

睨まれている。

ソータンクンには、汗も見えているだろう。

あるのかないのかわからない震えも、たぶん見られているかもしれない。

耐えきれなくなりそうであった。

ソータンクンの視線を受けて、睨み合うほうが、まだ、楽なような気がした。

片山が、耐えられなくなるその寸前に、どよめきが最高潮に達し、拍手と歓声が叩きつけてきた。

この一〇日間、テレビで煽《あお》りに煽ってきた闘いである。

観客も焦《じ》れているのだ。

片山の肉体の深い部分から、ふいに、何かが湧き出してきた。それは、はっきり悦びと呼べるものであった。

片山は、恍惚《こうこつ》となって、そこに立っていた。

その時、ふいに、ソータンクンの視線の感覚が消えた。

ソータンクンが、微笑したようにさえ、片山は感じた。

いや、本当に微笑したのかもしれない。

むっ、となった。

思わず、ソータンクンの方へ視線を向けそうになったその瞬間、ソータンクンが片山に背を向けていた。

収《おさ》まりかけていた拍手が、再び湧き上がった。

そして、運命のゴングは鳴らされたのであった。

2

澄子を抱いた。

二度。

気分が乗らない交わりであった。

抱き合えば、それでも快感がある。どこをどうすればどう反応するか、互いにわかっている身体である。澄子も頂《いただき》を迎え、片山も射精をした。

しかし、それは、悦びとは違うもののようであった。

刺激に、ふたりの身体がただ反応した。

それだけのもののようであった。

澄子の部屋ではなく、ホテルである。

二度目の交わりは、一度目のそれを、もう一度確認しただけのことであった。

澄子は、結論を出したがっている。

もう、若くない。

二八歳だ。

澄子の結論というのは、立松治平に対して、片山が出す答えのことだ。

それがそのまま澄子の結論である。

新宿支部の支部長をやるのかどうか。

それを、片山は、立松治平に返事をせねばならない。

普通は、断われない。

受ける。

三五歳の片山より若い年齢で、地方の支部長をやっている人間は何人もいる。

片山に声がかかるのが遅すぎたくらいなのだ。

いや、前から、内々《ないない》に話はあったのだ。

それを、片山が、それとなく断わってきた。

しかし、今度は正式のものである。

受けるなら受ける。受けぬのなら、はっきりした理由を立松治平に言わねばならない。

受けるのか、受けぬのか。

それをまだ、片山は立松治平に言っていない。

受けるのか、受けぬのか、その答えが澄子の結論である。

答えを出すのが仮に長びくのなら、それもまた、澄子にとってはひとつの結論ということになる。

それともなければ自分で新しい流派を興《おこ》すか。

新流派を興すと言えば、澄子はどんな顔をするであろうか。

自分から去ってゆくか？

新流派――

前から構想はある。

顔面へのパンチを認めるスタイルの空手。

それをやってみたいと、片山は思っている。

しかし、それは、立松治平を裏切ることになる。

立松治平を、片山は尊敬している。

愛情さえ抱いている。

しかし、顔面に拳《こぶし》を当ててもいい空手――それに対する考え方が、立松治平と自分とでは違う。

顔面を殴《なぐ》る――ということについては、立松治平も何度も頭の中で考えてきたことであろう。

その行き着いた結論が、素手、素面であった。

防具を身に付けない。

顔面にパンチを入れてもいいということになった場合、素手の拳は危険すぎた。

拳にグローブを付けるか、頭部にマスクを付けるかしなければ、この現代において、試合は成立しない。顔面ありにする場合、このどちらかを選ばなければならない。

つまり、防具の着用だ。

それを、立松治平は拒否したのである。

立松治平の拒否したそのスタイルの空手を、片山はやってみたいのだ。

そういう自分の夢を、片山は澄子に話したことがある。

澄子は、片山がやりたいのならやるべきであろうと、その時はそう言った。

しかし、実際に、今、それをやると言ったら澄子はどう言うか。

それが、そのまま澄子にとっての結論になってくるかもしれない。

だが、問題は、片山自身の内部にある。

六年前の、ソータンクンとの試合——あれに結着をつけねばならなかった。

その結着なしには、どういう結論を出そうと、自分の将来はない。

あの、最高の時期に、最高の舞台で、全力を出しきれなかった——

もし、あれが、自分の全力を、自分という人間の持っているエネルギー、パワー、技術、そういうものをすべて出しきっての結果であったなら、いまだに、ここまであの試合が心の中に燻《くすぶ》り続けたりはしないだろう。

勝負の世界に持ち込んではいけない〝もし〟について、また考えている自分に片山は気がついた。

腕の中には澄子がいる。

新宿のラブホテルだ。

そろそろチェックアウトの時間である。

どちらからともなく、起き、服を着て、ホテルを出た。

「仕事で、仙台《せんだい》まで明日から出かけることになってるの」

歩きながら、澄子は言った。

澄子の仕事は、外国企業と取り引きのある電子部品会社の通訳である。

仕事で海外からやって来る外国人の通訳をするのが仕事だ。その仕事で、仙台にある会社の工場までゆくことになっているのだという。

澄子の言葉を聴きながら、片山は歩いた。

澄子を新宿駅まで送り、アパートの部屋へもどった。

ドアをあけると、電話が鳴っていた。

受話器を取ると、

「押忍《オス》――」

と、男の声が聴こえてきた。

富野であった。

「片山先輩、館長から新宿支部長の話があったそうですね」

富野は、どこかでその情報を聴き込んで、電話をよこしたらしい。

六年前、片山がタイでソータンクンと闘った時、わざわざ、加藤や阿部と一緒にタイまで来た男だ。

富野は、昨年から、生まれ故郷である広島で、広島支部をまかされている。

「で、どうするんですか」

富野は訊いた。

「わからん」

と、片山は言った。

「まだ決めてないんだ」

片山は、正直にそう言った。

「断わる手はないですよ。支部長になっちゃって、なってから、顔面でも何でも自分でやっちまやあいいんですよ」

「顔面?」

「うちはもう、顔面の研究をやりますからね。本当のことを言うと、じつは、グローブとマスクを買い込んで、この夏から始めてるんスよ。ひとり、国際式出身のおもしろいやつが、今年の春に入門しましてね——」

国際式というのは、国際式ボクシングのことである。

それができる選手にいろいろ教わりながら、今、実験的に、グローブとスーパーセーフとを試している最中であると、富野は、片山に告げた。

ぜひ、一緒に、北辰館に顔面スタイルを造っていきましょうと言って、富野は電話を切った。

片山は、畳の上に仰向けになった。

「顔面か」

天井に向かってつぶやいた。

このまま朽《く》ちるか――

その想いがある。

陣内には、あの日、はっきりと告げた。

ソータンクンともう一度やろうと。

そのために生ずるあらゆる障害は、自分がこの業界に持っているコネを総動員させ、スポンサーが見つからねば、なんとしてでも自分が金を造ると。

しかし、そうは言ったが、どうやって金を造るか、その手立てがあるわけではなかった。

郷里に、親の残した土地がある。

そこには、今、妹夫婦が住んでいる。小さな土地だ。親は九年前に、交通事故で共に死んでいる。妹ひとり、兄ひとりの兄妹である。土地は、自分と妹のものだが、それを妹に譲るかたちで、自分は東京で暮らしているのである。

いざとなれば、妹夫婦に頭を下げて、その土地の自分の分の権利を主張して、それを担保にして銀行から金を借りることもできるかもしれない。

しかし、妹夫婦がなんと言うか。

自分の勝手で、そういうことができるものでもない。

しかし、とにかく金は造る――そう陣内に言った。

それを、はっきりと、陣内に断わられた。

陣内が、自分で選んだ陣内の人生である。

陣内の意志がはっきりしている以上、その陣内の意志は、尊重されねばならない。

それでも、二度、陣内には会いに行った。

会って口説《くど》いた。

しかし、陣内の意志は変わらなかった。

自分は、燃え尽きてしまったのだと。

もう一度、あの炎を自分の身体に点《とも》すことはできないのだと。

自分には、菜穂子がいる。それで充分であると。

女がいる――

ひとつの、自由になる女の肉体がある。

それを手に入れることによって、男の何かが萎《な》えてしまうことがある。

棘々《とげとげ》しい感情。

誰に対しても牙を剝《む》きたくなるような想い。

夜に、寝床の中で歯を軋《きし》らせる得体の知れぬ感情。

飢え。

憎悪。

そういうようなものが、ふいに消失してしまうことがあるのを、片山は知っている。

もし、あの女がいなければ、あるいは陣内は、もう一度、その肉体にあの情念の炎を点すことができるかもしれない。

いや――

たとえ、女を手に入れたとて、なお、満たされきれぬ想いや、飢えは残る。

それは、陣内だって、まだ持っているはずだ。

それを、今、陣内は、肉の奥に眠らせてしまっているのだ。

また、電話が鳴った。

石倉からであった。

「どうも、おかしいぜ、片山よ」

と、石倉は言った。

「何がだ」

「女だよ、女──」

「女？」

「今村菜穂子さ」

「それが、どうおかしい？」

「考えてもみろよ。仮にもだぜ、新宿で、店を一軒まかされていたヤクザの女がだ、銭《ぜに》もない、定職もない男と逃げたりするか？」

言われて、片山はうなずいた。

言われてみれば、そのとおりである。

逆は、あるかもしれない。

客の男のほうが、女に惚《ほ》れてしまう場合だ。

しかし、店をやっている女が、金のない男に惚れるか？

いや、惚れることはあるかもしれない。男と女の関係になることもあるかもしれない。

しかし、その男と逃げ出すようなことまでするかどうかだ。

まずは、そういうことはあり得まい。

しかし、絶対にということはないだろう。

男と女の関係というのは、そういう要素がある。

「しかし、あり得なくはないだろう」

片山は言った。

「あり得なくはない——そういう言い方をするならな」

どんなに男に惚れようとも、打算が女にはあるはずだと、石倉は言った。

金銭的にはめぐまれている。

赤石という男も、魅力がないわけではない。妙に、男を魅《ひ》きつけるものがある。しかし、それが、いったん男と女という関係になると、どうなのかというところまでは、わからない。

赤石という男が、どれほど魅力的な漢《おとこ》であろうと、ヤクザはヤクザだ。さらには、正式の妻でもない。

女に、どういう心の動きがあったのか、そのディティールまでは想像しきれない。

だが、ともかく、片山に理解のできる範囲で考えるなら、石倉の言うことには、うなずけるものがある。

人生において、金があるということがどういうことか、金がないということがどういうことか、その意味は、菜穂子にはきちんと理解できていよう。

菜穂子に、赤石の女でいることを捨てさせるほどの魅力が、陣内にあるのか。

片山には、想像がつかない。

そうだと言うならそうであろうし、石倉がそういうものではないと言うなら、そんな気もしてくる。

〝口説いたのは、菜穂子のほうですよ〟

三島の店で、赤石が言った言葉が脳裡に蘇った。

〝女がいきなりいなくなったら、こりゃあ、たいてい男のところへ行ってるってのが相場ですよ――〟

その時、赤石の口元に意味ありげな微笑が浮かんだことを、片山は思い出した。

「女が、おかしいって、具体的にはどういうことなんだ」

「別に、男がいるかもしれないってことさ」

「別の男!? 今村菜穂子にか」

「ああ」

「根拠は?」

「赤石利彦さ――」

「赤石が何だと?」

「赤石がそう考えてるってことだよ。今村菜穂子がいなくなった時、赤石は、陣内ではなくて、別の男と逃げたと考えてたらしいんだ。それで、別方面を捜《さが》していたらしいんだな――」

「しかし、その相手が陣内だったことは、もうはっきりしてるじゃないか」

「そこなんだよな。確かにそのとおりなんだが、まだ、妙に引っ掛かるものがあってさ――」

「引っ掛かるって？」

「赤石は、どうも、陣内の線と、もうひとりその別の男の線を捜しているらしいんだ」

「誰なんだ。その別の男というのは？」

「それが、ここひとつよくわからない」

「この情報は、どこから仕込んだんだ」

「名前は、出せないんだけどね、キックの関係者だよ」

「キックの？」

「ああいう興行をやっているとさ、ああいった連中と無関係じゃいられなくなるんだ。中には、彼らと深いつき合いをしている人間だっている。そういう人間のところへ、桜風会から、陣内について、何度か聞き込みがあったんだよ。居所がわからないかとね」

「――――」

「そういう話をしているうちに、どうも、陣内と桜風会がおかしいことになってるらしいってのが、キックの関係者にもわかってきてさ。他にもいろいろ噂《うわさ》は入ってくるからね。そういう噂を、総合的に判断すると、桜風会――つまり、赤石は、陣内だけではなくて、もうひとり別の男も捜しているらしいってことが、なんとなく想像できるってわけさ」

石倉は、電話で、片山にそう言った。

3

ペンキの剝《は》げた鉄の階段が、革靴の底で乾いた音を立てた。

古い、木造モルタルのアパートであった。

建てられてから、すでに、二〇年以上は経っているだろう。

建物の一階に二世帯、二階に二世帯が住むようになっている。

陣内の借りている部屋は、二階にあった。

建物の外側にある階段を登ったところにある、最初の部屋がそうであった。

入り組んだ路地の奥に、そのアパートはあった。

アパートの横手に、駐車場を兼ねた空地がある。

アパートの建物寄りに一台車が停《と》まっていて、その車の横に、電信柱が一本立っている。

木の電信柱だ。そこから、アパートの中へ、電線が引かれている。

その、電信柱に、街灯が点っていた。

アルミの笠《かさ》を被《かぶ》せた、白熱電球の灯りが、鈍く、その古い乗用車を闇の中に浮かび上がらせていた。

夜——

片山は、そのアパートの二階へゆくための階段を、ゆっくりと登っていた。

新宿の支部で、コーチをしての帰りだ。右手に、道着や、拳《けん》サポーターの入ったバッグを提《さ》げている。

陣内のアパートを訪ねるのは、これが最初であった。

教えてもらった住所を頼りに、ここまで足を運んで来たのである。

夜の十時だ。

陣内には、連絡を入れてない。

突然の訪問である。

階段を上がり終えた。

地上よりは、わずかに風はあるが、昼の熱気が、まだ、大気の中には残っていた。

今村菜穂子の帰りは、十一時半である。

陣内は、この時間、まだひとりでいるはずであった。

もし、誰もいない場合には、アパートの前で陣内を待つつもりだった。

陣内の部屋の、玄関のドアの前に立った。

ドアの横手の壁に、模様の入ったガラス窓があり、灯りが点《つ》いていた。

ドアホーンの、チャイムボタンを押した。

返事はなかった。

もう一度押した。

やはり、返事はない。

おかしい――

片山がそう思いかけた時、ドアの中心部にあるドアスコープの向こうに、人が立った気配があった。

ドアスコープがあれば、ドアの内側から、外を覗くことができる。そこに、小さなレンズが入っていて、ドアの外から内側は覗けないが、家の中にいる者は、ドアをあける前に、来客が誰であるかを確認できるのである。

そのドアスコープに、灯りが見えていたのだが、その時、ふいにそれが消えたのだ。

誰かが、ドアのすぐ向こうに立ったため、灯りを遮《さえぎ》ったのである。

ドアスコープから誰かが自分を覗いている気配があった。

ゆっくりと、細目に、ドアがあけられた。

陣内の顔が、そのドアの隙間から覗いた。

「片山さんひとりですか――」

「ひとりだ」

そう答えてから、陣内の用心深さの意味が、片山にも呑《の》み込めた。

陣内は、桜風会に追われているのである。

夜にふいの来客があれば、まず、相手が誰であるのかを確認するのは、当然と言えば当然であった。

「突然にやって来て、申し訳ない」

二重の意味をこめて、片山は言った。

「話?」

「話があってね」

「ああ」

片山がうなずくと、

「とにかく、中へ入ってください」

陣内は、片山を部屋の中へ招き入れ、ドアを閉めて、ロックをした。

昼間の熱気が、そのまま、まだ残っているような部屋であった。

六畳がひとつ、四畳半がひとつ、小さなキッチンとトイレと風呂がある。キッチンは、ただ、流しに立って調理をするスペースがあるという程度の狭いものであった。

玄関から上がったところがキッチンで、その奥が四畳半だ。

そこに、ふたつ折りにした座布団《ざぶとん》があった。

それを枕に仰向けになって、陣内は、本を読んでいたらしい。

その読みかけであったらしい雑誌が、ふたつ折りになった座布団の横に置いてあった。

二日前に発売になった、格闘技雑誌であった。

陣内は、二つ折りになっていた座布団を広げ、もう一枚の座布団を出してきて、片山に向かって、

「すわってください」

そう言った。

片山が、そこにすわると、陣内は、いそいそとキッチンに立ち、冷蔵庫をあけた。

「ビールなら、冷えてます」

陣内が、ビールと、コップを持ってもどって来た。

畳の上に、直接、ビールとコップを置いた。

陣内が、コップにビールを注《つ》ぐ。

その手元と、部屋とを、片山は交互に見ていた。

質素な部屋であった。

クーラーはなく、扇風機がひとつ、まわっている。

テレビは置いてあったが、型は古い。

「話っていうのは、何ですか？」

陣内が訊いてきた。

片山は、口を開こうとして、口ごもった。

陣内を、口説きに来たのだ。

あらためて、陣内を口説くつもりであったのに、こうして向き合ってみると、言おうと考えていたことが、どこかへ消えてしまったように、自分の内部に言葉が失くなってしまっている。

自分の結着だ。

それを、他人に自分はゆだねようとしている。

いや、違う。

おれだけじゃない。

この男もそうなのだ。この男も自分と同じはずなのだ。この男の結着と、おれの結着とは同じはずなのだ。

いや、自分は、無意識のうちにそう信じ込もうとしてきただけなのかもしれない。この男と自分とが同じであると。

それは——

ああ。

と、あらためて、深々と息を吸い込むように思う。

空手だ。
自分にとっては、それは空手であった。
この男にとっては、キックだ。
しかし、それは同じだ。そのためにこの男が費やしてきたエネルギー、時間、それらが
自分にはわかる。
それだけは——
その一点だけはわかる。
それならば、今、この男は自分と同じ想いを抱いていなければならない。
そう思った。
単なる思い込みとは思わない。
確信である。
そう思った時、ようやく、言葉が出た。
「いいのか？」
片山は言った。
そうだ。
これだ。
自分が捜していた言葉がこれだったのだ。

「これでいいのか？」

片山はもう一度言った。

「いいって？」

陣内が訊く。

訊くな、馬鹿。

「わかっているはずだ」

片山は、自分に言い聴かせるように言った。

そうだ、これは陣内にではない。おれに言っているのだ。これは、おれ自身に向けられるべき言葉だ。

「ソータンクンとのことだ」

「あのことですか」

「まだ、済んじゃいないんだろう」

片山は言った。

陣内は黙った。

終わるわけはないのだ。

陣内は、それを、終わらせようとしているだけなのだ。

「もう、済んだことですよ」

「そんなことはない。それは、おまえが済まそうとしたがってるだけだ。済んだというのは、ただ、時間が経ったと、あれは一年前のことだと、ただそれだけのことだ。済むわけはない」

なんと、強引な言い方をしているのだ、このおれは。

「おれには、わかっている」

「何がわかっているんですか」

「あれは、麻薬だ」

片山は言った。

黙り、陣内を見、自分自身に向かって、片山は、うなずくように言った。

「あれは、麻薬なのだ」

陣内は、黙っている。

「今、楽しいか？」

片山は訊いた。

「今は、幸福か？」

自分に向かって言った。

「そりゃあ、そこそこは、仕合わせだろうよ。あんなに辛《つら》い練習をしなくて済むからな。いやなリングに上がらなくて済むからな。女だっているしな。試合前が、どれほど恐いか、おれにはわかる。逃げ出したくなるくらいだ。しかし、逃げられない――」

逃げられないのだ、自分の意志では。

それは、自分を放棄することだからだ。

「――その、逃げることを、おれはしようとしていた」

〝おまえ〟と陣内に言うつもりが、〝おれ〟と片山は言った。

その片山を、陣内は、不思議そうな眼で見た。

歯を嚙んだ日々があった。

折れるほど、歯を軋らせた日々があった。夜半に飛び起きて、叫び出したくなるような日々が、間違いなく自分にはあったのだ。得体の知れない、自分自身の肉の持つ巨大な奔《ほん》流《りゅう》のようなエネルギーに翻弄《ほんろう》され、肉を苛《いじ》め抜いた日々があったのだ。

おそらく――

おそらくではない。

間違いなく、今より濃い時間が、あの日々には流れていた。濃い情念があの日々にはあった。

今よりも、もっと辛い日々の中に自分はいたのだ。

しかし、辛い代わりに、悦びもまた深かった。辛ければ辛いその分だけ、激しい感情の動きの中に自分はいたのだ。

自分を生きていたのだ。

あの、切ないくらいの濃い時間、濃い情念、あれを、忘れることができるのか。

あれに、結着をつけねば、

「一生だぞ」

一生、それを自分で背負ってゆかねばならないのだ。

今は、あの頃より、辛くはない。歯をきりきりと噛むようなこともない。しかし、悦びもまた、希薄《きはく》だ。

逃げた——

その記憶を、これからずっと背負ってゆかねばならないのだ。

それを、片山は、訥々《とつとつ》とした言葉で、陣内に語った。

「なあ、おい。あれを忘れられるのか。あんな中途半端《ちゅうとはんぱ》なことで、あれを忘れられるのか」

「——」

自分は、あの最高の舞台にいながら、それがわからなかったのだ——

人生には、もう一度、機会《チャンス》があるだろうと。

その時にこそ、と心の隅《すみ》で考えていたのだ。

あの時、最高のコンディション、最高の状態でリングに上がれなかったことが、今の、このいがらっぽい想いの因《もと》なのだ。

「おれが、おまえにつく。おれが、ソータンクンをぶっ倒す方法を教える」

これまで、何度も頭の中で考えてきたことであった。

ソータンクンの右のローが来る。

左足を上げて、それを受ける。

踏み込んで、右のフックをソータンクンの顎に入れる。スウェーでソータンクンが逃げる。

そこで追うのだ。

ここがポイントだ。

左右のフックとストレートで追う。離れたら、軽く前蹴りで合わせられて距離をとられてしまう。

追うのだ。

受けられてもいい、追うのだ。

しかし、捕えられて、首相撲《くびずもう》になってはいけない。首相撲——ボクシングでいう、クリンチワークが、タイ人は目茶苦茶《めちゃくちゃ》にうまい。

恐いのは肘だ。

左の肘が、いきなり顔面にふっ飛んで来る。

それをダッキングでかわしてアッパーを狙《ねら》う。

当たらない。

それはわかっている。

スウェーで、ソータンクンはそのアッパーをかわす。

その時に、また大きく踏み込む。

そこで、ソータンクンは、必ず、首を抱えにくる。

問題はここだ。

その時に、左腕を、ソータンクンの右腕よりも内側に入れて、斜め下から、フックぎみに、左肘をソータンクンの顎に打ちつけるのだ。

アッパーにいった右腕を引いてからではない。それでは遅すぎるのだ。そのアッパーで上へ走り抜けた拳を引き下ろしながら、左肘を出すのである。

その最後のコンビネーションを、どれだけ速くやれるかが、勝負を決する。わずかでも遅れると、ソータンクンの両肘がせばまって、その間を肘が通らなくなる。

三島でさえ、そして、ソータンクンと闘った陣内でさえ、わからない機微《きび》だ。

ソータンクンが、陣内の前にやった日野戦を見た時に、片山はそれを確認した。

本気で、リングで向き合い、闘ってみなければ、わからない。

陣内は、本気のソータンクンと闘っていない。

しかし、その分だけ、陣内の傷のほうが深いかもしれない。

「ソータンクンは、今、行方不明ですよ。行方のわからない人間と、どうやって闘えというんですか」

なんとかする――

そう言いかけた言葉を、片山は呑み込んだ。

言葉に詰まった。

詰まったその分、次の声が大きくなった。

「もし、やれるチャンスがあれば、やるのか!?」

今度は、陣内が言葉に詰まった。

顔を赤くした。

「できません」

「なぜだ」

「もう、済んだことだからですよ」

「どこが済んでるんだ。何も済んじゃいない」

「済んでます」

「女ができたからか」

片山は言った。

強い声になった。

「違います」

陣内の声も、大きくなっている。

「女が、いなくなったらどうする。あの女が、おまえを騙《だま》して、他に好きな男がいるのを隠していたとしたらどうなんだ」

言ってから、片山は、後悔した。

激しい後悔だ。

言ってはならぬことを言ってしまったのだ。

陣内の顔が、みるみるうちに蒼白になった。

「今言ったのは、どういう意味ですかっ」

叫んだ。

「すまない」

片山は頭を下げた。

「言い過ぎた」

「言い過ぎたかどうかじゃなくて、今のはどういう意味かって訊いてるんです」

「意味はない。おれの失言だ」

「何を知ってるんですか。言ってくださいよ」

陣内が、片山の胸倉を摑んだ。

「何も知ってはいない」

言いながら、片山は、自分を摑んでいる陣内の手が、細《こま》かく震えているのに気がついた。

陣内は何か知っているのか——

そう思った。

陣内が、女に男がいると感ずるようなことを、何か知っているのか。

陣内は、片山から手を放した。

大きく、息を吐いた。

時計を見た。

十一時四十分——

もう、菜穂子が帰ってきてもいい時間である。

それが、まだ帰ってこない。

陣内は、下を向いた。

正座をしていた。

拳を握って、膝の上に置いている。

「おれは、この前、見たんですよ……」

陣内は言った。

「菜穂子が、公衆電話から、どこかへ電話しているのをですよ」

「何をだ」

陣内は、顔を上げた。

痛《いた》ましい顔であった。

その晩、陣内は、駅まで、菜穂子を迎えに出たのだという。

いつもは迎えにゆかない。

その晩は、なんとなくそんな気になった。

駅で、勤め帰りの菜穂子を待ち伏せて、驚かせてやろうと思った。

駅に着いた。

すると、駅を出たすぐの所にある公衆電話で、菜穂子がどこかへ電話をしているのが見えたのだという。

菜穂子は、笑いながら、誰かと話している最中であった。

咄嗟《とっさ》に、陣内は身を隠した。

逃げるように家に帰った。

誰と菜穂子は話をしていたのか。

電話なら、家にもある。

どこかへ電話をするなら、なぜ、家の電話を使わないのか。

使わないのは、それが、自分に聴かれては困る話だからだ。

それは、どういう話か？

答えは、ひとつしかなかった。

「訊いたのか？」

片山は陣内に訊いた。

「菜穂子さんに、何の電話だったのかと訊いたのか？」

陣内は、首を左右に振った。

訊けなかった――

そういうことだ。

訊く勇気が陣内にはなかったのだ。

訊いて、すぐに納得がゆく電話であったのかもしれない。

駅を降りたあの時間に、どうしても電話を入れる用事があったのかもしれない。友人か、実家へだ。

しかし、そうではないかもしれない。

そうでなかったら――

それを恐れて、陣内は訊けなかったのだ。

「教えてください。何を知ってるんですか？」

陣内は訊いた。

「知らない」

そう言った。

片山が耳にした情報は、裏を取ったものではない。

噂だ。

噂と、憶測《おくそく》の上に成立しているものである。

それを、当事者である陣内には言えない。

もし、違っていた場合、片山は責任を取れる立場にいない。

「言ってください」

陣内の声が高くなった。

「すまない、失言だ」

片山が言うと、陣内が、いきなり立ち上がった。

「畜生!」

吠《ほ》えた。

リングで見せたあの顔になっていた。

「おれを、のけものにして、おれをバカにして――」

片山は立ち上がった。

その片山の襟首《えりくび》を、陣内が摑んだ。
「ちくしょう、ちくしょう！」
陣内が呻いた。
片山を激しく揺さぶった。
狂気に似たものが、陣内を捉《とら》えていた。
陣内の右手が動いた。
拳だ。
片山は、スウェーでそれをかわそうとした。
ふいの攻撃であった。
かわしきれなかった。
浅く、片山の鼻に、拳が当たった。
つうっ、と、片山の鼻から、細く血が滑り出てきた。
陣内が、動きを止めた。
われにかえったようであった。
「す、すみません」
陣内が、言った。
片山は、拳で、血をぬぐった。

陣内を見た。

「か、片山さん……」

静かに、片山はつぶやいた。

「ちょうどいい」

陣内が、片山の言葉を繰り返した。

「ちょうど……?」

片山は言った。

「表へ出よう」

「すみません、片山さん。おれを、気の済むまでぶん殴ってください。かんべんしてください、片山さん」

陣内は、いきなりそこに膝をついて頭を下げた。

「いいんだ。ちょうどいい。外でスパーリングをやろう。陣内雅美がどれだけやれるのか、前から、自分で確かめてみたかった」

「片山さん」

「ちょうどいいじゃないか。あんたは、走っていない。稽古《けいこ》もしていない。しかし、二六歳だ。若い。おれは、三五歳だ。しかし、おれは毎日トレーニングをしている。その三五歳のおれに、陣内雅美が、どれだけ通用するか試してみればいい」

「――――」

「トレーニングをさぼった身体が、どれだけ錆《さ》びついてしまうのか、おれとやって確認すればいい。おれとやろう。おれとやって、その上で、さっきの話の結論を出せばいい。おれと一緒に、やるもやらないも、それで決めろ。その結論を、おれは尊重しよう」

片山は言った。

本音であった。

すでに、言いたいことは、陣内に言った。

「おれが、勝ったら？」

陣内が訊いた。

「おれが勝ったら、片山さんの知っていることを教えてくれますか？」

陣内の眼が、片山の視線を捉えた。

片山が、視線を逃すことができなくなるような、陣内の眼であった。

「わかった」

片山はうなずいた。

外へ、出た。

生《なま》ぬるい風が、片山と陣内を包んだ。

タイの熱気ほどではないが、じんわりと、肌に汗を滲《にじ》ませる温度の大気が、ゆるゆると動いている。

路地の奥の、アパートの横の空地に立った。

さっきの車が一台、まだ、そこに停まっていた。

街灯の灯りの下で、ふたりは無言で向かい合った。

陣内は、ジャージの上下、スニーカーを履《は》いている。

片山は、普段着だ。

シャツを着、夏ズボンを穿《は》いている。

靴は、革靴だ。

足元に、持ってきた、スポーツバッグが置いてある。

片山が、シャツを脱ぎ捨てる。靴を脱いで、素足になった。

足の裏に触れるコンクリートの表面が、まだ温かかった。

片山の胸は、分厚かった。

その上半身を覆《おお》っているのは、無理に造った筋肉ではない。

動くための、無駄のない筋肉だ。

肩の筋肉だけは、太く岩のように盛り上がっているが、その身体全体についている筋肉は、逞《たくま》しいとはいっても、ボディビルで造ったような筋肉ではない。

ボディビルで造る肉体は、闘うための筋肉ではない。闘いとは別のシステム、別の美のために創造された肉体である。

片山の肉体は、闘いの——それも、空手の闘いのための肉体であった。

しかし、体重別の試合向きの肉体ではない。無差別級の肉体だ。

体重別でやるなら、筋肉の上に薄く被《かぶ》っている脂肪を、こそぎ落とす必要がある。

その肉体に、陣内の視線が刺さる。

陣内も、ジャージの上を脱いだ。

片山よりは肉の量が少ない。

体重で、五キロの差はあるかもしれない。

片山が考えていたよりも、陣内の上半身は、シェイプアップされていた。

運送会社で、身体を使っているのが幸いしているようであった。

胸、肩、腕の筋肉は、現役時のそれに近いが、しかし、その上に、片山と同じような薄い脂肪の層が出来ているのがわかる。

いけないのは、腹であった。

腹が、出ている。

三センチか四センチは、ウエストが増えている。

しかし、体重は、まだ五キロか六キロは、片山のほうが重いかもしれない。

この体重差で、年齢のハンデが、だいぶ縮《ちぢ》まることになる。

陣内もまた、スニーカーを脱ぎ捨てた。

片山は、足元のスポーツバッグから、何かを摑んで取り出した。

それを、陣内に向かって放り投げた。

宙で、陣内が、それを摑む。

拳サポーターであった。

拳を保護し、相手へのダメージを少なくするための、拳に嵌《は》めるサポーターである。拳の、指の付け根にあたる部分に、クッションが入っている。

ボクシングのグローブほどではないが、拳と頭部の骨へのダメージは、これで、かなり軽減できることになる。

「それを付けろ」

言って、片山は、自分の分の拳サポーターをバッグから出して、それを付けた。

「眼は？」

低い声で、陣内が訊いた。

「遠慮はいらん。現役を降りて、八カ月のキックボクサーのパンチくらいで、どうにかなるものじゃない――」

「いいんですか」

「かまわん」

今でも、左眼は、半分見えないのと同じである。最悪でも、その半分が、全部になるだけである。

右眼は、残る。

「片眼が見えれば充分だ」

片山は、拳サポーターの位置をなおすと、前へ出、

「いつでもいい」

そう言った。

陣内には、まだ、とまどいがどこかに残っているようであった。

「ルールは？」

低い声で、陣内が言った。

「ムエタイルールだ。ジャッジもレフェリーもいないが、どっちが勝ったか負けたかは、お互いがわかるだろう」

ムエタイルール――

拳で、相手の顔面を殴ってもいいのが、ムエタイのルールである。

突き、蹴り、肘、膝――頭突《ずつ》きを別にすれば、身体のどの部分を使っての攻撃も許されている。

ただ、眼と、股間の急所への攻撃は許されていない。倒れた相手にも、攻撃はできない。

柔道のような投げや関節技はむろん禁止されているが、蹴ってきた相手の足を抱えての投げは許されている。

正式なムエタイルールは、ラウンド制であり、リングでやるものであり、きちんとレフェリーがいる。ルールは、それら全部を含めてルールなのである。

いくら、ここで片山がムエタイルールと言っても、実際にその場で行なわれるのは、変則的なムエタイルールの試合ということになる。

陣内が、半歩、前に出た。

まだ、とまどっている。

陣内のとまどいを、捨てさせようとでもいうように、強引に、片山は先に構えた。

拳を持ち上げて、頰の高さで止める。

アップライト——

典型的なムエタイのスタイルだ。

左拳が前、左足が前——

前に出した左足の爪先《つまさき》で、小さくリズムを採る。

「いくぜ」

軽く前に出る。

陣内が、斜め右後方へ逃げる。

それを、片山が追ってゆく。
陣内が、動きを止めたところへ、右のローキックを入れる。
陣内の左膝を狙った。
左脚を上げて、陣内がそれを受ける。
馬鹿。
ぬるい受けだ。
パンチで攻めてこない。
いっきに、パンチで攻めた。
左ジャブ。
右のアッパー。
左のフック。
そのことごとくを、陣内がかわす。
うまいじゃないか。
こいつのことをぶきっちょだなんて、誰が言ったんだ。
左のストレート。
おもいきりだ。
陣内が右手でガードしようとする。

遅い。
この試合に対する覚悟が足りないからだ。
そういうやつには、おもいきりストレートを入れてやればいい。
陣内の右手をはじいて、陣内の右頰に、ストレートが入る。
いいストレートだ。
陣内の右腕に当たって狙いははずれたが、陣内の顔に、拳がめり込んだ。
ほら、陣内の眼を覚《さ》ましてやるには丁度いい。
陣内の眼つきが変わった。
いい面《つら》だ。
闘うやつは、そういう面をしていなくちゃいけない。
右。
左。
当たらねえぞ。
そうだ。
そのローキックはいいじゃないか。
ミドル。
違う。

パンチだ。

なぜ顔面を狙ってこない。

左へ動く陣内より先に、左へまわり込んだ。

驚くな。

現役は、これくらい動けるんだ。

駄目だ、陣内。

これはグローブの試合じゃない。

拳と拳の間ががら空きだ。

下から左アッパーを突き上げてやる。

陣内の拳の間に左拳が下から滑り込んで、陣内の顎を――

陣内が倒れる。

「馬鹿！」

片山が、倒れた陣内に叫んだ。

「つまらんアッパーでぶっ倒れやがって。なぜ、おれの顔面を狙ってこない。なぜ、遠慮をしてる。おれの口から女のことを聴かされるのが怖くなったか！」

これは言い過ぎか。

いや、言い過ぎじゃない。

闘いが始まって、遠慮しているようなやつには丁度いい。

「陣内！」

片山は、歯を軋らせて吠えた。

本気で腹を立てていた。

「おれを馬鹿にする気か。顔面を狙わずにおれに勝つつもりか？」

陣内の唇が切れていた。

血だ。

そんな血にかまうなよ。

そうだ。

そういう眼で、おれを睨め。

起き上がって来い。

陣内が、構えた。

腹を据《す》えた構えだ。

来い。

片山は、拳を握った両腕をしぼって、腹の底から声を上げた。

陣内が、じりじりと間合を詰めてくる。

陣内が動いた。

右のストレート。
左のフック。
それをかわして、片山が踏み込もうとする。
前蹴りが来る。
距離を取られた。
そう思った途端に、陣内が懐《ふところ》に入り込んで来た。
パンチだ。
重い、遠慮のないパンチであった。
ガードした両腕に、ハンマーのようなパンチが叩きつけられてくる。
連打。
こいつか。
これが陣内のパンチか。
腕の骨が軋み、肉が痺《しび》れてゆく。
首相撲になった。
首の取り合いだ。
首を取られたら、身体を固定されて、すぐに膝が脇腹に叩き込まれて来る。
タイの連中が得意にしている技だ。

凄い力だ。
うまい。
取られた。
膝だ。
右。
左。
それをカバーしきれない。
左を右脇腹に入れられた。
口から、潰《つぶ》れた呻き声が洩《も》れる。
「ぐっ」
右肘を、陣内の顔に叩き込む。
しかし、まだ、膝が来る。
しつこい男だ。
骨が軋む。
内臓が悲鳴を上げる。
くそ。
また首を取りにゆく。

蛇のように、互いに両腕を伸ばし合い、相手の首をからめ取ろうとする。

おれだって、この首相撲の練習には時間をかけたのだ。

その自負が片山にはある。

首を、強引に取り返して、逆に膝を入れてやる。

今度は陣内が呻く番だ。

離れた。

構える。

すぐに動いて来る。

ねちっこい肉体だ。

ダメージが、どれだけ陣内の肉体にあるのかわからない。

蹴った。

蹴った。

本物の試合のようになっている。

自分は現役だ——その思いが片山にはある。

陣内の肉の中には、黒々とした、バネがあった。

どこまでもたわんで、相手の攻撃を耐え、その次には、ぐいぐいと力を吐き出してくるバネだ。陣内独特のものだ。

こいつの、この肉体を、このまま埋もれさせていいのか。
こいつの身体に、強烈なやつをぶち込んで、思い出させてやる。
思い出せ。
馬鹿。
蹴る。
殴る。
その分だけ、陣内のパンチと蹴りも入っている。
普通なら、もう、とっくに一ラウンド終了のゴングが鳴っている。
休みなしに、もう、二ラウンド目に突入しているのだ。
凄いやつだ。
陣内は。
こんなにスタミナがあるとは。
普通は、八カ月さぼれば、こうはいかない。
黒々とした感情が、肉の中から噴《ふ》き上げてくるように、スタミナが枯れない。
その陣内と、おれは今、やり合っている。
おれも、たいしたタマじゃないか。
誰だ。

息を荒くしているのは。
この呼吸音は誰だ。
おれか。
おれの息が上がっているのか。
もう、三ラウンド目だ。
現役とはいえ、試合はやってない。
やっているのは、道場生とのスパーリングだ。
くそ。
いや、陣内もだ。陣内の息も上がっている。
たて続けに三ラウンド。
まだだ。
まだ、余力はある。
疲労がひと皮剝《む》ける。
どうだ。
陣内の顔面に、強烈なストレートを入れてやった。
倒れない。
逆に、いいやつをもらった。

遠慮のないフックがこめかみに来た。

眼さえ悪くなければかわせた分だ。

何を考えてる。

今は眼が悪いのだ。

悪くなければ、などといくら考えたって何のメリットもない。

思考の無駄だ。

くそ。

そんなことを考えてるから、肝臓《レバー》に一発いいのをもらっちまったじゃないか。

久しぶりだな。

おれは本気になっている。

陣内だってそうだ。

いや、陣内の本気は気持ちだけだ。身体は本気じゃない。コンディションが落ちているから、気持ちの本気に身体がついていかないんだ。

しかし、いい気分だ。

道場生相手のスパーリングじゃないからな、これは。

もう、身体が勝手に動いている。考えて動いているんじゃない。

ああ、おれは悦んでいる。

おれは悦んでいるぞ。

おれは、好きなんだ。

単純に、こういうのが好きなんだ。

身体を動かしてゆくと、どんどん頭が空白になってゆく。自分が身体と同じになってゆく。感情と身体がひとつになってゆく。

感情が身体になっている。

身体が感情になっている。

これを、こいつに。

この馬鹿に。

おもいきり。

届けて。

わからせてやる。

わからせてやる。

邪魔だな。

何も考えるな。

拳を。

拳を。

蹴る。
拳。
打。
蹴。
打。
蹴。
打。
打。
蹴。
軋む。
――
打。
入った。
フックだ。
右のフックが、陣内の顎に入った。
片山の右の拳が、陣内の顎に入っていた。
陣内が膝をついた。

脳震盪《のうしんとう》を起こしたのだ。

そのまま陣内が崩れた。

顔をコンクリートにつけた。

びくびくと、陣内の身体が突っ張る。

陣内が起きようとしているのである。

しかし、その意志のとおりに身体が動かない。だから、引き攣《つ》ったように身体が動くのだ。意志が筋肉を動かそうとする。その意志と筋肉が、陣内の肉体の中で闘っているのである。

「ちくしょう」

陣内が、コンクリートの上に、その言葉を吐き出した。

「畜生」

「畜生」

陣内の尻が、いつか、リングで見たあの時の光景のように持ち上がる。

カウントで言うなら、もう、5《ファイブ》だ。

6《シックス》。

7《セブン》。

両腕で、上半身を起こす。

8《エイト》。
横に転がった。
「畜生」
両腕をつく。
9《ナイン》。
身体が震える。
起きられない。
10《テン》。
仰向けに転がった。
陣内――と声をかけようとしたが、声が出ない。
荒い呼吸を繰《く》り返すだけだ。
左眼が、見えなくなっていた。
右眼を閉じると、視界が暗黒になる。
仕方がない。覚悟の上でのことだ。
指導はできようが、もう、試合はできまい。
これが、現役最後の試合になるか。
激しく息を吐きながら、片山は思った。

相手は、あの陣内だ。

最後の相手として、不足はない。

「いいか――」

片山は言った。

「おまえは、本当は、おれなんかに負けるはずがないんだ。技が錆びついている。いいか、あと一年、一年休んじまったら、もう、取り返しがつかないぞ。まだ、今なら取り返しがつく……」

片山は言った。

陣内は、仰向けになったまま、歯を噛んでは荒い呼吸をし、呼吸をしては歯を噛んでいた。

その陣内を見下ろして、

「どうするつもりなんだ」

片山は言った。

「わかんねえよ」

陣内は呻くように言った。

「わかんねえよ！」

叫んだ。

「そんなことわかるかよ。わかんねえよ」

陣内の眼から、涙がこぼれていた。

片山の後方から、声がかかったのは、その時であった。

「おい」

男の声であった。

片山は、後方《うしろ》を振り返った。

男が、ふたり、立っていた。

ひとりは、パンチパーマ——派手な半袖のシャツ。もうひとりも、同じような格好をしているが、その男は夜だというのにサングラスをかけている。

ふたりの男は、片山と陣内に視線を走らせた。

「陣内と、それから、あんたは片山だな」

サングラスの男が言った。

「何かもめてたのかい」

もうひとりの男が言う。

片山は、その問いには答えず、

「何の用だ」

軽く腰を落とし、右足を半歩後方に引いた。

「女を、預かっている……」

サングラスの男が言った。

「女!?」

「今村菜穂子だ」

「なに!?」

陣内が、身を起こして立ち上がった。

男たちに、向かって行きかけるのを、片山が制した。

「どういうことだ」

「だから、菜穂子を預かっているって言ったろう。用があるのは、あんたじゃなくて、陣内のほうだ。われわれと一緒に、来てもらいたい」

サングラスの男は、唇の端を歪《ゆが》めて、いやな笑《え》みをそこに造った。

七章　無名の犬

1

これが――

片山は、リングで戦慄《せんりつ》していた。

これがムエタイか。

ゴングが鳴って、ソータンクンと向き合った時、震えた。

太い震えが、背を駆け上がった。

嵐のように、自分にぶつかってくる音、声、歓声――暴風雨の海にいきなり放り込まれたようなものだ。

最初、片山は、それが何であるかわからなかった。

それは、人の歓声だった。

口笛。

足を踏む音。

手を打つ音。

それらが、四方から自分にぶつかってくるのである。

ぞくりとした。

恐怖とも、悦びとも、何ともつかないものが、全身を疾《はし》り抜けたのだ。

怒号。

音楽。

叫び声。

それらがひとつになって、固形物のようにぶつかってくるのである。しかし、鮮明に、その個々の声や音もまた識別できる。できるがしかし、それをひとつの統一された音として体感しているのである。

何だ!?

この震えは!?

これまで、どの試合でも、味わったことのない感覚。

空手の試合は、もっと静かだ。

盛り上がれば、客は声を出しはするが、最初からここまでヒートアップしたりはしない。

これが、ムエタイか。

ルンピニー・スタジアムで、ムエタイのチャンピオンとやるというのは、こういうことであったのか。

それを意識していたのが、数瞬であったか、一瞬であったか、片山にはわからない。

ソータンクンが、持ち上げた両腕と脚とでリズムをとりながら動いて来た時、片山は、自分と周囲を意識することができなくなった。

夢中であった。

どんなふうに、試合が始まり、どんなふうにそれが展開したのか、覚えてない。

スタミナの配分も何もない。ムエタイに対して考えていたあれこれも、脳裡《のうり》から消えていた。身体が、勝手に動いてしまったのだ。

なんという蹴りか。

なんという肘か。

蹴りも、肘も、カミソリのようであった。

カミソリのように切れる鉈《なた》だ。

身体が反応するしかない。

力を出し惜しみしていたら、あっという間に、一分でケリがついていたはずだ。

全力を振り絞った。

あのリングで自分がやったのは、ムエタイではない。二週間、ムエタイをやったからといって、ムエタイができるわけはないのだ。

あのリングで自分がやったのは、それまで自分が学んできた空手であった。

だから、一ラウンド、自分は立っていられたのである。

自分の肉体に滲《し》み込んでいるもの、覚え込んでいるもの、ギリギリの時には、そういうものしか出てこない。

無理に、ムエタイの真似事《まねごと》でもしようものなら、一ラウンドで、倒されていた。

全力で、やった。

一ラウンドは、互角であった。

一ラウンド終了のゴングが鳴ったその時、立っていた自分が、奇跡のようであった。

いける――

いけるのではないか。

その奇跡の中で、片山はそう思った。

もしかしたら、勝てるのではないか。

自分の全身が、湯を浴びたようになっていることに気がついたのは、コーナーにもどって、椅子《いす》に腰を下ろした時であった。

胸が、信じられないくらい速い速度で上下していた。

それでも——

いけるのではないか。

片山はそう考えていたのである。

2

車の中で、片山は、タイのあの熱いリングのことを思い出していた。

何で、こんな時に、あの闘いのことを思い出してしまうのか。

身体が熱い。

陣内の、蹴りやパンチが当たった場所が火照《ほて》っている。その温度が、タイでのことを思い出させたのかもしれない。

片山の横には、陣内がすわっている。

陣内は、後部座席に腰を沈めて、前方を睨《にら》んでいる。

夜の街の灯りが、次から次へと後方へ流れてゆく。

運転しているのは、パンチパーマの男だ。

助手席には、サングラスの男がすわっている。

「もうすぐだ」

ハンドルを握っているパンチパーマの男が言った。

男の言ったとおりだった。

それから五分もしないうちに、車は、池袋にあるマンションの地下駐車場に入っていた。

一二階——

一二〇八号とナンバーの入ったドアから、その部屋に足を踏み入れた時には、夜の午前一時になっていた。

居間に通された。

踝《くるぶし》まで沈みそうな、分厚い絨毯《じゅうたん》が敷いてあった。

応接用のソファーが、その絨毯の上にある。羊革のソファーであった。

高価な——そういう印象のソファーである。

しかし、片山には、そのソファーの値段の見当はつかない。高級そうで、高価そうだということはわかるが、では、それが幾《いく》らぐらいかということまではわからない。

そういう意味では、その部屋の照明や、インテリアのすべてがそうである。高価そうだということはわかっても、では幾らかということまでは見当がつかなかった。

壁のコーナーを利用して、四人掛けのソファーと、三人掛けのソファーとが、〝L〟字形に置かれていた。

ソファーの前に、大理石のテーブルがある。

その四人掛けのソファーに、赤石が腰を下ろしていた。その隣りに、ジーンズにシャツ姿の女がすわっていた。

女は、今村菜穂子である。

同じソファーにすわってはいるが、端と端だ。赤石と菜穂子は、肩を寄せ合ってすわっているのでは、むろん、ない。

冷房の効《き》いた部屋であった。

その部屋へ、ふたりの男に案内されて、片山は、陣内と共に足を踏み入れた。

赤石と菜穂子の他に、ふたりの男が、部屋の端に立っている。

片山と陣内を連れて来た男たちは、ふたりが部屋の中へ入ると、赤石に向かって一礼して、ドアを閉めた。パンチパーマとサングラスの男たちが、そのまま閉められたドアの前に立ったのが、気配でわかった。

菜穂子が、顔を上げて、陣内を見た。

陣内が来ることは、あらかじめ知らされていたのであろう。驚いた様子はなかった。

「菜穂子……」

陣内は、女の名を口にして、いったん止めた足を前に踏み出そうとした。

部屋の隅にいた男が、驚くほどの疾さで、前に出て来て、女と陣内の間に割って入った。

陣内は無言で、動きを止めた。

割って入った男も無言だった。

無言で、動くな、と陣内に警告を発している。

片山は、赤石を見ていた。

赤石は、濃紺のスーツを着込み、きちんと首にはネクタイを締めている。

イタリア製のブランドもののスーツだ。しかし、片山には、〝高級そうな〟という印象があるばかりである。

赤石は、ソファーに腰を下ろしたまま、無言で、片山と陣内を見つめていた。

この沈黙の時間を、赤石はどこか、楽しんでいるふうであった。

赤石の前のテーブルの上に、蓋《ふた》のあいたウイスキーのボトルが置いてある。

外国の銘柄《めいがら》のウイスキーだ。

そして、氷の入ったアイスペール。

グラスがふたつ、テーブルの上にある。何も入っていない、きれいなカットの入っているグラスであった。

グラスは、もうひとつ、あった。

そのひとつは、テーブルの上ではなく、赤石の右手の中にあった。

氷と、ウイスキーの入ったグラスだ。

赤石は、ふたりを見つめながら、そのグラスを口に運び、ひと口だけ、唇を濡らす程度に中の液体を飲んだ。

手の中で、赤石は、小さくグラスを回した。

氷とグラスが触れ合う澄《す》んだ音が響いた。

赤石が、グラスをテーブルの上に置いた。

口髭《くちひげ》の下の赤石の唇が、ふいに微笑して、白い歯が見えた。

「ひどい顔ですね……」

静かに、赤石が言った。

言われて、ようやく、片山は気がついた。

陣内とやり合い、そのまま、車でここへ来たのだ。手当ても何もしてはいない。

口の中に、まだ、血の味が残っている。

顔や、身体のあちこちが、熱っぽい。

その熱っぽい場所に、痛みがある。痛みは、心臓の鼓動に合わせて、太くなったり、細くなったりしていた。

顔が、いつもの倍近くに膨《ふく》らんでいるような気がした。

陣内の顔を見れば、自分がどんな顔になっているかはわかる。

瞼《まぶた》が切れ、眼や頬の打たれた場所が腫《は》れ上がっているはずだ。

鼻の周《まわ》りには、血がこびり付いているだろう。

「ふたりで、喧嘩《けんか》でもしたのですか？」

赤石が訊いた。

「喧嘩じゃない」

片山は言った。

「試合だ」

「試合？」

赤石に問われて、片山は、もう一度、

「試合だ」

はっきりと、わかるように言った。

「片山草平と、陣内雅美の試合ですか。それは、ぜひ見たかった。これから、いつかまた、そういう機会がありますか」

「ない。これが、最後の試合だ」

片山は言った。

その言葉の意味をさぐるように、赤石はしばらく片山を見つめ、小さく息を吐いた。

「本当は、陣内君だけを呼ぶつもりだった。片山草平まで一緒とは思いませんでしたよ。さっき、ふたり一緒という連絡を電話で受けた時には驚きました」

「――」

「そこに掛けませんか。　立っているより、すわってもらったほうが話がしやすい——」

赤石が言った。

片山と陣内が動かずにいると、

"すわれ"

そう言うように、壁際に立っている男が顎をしゃくった。

片山と、陣内は、ゆっくり歩を進めて、そこに座した。

赤石が、アイスペールから氷を取って、空いているふたつのグラスに入れる。　静かな作業だった。　触れ合う氷の音だけが、微かに部屋に響く。

氷の入ったふたつのグラスに、ウイスキーが注がれる。　その音が、やけにリアルに片山の耳に届く。

"L"字のソファーの中央に近い場所に、赤石と片山、外側に、菜穂子と陣内が座した。

立っている男が四人。

片山と陣内が、何かしようとすれば、すぐにでも行動に移れるように、全身が張りつめているのがわかる。

片山と陣内は、出来たウイスキーのグラスに手を出そうとはしなかった。

そのことを、赤石は気にも留めずに、

「では——」

ひとりでグラスを口に運んで、また、そのグラスをテーブルに置いた。

「騙《だま》されましたよ、すっかりね」

赤石が言った。

そこにいる誰かに、というよりは、テーブルの上のグラスに向かって言っているようであった。

「誰がいい、悪い、そういう話になれば、わたしが悪い。他に、もうひとり女を造って、ここのところ菜穂子をかまってやらなかった。男ができたって、これは仕方がない」

陣内を見、片山を見た。

「菜穂子に、男ができたらしいってことには、前から気がついてましたよ。だから、菜穂子がいなくなった時には、てっきり、その男と逃げたとばかり思ってた。だから、菜穂子を捜すにも、そっちの男の線を当たってたんですよ――」

赤石は、陣内を見た。

陣内は、下を向いて、唇を堅《かた》く閉じていた。

しかし、赤石の言葉は、しっかりと聴いているようであった。

「それがどうも、そっちの男のようじゃないんですよ。そうしたら、その男ってのは、陣内君だった……」

赤石は、視線を菜穂子に移した。

菜穂子もまた、下を向いて、唇を閉じている。

「しかし、陣内君と菜穂子の居所がわからない。陣内君の居所を捜しているうちに、ふとわたしは、気がつきました。もしかしたら、本命は、最初からわたしが睨んでいた男で、陣内君のほうが、当て馬だったのではないかとね。陣内君が、菜穂子を捜して〝河蓮《かれん》〟へやって来たことの意味をよくよく考えてみると、やはり、そうではないかとね――」

陣内は、両手の拳を握っていた。

「菜穂子が、陣内君のところからいなくなっていた時に、その男と菜穂子は会っていたのではないかと。そうしたら、やっぱりそうだった。相手はね、小さな印刷会社の社長だよ。店の客だった男でね、四二歳で、女房も子どももいる。その男がね、菜穂子を囲おうとしたんだよ。もっとも、最初は、別れるから一緒になろうと、菜穂子には言ってたらしいんだけどね――」

そこまで赤石が言った時、

「やめて!」

菜穂子の声が、赤石の声を遮《さえぎ》った。

赤石が、言葉を切って、菜穂子を見た。

陣内が、顔を上げた。

菜穂子を見た。

菜穂子と、陣内の眼が合った。

長い沈黙を、赤石が許した。

陣内は、何度か唇を開きかけ、言葉を失い、そして、何度目かに、ようやく、陣内は言った。

「嘘、だろう……？」

すがるように菜穂子を見た。

「本当よ……」

決心がついたように、小さな掠《かす》れた声で、菜穂子は言った。

「本当なの」

「嘘だ」

陣内が言った。

「本当よ。本当なの……」

子どもに言い聴かせるように、菜穂子は、陣内に言った。

「自分の口で、陣内君に言うかね」

赤石が言った。

「言うわ……」

菜穂子は、つぶやいた。

陣内を見、

「……今、赤石が言ったことは、本当よ」

そう前置きをして、菜穂子は、語り出した。

3

その男の名は、相沢信之《あいざわのぶゆき》といった。

四二歳。板橋《いたばし》で、小さな印刷会社をやっている。それでも社長だ。

同い年《どし》の妻と、中学一年の息子と、小学校五年の娘がいる。

その相沢が、菜穂子とできた。

それが、一年半前だ。

相沢が、菜穂子に夢中になった。

菜穂子に男がいることを知ると、相沢は、菜穂子に、その男と別れろと言った。

おまえの面倒《めんどう》は自分が見る。どうせ、その男は他に女を造って、かまってくれないのだろう。その男とは、別れろと。その男がおまえにしてやっていることくらいは、いや、それ以上のことを、自分はおまえにしてやると。

もう、人の女はいやなの、と菜穂子は相沢に言った。

奥さんと別れて、自分と一緒になってくれるのなら、今の男とは手を切るからと。

相沢は、ならば別れると、菜穂子に言った。今の妻とは別れる、別れておまえと一緒になる――

とにかく、今の男とは別れてしまいなさい。

住むところは自分が用意する。

しばらくそこに住みながら、自分が妻と別れるまで待っていてくれ。今すぐ妻とは別れられないが、一年待ってくれれば必ず別れるからと。

しかし、その男の言葉を、どこまで信じたらいいのか。

自分も、相沢には隠していることがある。

自分の男の稼業《かぎょう》について、菜穂子は相沢に言っていない。それを知った時、相沢がどうするか？

そういう時期に、菜穂子は、陣内と会ったのだった。

「本気だったわ」

と、菜穂子は言った。

「本当にあなたを好きになったの――」

陣内を見た。

陣内は、菜穂子を見ていない。

拳を握って、視線を下に落としている。

相沢は、都内にマンションを手に入れた。

土地に手を出し、土地を転がして儲《もう》けた金であった。

いつでも菜穂子が移れるようにした。

菜穂子は、迷った。

相沢のことは、嫌いではない。嫌いではないが、しかし、好ましい気持ちが強いわけではない。特に、陣内を知ってから、情は陣内に移っている。

しかし、相沢には、陣内にないものがあった。

それが、金である。

もし、相沢に、妻子と別れても自分と一緒になってくれる気持ちがあるなら――

しかし、相沢に、妻子と別れるつもりがないことはわかる。そのくらい、人を見る眼はある。

マンションは用意した、いつでも出て来いと相沢からは言われている。

そこで、菜穂子は出た。

しかし、相沢の元へはゆかなかった。陣内と逃げた。

陣内と逃げて、新潟へ行き、その後にまた東京へもどって、菜穂子は陣内と町田で暮らし始めた。

その間、陣内に内緒で、菜穂子は相沢と電話で連絡を取った。

居場所は教えられない。

一年待つ。その間に妻子と別れてくれるなら、自分にはあなたと一緒に暮らす用意があると――

菜穂子は相沢にそう言った。

陣内のことは、むろん、相沢には言っていない。陣内にも、相沢のことは言っていない。相沢の知らないことで、陣内の知っていることがあるとすれば、それは赤石のことである。菜穂子の男、赤石がどういう稼業の男であるか、陣内には告げてある。それを承知で、陣内は菜穂子と逃げたのだ。

半月に一度の割合で、菜穂子は、相沢に連絡を取った。連絡を取るのは、深夜営業のコンビニエンスストアの仕事を終えて、帰る時だ。町田の駅の公衆電話で連絡を取った。

どうしても会いたいと、相沢は、菜穂子に言った。

それで、菜穂子は、相沢の用意したマンションで、相沢と会った。

自分は、休みを取って来た。三日は帰らなくていいのだと相沢は言った。菜穂子は帰してもらえなかった。

陣内が待っているとは言えない。

仕事もまだしていないことになっている。帰りそびれた。コンビニエンスストアには、相沢の目を盗んで、実家にもどる急用ができたので、三日休むと連絡をした。

それを、陣内は、赤石が菜穂子を連れもどしたのだと勘違いをした。

そして、新宿での事件となったのである。

その時と、それからもう一度、菜穂子は相沢と会っている。それが、つい、一週間前であった。

菜穂子が、ひととおりを話し終えた時、

「まあ、そういうことのようですな……」

赤石がつぶやいた。

次は、赤石が話をした。

赤石は、相沢が何かを知っていると睨んだ。

部下に相沢の身辺をさぐらせると、相沢が、内緒でマンションを購入しているのがわかった。

そのマンションを、常時、部下に見張らせた。

そして、ついに、一週間前、相沢と菜穂子が、二度目の逢瀬《おうせ》を重ねる時に、マンションを利用するのを見たのである。

部下は、菜穂子の後を尾行して、どこに住んでいるかを突き止めた。そこで、陣内と菜穂子が暮らしているのもわかった。

赤石が、最初に手を打ったのは、相沢のほうであった。

自ら電話をし、身分を名乗った。

相沢は、震え上がった。

「脅すまでもありませんでしたよ。丁寧《ていねい》に話をしたんですが、彼はひじょうに話のわかる方《かた》でしたね」

菜穂子からは手を引くと、相沢は言った。

赤石ともめて、妻や子にそのことを知られれば、相沢は破滅である。会社は、むろん潰れはしまいが、家庭はそれで終わりだ。

「多少の現金と、このマンションを、相沢さんから譲っていただきました――」

赤石は言った。

「このマンションか――」

片山は、思わず声を出していた。

「そうです。授業料としては、ほどほどのところでしょうね。相沢さんは、相手がわたしであったことを、むしろ感謝すべきでしょう。わたしらの世界には、骨までしゃぶる連中がごろごろいますからね」

そう言って、赤石は、溜息《ためいき》をついた。

「さて、陣内君。これからは、君とわたしのビジネスの話だ」

口調を変えて、赤石は陣内に視線を向けた。

「ビジネス？」

陣内がつぶやく。

「ビジネスと言ったほうがわかりやすいだろう。現に、この問題は、われわれの社会では営業上の問題でもあるのだよ」

「――――」

「ここで、どっちがどう惚れたのだの腫れたのだと、そういう話をするつもりも、聴くつもりも、わたしにはない。君がそういう話をしたいのなら、この話が済んだ後、ゆっくり、菜穂子とやってくれればいい。くっつくも、別れるも、それは君たちの自由だよ。話が済んだ後ならばね」

「話というのは、何ですか」

「わかりやすく言えば、落とし前、、、ということになるかな。けじめ、そう呼んでもいい」

「――――」

「けじめをつけてもらいたい」

「どういう意味ですか」

「われわれの稼業では、これは、絶対に避けて通れないのだよ。個人的には、君には同情するよ。君の試合も好きだったしね。しかし、それとこれとは別なんだ」

「──────」

「もし、わたしが、なんのけじめもなく、君と菜穂子を許したら、この世界では、もうやってゆけなくなる。わたしは、まだ、この世界で登ってゆきたいからね。女を他の男に取られて、なんのけじめもつけられない男という評判が立ったらどうなると思うね。そうなったら、極道は失格だ。この稼業で、飯を喰ってゆけなくなる」

赤石は、陣内を見ながら話をしている。

陣内もまた、赤石の視線を受けている。

陣内は、あの怒ったような表情をしていた。眼が半分塞《ふさ》がり、頬が腫れているので、なかなか、その面構《つらがま》えは凄まじい。

「はっきり言えば、もう、わたしは菜穂子には未練はない。しかし、それとこれとは、話が別なのだ。わたしは、わたしの顔がこの業界で立つようにしてもらいたいのだよ。キックにもルールがあるように、この業界にもルールがある。そのルールにのっとったやり方でね」

「おれにはわからない。どうしたらいいのかを、はっきり言ってくれ」

「陣内君。はっきり言おう。君の選択肢《せんたくし》はふたつある」

「ふたつ？」

「左手の小指を一本失《な》くすか、金を払うかだ──」

赤石は、こともなげに、そう言った。

陣内の頬が、ぴくりと動いた。

「小指か、金か――」

陣内はつぶやいた。

「どちらにするも、君の自由だ」

「金なら、いくらになる？」

「二〇〇万――」

赤石は言った。

「二〇〇万!?」

「すでに、金は、相沢からもらってるからね。その金額は、わたしの顔が立つぎりぎりの額だ。値段の交渉には応じられない」

「金は、ない」

はっきりと、陣内は言った。

「君が持ってなくてもいいんだ。君のご両親なり、知人なり、銀行なり、どこから借りたってかまわない。盗んだ金だって、足さえつかなきゃ、こちらはかまわないんだよ――」

「おれに、家族はいない」

「知人は？」

「ない」

「三島さんはどうなのかね」

赤石が言うと、陣内は、びくんと身体を震わせた。

「われわれも、できれば、野蛮《やばん》なことはしたくない。指よりは、現金をいただくほうが、ずっとありがたいしね。なんなら、三島さんに、われわれが交渉したっていい」

赤石が言うと、

「駄目だ！」

陣内が叫んだ。

「先生は駄目だ。先生に言ったら、先生は——」

「必ず、どんなことをしてでも金を作るだろうね。店を売ってでもね」

陣内が呑み込んだ言葉を、赤石が代わりに言った。

「先生に言うのは、おれが、許さない」

陣内が言った。

「ならば、答えはひとつしかないことになる」

赤石がそう言った時、

「わたしが置いていった通帳に、三〇〇万くらいの定期が入っていたでしょう」

菜穂子が言った。

「あれは駄目だ。おれの出した金でやっている店で儲けた金だ。それに、おまえは、すでにその金の中から二〇〇〇万持ち出している。自分で、持ち出してもいいと思う額を持ち出して、その後に三〇〇〇万残していった。だから、それはおれの金だ――」

赤石の言葉に、

「わかった……」

陣内が言った。

「おれの指を……」

そこまで陣内が言った時、

「待て――」

片山が声を出していた。

「――金は、誰が出すんでもいいと言ったな」

「ああ、言ったよ」

「おれが、その金をなんとかする」

片山は言った。

「ほっといてください、片山さん」

陣内が、半分投げやりに言った。

「駄目だ。わかってるのか、陣内、小指は、拳の要《かなめ》だ。小指が失くなったら、拳が握れなくなる」

「いいんですよ、もう、いいんですよ。拳なんか——」

「馬鹿っ！」

片山は、叫んで立ち上がった。

時計を見た。

午前二時、少し前。

「その金は、おれがなんとかする」

「片山さん」

立ち上がった陣内を、片山が制して、またすわらせた。

「本当に!?」

赤石が訊いた。

「本当だ」

「いつまでに用意できますか？」

「今日、これからだ」

「これから？」

「二時間——いや、一時間半、待ってくれ」

片山は、そう言って、赤石を見すえた。

八章　拳《こぶし》

1

足が、重かった。

なぜ、こんなに重いのか。

こんなに遅いのか。

フットワークを使って、横に回り込もうとしても、足が、気持ちについてゆかない。

だから、ソータンクンの動きについてゆけない。追って来るソータンクンから逃げきれない。

追いつかれて、打たれてしまう。

自分の肉体ではないようであった。

自分の意志どおりになぜ動かないのか。

汗をかいている。

信じられない量の汗だ。

しかし、ソータンクンは、汗を少しもかいていない。

鋭い眼で、片山を睨んでいる。

超人的なスタミナだ。

もともと、彼らと自分は違うのだ。

肉体の構造が違うのである。

五〇〇ミリリットル——これが、平均的な日本人が一日に出す汗の量である。

その汗は、エクリン腺《せん》とアポクリン腺という、体表面にある二種類の汗腺《かんせん》から分泌《ぶんぴつ》される。

その汗腺の数は、日本人で、一八〇万個から二七〇万個——平均で二三〇万個である。

それに比べて、タイ人のような熱帯地方の住民は、汗腺の数が二六〇万個から三〇〇万個あるのだ。

つまり、同じ量の汗をかいても、ひとつの汗腺から出る汗の量は、日本人よりタイ人のほうが少ないことになる。

これが、暑さに強い、タイ人のスタミナの秘密である。

この汗腺の量は、先天的なものではない。

生後二年間の、暑熱経験で、その汗腺の量が決まるのだ。たとえば、日本人でも、生後、すぐにタイで暮らし始めれば、発汗の条件はタイ人と同じになる。

しかし、それは、片山にとっては、今から取り返しがつくものではない。

また、余計なことを考えてしまったと、片山は思う。

瞬時も、ソータンクンは気を抜けない相手なのに。

ガードが下がっている。

腕が重い。

グローブが、こんなに重いものだとはわからなかった。

パンチを空《から》振りすると、グローブの重さで拳が止まらず、身体が前へ泳いでしまう。

もっと、グローブを嵌《は》めての練習をすべきであった。相手の土俵で闘うのは、初めからわかっていたのではなかったか。

もっときっちり、ロープワークや、グローブワークをやっておくべきであった。

しかし、自分には時間が――

首を取られた。

強い力で、首を狭まれ、上体をいいように振り回された。

自分より、体重のない選手に首を取られて、こんなに思うように振り回されてしまうのだろうか。

左右のボディに、ソータンクンの、尖《とが》った鉄のような膝が、次々に打ち込まれてくる。

打たれるたびに、残っている体力が、肉体からはじき出されてゆくのがわかる。

鉄だ。

人の温度を持った、弾力のある鉄。その鉄が人間の格好をしている。無尽蔵《むじんぞう》のスタミナでそれが動く。

それが、ソータンクンの肉体であった。

ああ――

片山は、呻《うめ》いた。

こんなに凄い肉体と闘うのに、こんなに凄い技術と闘うのに、なんと少ないトレーニングで自分はリングに上がってしまったのか。

自分の肉体、気力、技術、それが最高の状態にある時に、自分はこの男と闘うべきであったのだ。

もう一度――

と、片山は思った。

もう一度、運命は、自分に、この男と闘う機会を与えてくれるだろうか。

その機会は、ないかもしれない。

そう思った時、たまらない恐怖が片山を襲った。

負けられない。

どうしても負けられない。

「せやっ」

片山の右足が、弧《こ》を描いて、ソータンクンの左側頭部を襲った。

入った。

機会《チャンス》だ。

奇跡のような機会《チャンス》であった。

踏み込んだ。

その時に、二ラウンド終了のゴングが鳴ったのであった。

2

あの時、もし、ゴングが鳴らなければ、勝てたろうか？

片山は考える。

ゴングは鳴った。それが答えだ。もし、鳴らなければも、あと一分あったらもない。

しかし、考える。

考えてしまう。

もし、あと一分あったとして――

勝てなかったろう。

それが、片山の答えだ。

一発は、入れることができたかもしれない。

二発、いや、三発入れることができたかもしれない。それは、それだけのことだ。

それが、致命的になるような一発になったとは思えない。

試合のことは考えるな。

今、考えねばならないのは金のことだ。

片山は、立ち止まった。

眼の前に、ドアがある。

よく知っている木製のドアだ。

そのドアの中央にある郵便受けに、この部屋の持ち主の名前が、サインペンで書かれていた。

〝阿川〟

名字《みょうじ》だけの細い女文字だ。

このドアを、これまで何度、くぐったことだろうか。

ここへ来るまでに、澄子には何度か電話を入れている。

澄子は出なかった。

しかし、それは、珍しいことではない。

深夜を過ぎると、澄子は、電話の音量を最小に絞ってしまう。電話は、寝室に使っている四畳半ではなく、居間に使用している六畳間のほうにある。

澄子が深く眠っていれば、電話が鳴っても気づかないことはよくある。これまでにも、そういうことは何度かあった。

しかし——

片山は、ドアの前に立って、躊躇《ちゅうちょ》した。

あの時は、夢中であった。

気がついたら、なんとかすると、口から出ていたのである。

陣内の拳が惜しかったからだ。

小指を切ったら、まず、空手家としてもキックボクサーとしても、それは致命的な傷となる。拳をきっちり握ることができなくなるからだ。

拳を握ることは、空手にしろキックにしろ、基本中の基本である。力が入らない拳は、そのままパワーダウンになる。

それだけは避けたかった。

思わず、口にした言葉であった。

だが、まるっきりでたらめで口にしたわけではない。

脳裡に、ひとりの女の顔が浮かんでいた。

それが、澄子であった。

片山に、金はない。

預金は、ないも同然の額だ。

澄子には、三〇〇万余りの定期預金がある。

澄子に、その定期から、二〇〇万を借りるつもりでいた。

頭を下げ、土下座してでも、借りる。

それを、一生かかっても、返すつもりでいた。新宿支部の、支部長をやる。そうすれば、二年で返せる額である。

切りつめれば、一年余りで返済できるだろう。

自分が支部長をやることになったことを澄子が知れば、それは、返すの返さないのという金ではなくなる可能性もある。

澄子が、やっと溜めた金だ。

澄子の年齢の女にとって、それがどういう金であるかは、片山にはわかっている。

毎月の給料の中から、切りつめて溜めた金だ。それを借りる以上は、片山にも覚悟がある。

それが、新宿支部長のポストである。

夜――

銀行は、むろん開いてないが、キャッシュカードで、金を下ろすことはできるだろう。

定期が三〇〇万あれば、二〇〇万は下ろせるはずであった。

いや、まだ、キャッシュカードを自分は使ったことがないからよくわからないが、キャッシュカードがあるからといって、下ろせるとは限らない。キャッシュカードの受付は、二四時間オープンではないかもしれない。いや、たぶんそうだ。その可能性が強い。

夕方の、五時か、六時までであったか。それとも、夜の九時までであったか。

どちらにしろ、今は、夜半の二時三十分である。

金を下ろすことはできない。

赤石のいるマンションまでは、通帳と印鑑を持ってゆく。

銀行が開く時間になったら、下ろせばよい。

ためらった後に、ドアの横にある、ドアホーンのスイッチを押した。

部屋の中で、呼び出し音の鳴る音が聴こえた。

しかし、誰も部屋の中で動く気配がない。

三度、押した。

部屋の中で、この呼び出し音がどれだけの大きさの音で響くかを、片山は知っている。

これだけ鳴れば、よほどのことがない限り、澄子は眼を覚ます。
澄子が、まだ帰ってないか、よほど深く眠り込んでいるかのどちらかだ。
しかし、帰るわけにはいかない。
片山には、もう、当てがないのだ。
もしかしたら、澄子は眠っているのかもしれない――
片山は、ポケットの中をさぐった。
澄子の部屋の鍵が、手に触れた。
澄子から預かっている、澄子の部屋の合鍵である。
迷ってから、片山は、ドアをあけた。
「澄子――」
声をかけた。
返事はない。
ドアを閉め、手さぐりで、玄関の灯りのスイッチを入れた。
玄関に灯りが点《つ》いた。
玄関に、澄子がいつも履《は》く靴がない。
留守のようであった。
その時、片山は、ようやく思い出していた。

この前、ホテルで会った時に、明日から、出張で仙台へゆくと言っていたのを思い出した。

それが、何日間であったか。

その日にぶつかったのだ。

片山は、覚悟を決めて、靴を脱いで上がり込んだ。

部屋の灯りを点けた。

やはり、澄子はいない。

寝室にもいない。

片山は、そこにすわり込んだ。

どうするか。

澄子がいなければ、金を都合できないことになる。金を都合できなければ——

陣内の指が切られることになる。

赤石のことだ。

時間までは、待つだろう。

しかし、時間まで待って、片山が帰って来なければ、赤石は陣内の小指を切る。

たぶん、間違いなく、赤石はそうするだろう。

片山は、拳を握って、歯を噛んだ。

どうすることもできないことが、世の中にはある。これが、そうなのだ。

いっそ、警察へゆくか——

そうも思った。

しかし、警察沙汰《ざた》になったとて、それでおさまりはしない。

まだ、何かの犯罪が起こっているわけではない。

脅《おど》されはした。

指を詰めるか、金を出すかの選択をせよと。

しかし、この件で警察が来ても、何も解決しはしない。さらに話が複雑になり、長びくだけだ。

今、表面的にはおさまりもしようが、その後のことを考えると、警察は当てにならない。

立松治平に助けを求めるか？

立松治平は、裏の世界にも顔が効《き》く。

しかし、立松治平と、この件とは直接の関係がない。

陣内雅美と立松治平は師弟ではない。まるっきりの他人である。これは、弟子である片山が起こした問題ですらないのである。

この件で、立松治平は動くまい。

裏の方面に、どういう繋《つな》がりがあるかはわからないが、そういう筋に何かを頼むということは、借りを造るということである。めったなことでは、借りは造るまい。

以前——

三島が、赤石たちともめた時にも、解決したのは立松治平である。今回も、相手は赤石だ。その時と、同じルートを通せば、なんとかはなるかもしれない。

問題は、立松治平が動いてくれるかどうか。

動くまい。

放っておけ——

そういう結論を出す。

どうするか。

自分も、陣内と同じだ。

両親もいない。

両親とも、片山が高校の時に、交通事故で死んでいる。

頭を下げて、金を貸してくれと言いに行ける相手はいない。

妹がいるだけだ。

その妹に、頼むか。

しかし、何のために、おれは、二〇〇万という金の都合をつけようとしているのか。その金の都合をつければ、陣内がやる決心をするとでも考えているのか。

わからない。

やる決心をしてくれればいいと考えている自分もいる代わりに、それで陣内が決心するとは限らないと考えている自分もいる。

恩に着せたくはない。

それに、片山に義理を感じて陣内がもう一度リングに立つ決心をしても、それでは駄目だ。

〝陣内にやる気がなけりゃ、しょっぱい試合にしかなんないよ〟

三島の言うとおりのリングになろう。

陣内が、自分のために、もう一度リングに立つ決心をするのでなければ意味はない。

ただ、もったいない——

それは、正直な気持ちである。

あの拳がもったいない。

もし、陣内がもう一度リングに登る決心をしたとして、あの拳に小指がなければ、意味はない。

負けるためにリングに上がるようなものだ。

やりたくてもできない——それが、どれほど辛《つら》いか。

それが、片山にはわかる。

他のことはできない。

拳しかないのだ。

その拳が使えないとしたら。

自分の場合は眼であった。

陣内に、その思いをさせたくない。

そんなことのために、自分は二〇〇万という金を工面《くめん》しようとしているのか。

陣内は、しょせん他人だ。

このまま、あのマンションにもどらなくたっていいのだ。もどらず、黙って、立松治平の申し出を受ける。澄子と一緒になる。

そして、一生後悔しながら過ごすのか？

わからない。

もともと頭が悪いのだ。

考えるな。

とにかく、自分は、あの時、口が滑《すべ》ったにしろ、金を用意してくると言ったのだ。

その自分の言葉に責任を持つことを考えればいいのだ。

ふと、片山が上げた視線に、箪笥《たんす》が眼に入った。

その箪笥の一番上の引き出し――

そこに何があるかを片山は知っている。

澄子の預金通帳と、印鑑があるのだ。

ごくりと片山の喉が鳴った。

あれを、今、持ってゆく。

澄子には、置き手紙をしてゆけばいい。

いや、そんなことができるわけはない。

それでは、泥棒ではないか。

そんなことをやろうというのは、どこかで、自分の思考回路がおかしくなっているのだ。

そういうことができるのは、もはや、まともな判断が自分でできなくなっている人間だけだ。

自分は、今、まともな判断ができる状態にあるのか。

わからない。

わからないまま、片山は立ち上がっている。

箪笥のその引き出しに手をかける。

何をしようとしているのか。

やめろ。

しかし、手が動いている。

その指先が震えている。

通帳と、印鑑を取り出した。

中をあらためる。

定期が三〇〇万。

普通口座に三八万余り――

手紙だ。

手紙を書かなくては。

一〇分かかって書いた。

思っていることを、そのまま書いた。とんでもない手紙だ。こんな手紙ひとつで、許されるわけがない。

しかし、その手紙をベッドの上に置いて、片山は、立ち上がった。

玄関へ――

足を下ろそうとしたその時――

ドアが開いた。

澄子がそこに立っていた。

澄子は、片山を見て、声を上げた。

悲鳴に近いその声の半分以上を、澄子は呑み込んでいた。

そこに立っているのが、片山だとわかったからである。

「片山さん」

「澄子……」

ふたりは、互いに相手の名を口にした。

「どうして、あたしの家に……」

「いや、留守だと思わなかったんだ。来てみたら、きみがいないんで、勝手に上がらせてもらった——」

片山は言った。

黙って澄子の家に上がり込むのは、別に、これが初めてではない。

だが、時間が時間である。

「今日は、出張で、帰りが遅くなるって、この前話をしたはずよ。明日、出社だから、遅くとも今晩じゅうには帰って来るって。ここまで遅くなるとは思ってもいなかったけど——」

澄子も、とまどっている。

片山の唇は、かさかさに乾《かわ》いていた。

その時、澄子の視線が、片山の右手に止まった。

片山は、その右手に、澄子の預金通帳と印鑑を持っていた。

澄子の顔から、すうっと血の色が退《ひ》いてゆくのが、片山にはわかった。

「……何よ、それ。わたしの通帳よ、それは。どういうつもりなのよ。こんな時間にわたしの通帳を持ってどうしようって言うのよっ」

澄子が叫んだ。

「こ、これは、つまり……」

片山は、強張《こわば》った声で、説明をした。

説明にはなっていなかった。

「なによ。わからないわよ、あなたの言っていること。これは、わたしのお金よ。あなたにどんな事情があろうと、わたしの承諾《しょうだく》なしに持ち出せるものじゃないのよ。これが――」

澄子は、たて続けに言って、そこで、大きく息を吸い込んだ。

「――これがどういうお金か、あなたにはわかってるの。これは、わたしが、わたしが」

澄子の声は震えていた。

涙声になっていた。

片山の手から、通帳と、印鑑をひったくった。

片山は、たどたどしい声で、陣内のことを言おうとした。

「馬鹿！」

澄子が、叫んで、片山の胸に、通帳と印鑑をぶつけた。

通帳と、印鑑が、音を立てて床に落ちた。

「そんなら、持って行きなさいよ。勝手に持って行って、全部使ってきなさいよ。その代わり、もう、二度とわたしの前に顔を出さないで！」

澄子は泣いていた。

透明な涙が、澄子の見開かれた眼から溢《あふ》れていた。

その肩を抱こうとして出しかけた片山の手が、途中で止まっていた。

澄子の肩を抱く資格のない手だ。

片山は、われにかえっていた。

当たり前の思考ができるようになっていた。

ああ——

なんということを——

なんということを、自分はしようとしていたのか。

愕然《がくぜん》となった。

自分は今、女の家に勝手に上がり込んで、その女が、おそらくは、毎月毎月、何年もかかって、やっとの思いで溜めてきたに違いないその金を、自分は、女に黙って持ち出そうとしたのだ。

どんな理由があろうと、それは許されるべきことではない。

「すまなかった」

片山は言った。

心から言った。

頭を下げた。

「すまなかった」

もう一度言って、頭を下げた。

弁解の余地はない。

自分は、最低の男だと思った。

もし、澄子が帰って来なかったら、自分は取り返しのつかないことをしていたのだ。いや、その取り返しのつかないことを、自分はもうしてしまったのだ。

澄子の信頼を裏切ったのだ。

「おれのことは、忘れてくれ」

片山は言った。

そのまま、澄子の前で、靴を履いた。

澄子は、黙ったまま、静かに声を殺して泣いていた。

片山は、歯を喰い縛って、外へ出た。

3

「金は、できなかった」

片山は、赤石に、そう言った。

憔悴《しょうすい》した顔であった。

「それは、残念でしたね。ならば、こちらも仕方がありません。陣内君の指をいただくことになりますが――」

赤石は、本当に残念そうに、片山を見た。

「待ってくれ」

片山は、赤石に向かって言った。

「待つ？　何を待てと――」

赤石は、ソファーに座したまま、片山を見上げた。

片山は、テーブルを狭んで、赤石と向き合うかたちに、そこに立っている。

赤石の、その視線を、片山はたじろがずに受けた。

覚悟は決めている。

あとは、それを口にするだけだ。

「陣内の指は、切らせない」

ゆっくりと、腹を据《す》えて、片山は言った。

声が少し震えた。

数瞬の沈黙——

「それは、どういう意味ですか」

赤石が訊いた。

片山は、唾《つば》を呑み込んだ。

口の中が乾いているのだ。

間違わずに、言わなければならない。

言ってしまうことだ。

馬鹿なことだと、まともなことを考えている自分がいる。しかし、その馬鹿なことをしようとしている自分がいる。どちらも自分だ。今は、その、馬鹿なことをしようとしている自分が、もうひとりの自分に勝っている。

それが——

ひとつには、澄子への償《つぐな》いだと思った。

自分に課した罰である。

なぜ、償いだとか、罰だとか考えるのか、澄子の通帳を持ち出そうとしたのが、一種の極端な思考なら、今、やろうとしていることだって、別の、極端な思考なのではないか。

そういう思考を、今、片山はやめた。

理屈は、切りがない。

思考も、切りがない。

人は、理屈や思考どおりに生きられるものではない。

わかっていても、そのわかっているとおりに生きられないことがある。

今は、決心を口にするだけの、機械になることだ。

「代わりに……」

言って、片山は、もう一度唾を呑み込んだ。

「代わりに、おれの指をくれてやる」

部屋の空気が、静まり返った。

ふた呼吸ほど後――

「片山さん――」

陣内が言いながら立ち上がった。

「やめてください、そんなこと。やめてください片山さん！」

声を大きくした。

「駄目だ。切るんなら、おれの指だ。おれの指を切ってくれ。この人は関係ないんだ。切るんなら、おれの指だっ！」

陣内が叫んだ。

「黙んな、坊や……」

静かな声で、赤石が言った。

有無《うむ》を言わせぬ、重い響きがあった。

「すみませんが、片山さん、もう一度、今言ったことを、繰り返してもらえませんか」

「陣内の指の代わりに、おれの指を切れと、そう言ったんだよ」

その声に、陣内の声がかぶさった。

「片山さん！」

それを、赤石が制した。

赤石が、大きく息を吐いた。

「取り消せないよ……」

赤石は言った。

「……おれたちの世界じゃ、指のやりとりってのは、そういうものなんだ。いくら、あんたが素人《しろうと》だろうと、いったん、おれたちに向かってそう言った以上は、取り消せないよ。理屈じゃない。親分が、白いものを黒と言えば黒だと思わなきゃならない、誰かの生命《タマ》を取って来いと拳銃《チャカ》を渡されりゃ、行かなけりゃならない、そういう世界なんだ」

　赤石は、深く息を吸い込み、吐いた。

「痛いぜ……」

　赤石は言った。

「指を落とすってのは、あんたが想像している以上に痛いんだ。大の男の、いっぱしの面《つら》した極道が、泣き叫ぶことだってある。小指がないってことは、一生もんだぜ。あんたは、一生、それを背負ってこれから生きていかなきゃならない」

「難《むずか》しいことは、わからん。おれの指が、陣内の指の代わりになるのか、ならないのか——」

「なるよ。北辰館の片山の指だ。こいつは安くない。充分になるよ」

「ならばいい」

「片山さん。この陣内の不始末なんだ。陣内が、馬鹿なんだよ。どういう女か承知で手を出したんだ。おれは、そういう馬鹿が好きだが、それと、このけじめとは別の話だ——」

「おれも、馬鹿なんだよ」

　静かに、片山は言った。

　菜穂子は、黙ったまま、下を向いている。言葉はない。

「片山さん。もう一度、訊くよ。今度言ったら、もう取り消せない。よく考えて言ってくれ。あんたが、ここで、今言った言葉を取り消しても、誰もあんたを臆病者だとは言わないよ。おれは、あんたが好きなんだ。冷静に考えて、もう一度、答えてくれ――」

赤石は、諭《さと》すように言った。

「やめろっ！」

陣内が叫んだ。

その陣内の腕を、左右からふたりの男が押さえた。

陣内が、その腕を振りほどこうとする。

さらにふたりが動いて、四人の男が、陣内を押さえ込んだ。

「やめろよ。やめてくれよ、片山さん。切られるのは、おれの指だ。こんなことってあるかよ。やめろよ、畜生！」

陣内が、身をよじりながら叫んだ。

片山は、陣内を見た。

「やめろよ。やめてくれよ」

囁《ささや》くように、陣内は、哀願した。

「いいか、おれは、やらねえぞ。片山さん。あんたが指を切ったからって、おれはもう一度リングになんか上がらねえぞ。だから指を切るだけ無駄なんだ」

唸《うな》るように叫んだ。

片山は、陣内から、視線を赤石に移した。

「おれの指を切ってくれ」

片山は言った。

数瞬、無言だった。

その沈黙の後──

「わかった」

赤石が低い声で言った。

「馬鹿っ！」

陣内が叫んだ。

泣いていた。

「ちくしょう！」

叫んだ。

「ちくしょう！」

身をよじって、陣内が吠《ほ》えた。

「いいか、指なんか切ったって、おれはやらねえぞ！」

泣きながら呻いた。

「畜生──」

「畜生――」

赤石は、無言で、陣内を見ていた。

赤石が立ち上がった。

「いいか!」

誰にともなく、赤石が太い声で言った。

「北辰館の、片山の指だ。この指は安くはないぞ」

自分に、言い聴かせるように言った。

数呼吸、間《ま》を置き、部屋の中を見回し、

「準備をしろ」

低い声で、そう告げた。

九章　牙の饗宴《きょうえん》

1

どうしたのか――
わからなかった。
ゴングが、乱打されていた。
自分の眼の高さに、観客の顔があった。
どうなったのか。
ソータンクンが、片手を上げて笑っている。
身体が動く。
自分が動かしたのではない。
抱えられ、持ち上げられた。

「先輩──」

阿部の声だ。

負けたのか。

考える。

負けたのだろう。

マットに倒れていたのは自分で、ソータンクンが、片手を上げている姿が見えたからだ。

記憶がとぎれている。

三ラウンドのゴングが鳴った、そこまでは覚えている。

その後がわからない。

「先輩──」

阿部が泣いている。

加藤と富野に両肩を支《ささ》えられて、リングを下りた。

自分の足が、床らしいものに触れている。

半分、引きずられるようにして歩いている。

ざわめきが、ひどく遠い。

「負けたのか?」

「負けたのか?」

何度も訊いた。
富野が、泣いている。
加藤が、唇を噛んでいる。
ざわめきが遠くなる。
どういうふうに負けたのか。
本当に、記憶がなくなっている。
本当は、まだ、リングにもどらなければいけないんじゃないのか。
わかっているのは、潮騒《しおさい》のように、ざわめきが遠くなってゆくことだ。
そして、強い熱気がもどってきた。
トタン屋根——
気がついたら、強い熱気の中で、片山は、控場の椅子にすわっていたのである。

2

ポケットに、両手を突っ込んで、歩いている。
寒風が、革ジャンパーの背を吹きつけている。
二月の初旬——

夜だ。

都内のあちこちに、まだ、汚れた雪が残っている。

三日前に降った雪が、歩道の隅や、道路の脇へ積み上げられ、それがまだ溶《と》けずに残っているのである。

汚れた、灰色の雪だ。

昼間は、陽光に照らされて溶けかけるが、夜になると、それが硬《かた》く凍りつく。

どんなに寒い季節になろうと、背のどこかに、あの、タイでの熱気が残っているようであった。

タイ――

あの熱気が、ふいに、懐《なつ》かしく思い出される時がある。

今もそうだった。

もしかすると、自分は、あの熱気を愛していたのかもしれない。

みごとな、ノックアウトであった。

肘だ。

ソータンクンの右肘を、頬に叩き込まれた瞬間、意識が外にはじき出され、脳の記憶する機能までもが、欠落してしまったのだ。

気がついたら、椅子にすわって、控場のトタン屋根を見ていたのだ。

グローブをはずされ、掌《て》に巻いたバンデージを、加藤が鋏《はさみ》で切っているところだった。

「負けたのか？」

訊くと、加藤が、

「押忍《オス》」

と、低い声で答えた。

その後、便所の前にある、小さなプールまで行った。

自分の足で歩いた。

プールというよりは、コンクリートでできた大きな桶《おけ》だ。

その、ぬるい水を何度も身体にかけた。

次の試合に出場した選手が、試合を終え、その水場へやって来て、身体に水をかけて帰ってゆく。

そんな光景を、片山は凝《じ》っと眺めていた。

その時、ようやく、片山は、自分の片眼が見えなくなっていることに気がついたのである。

試合のビデオを見たのは、日本へ帰って来てからだ。

三ラウンド目は、何か、他人の試合を見るようであった。

自分でも、よく、立っていたと思えるほど、何度もいいパンチと蹴りが入っていた。それでも、微妙に相手のパンチや蹴りをはずしていて、急所へ一撃を喰らうのだけは避けていた。

決め手は、肘であった。

右の肘。

それが、カウンターで、左のこめかみに入ったのだ。

ぞっとするような一撃であった。

あんなに強烈な肘が、自分のこめかみに入ったのか。

あの肘で、左眼の網膜《もうまく》をやられたのだ。

そのビデオは、何度も見た。

片山は、ゆっくりと歩いてゆく。

寒風の中だ。

ともすれば、未練が胸の奥に込み上げそうになる。

その未練を、断ち切るように、歩く。

あの時——

半年前に、小指と共に切り落としたはずの未練である。

陣内と菜穂子が、あれからどうなったのか、片山にはわからない。

その日の早朝に、陣内は、女と共に姿を消した。

その後、陣内とも女とも会ってはいない。

どうなったのか、どこで暮らしているのか、それもわからない。女とは、別れたのか。うまくやっているのか。

それを考えるのは、未練である。

一度だけ、陣内から手紙が来た。

どこにいるとも、何をやっているとも書いていない。女と一緒に暮らしているのか、そういうことも何も書いてはいない。

あれから一カ月後であった。

葉書である。

迷惑をかけて申し訳ないということと、感謝をしているということが、短く書かれていた。

名古屋の消印があった。

住所は書かれてはいなかった。

あのまま、陣内が女といなくなったのも、片山はわかる気がする。

もし、残れば——

女とくっつくくっつかないに関係なく、陣内は、片山と一緒に、始めていたかもしれない。

自分のために指を切らせてしまったとの負《お》い目《め》が、陣内にはある。片山と離れていなければ、陣内は、片山と一緒にやっていたはずだ。

片山は片山で、この男のために、自分は指を落としたのだとの想いを、心のどこかに持っている。

陣内が、負い目のために、自分と一緒にやっているのではないかとの想いも、片山は胸に抱く。

陣内が、心から望んで自分と一緒にやっているのではなく、それは負い目のためだとの想いが、自分の裡《うち》にあれば、たとえ陣内が本気であっても、うまくはゆかないだろう。

姿を消した陣内のことを、薄情であるとは思ってはいない。

そうするしかなかったのだ。

陣内が、姿を消して、かえってよかったのではないかとも思う。

陣内の、あの拳を守りたかった——指を切ったのには、もちろん、そういうつもりもあった。

しかし、それだけではない。

自分自身への、けじめでもあったのだ。

けじめにしては、ずいぶん馬鹿な行為であったと、今はわかる。あの時は、自分も、精神の箍《たが》が、どこかずれていたのだ。

冷静になった今だから、そういう判断が下せるのだが、しかし、あの時は、あの時なりに、正直に生きたのだ。

それで、北辰館をやめる決心もついたのだ。

小指を切る、というのは、想像以上に痛かった。

悲鳴でこそなかったが、絶対に上げまいと思っていた声が、口から出た。

喉の奥から、獣に似た呻き声を洩《も》らしてしまった。

見ていた赤石の額に、汗が浮いていた。

「これで、けじめはついた。この件に関しては、いっさい済んだ」

赤石はそう言った。

赤石は、落ちたばかりの指を持って、

「本来なら、これは、こちらが預かるものだが、あんたは素人《カタギ》の人間だ。これは、あんたに返しとくよ。すぐに医者へゆけ。運がよければくっつくだろう。いい医者を紹介してやる――」

赤石は、その場で、自ら受話器を取って、電話をした。

「先生ですか。夜分にすいません。赤石です。指を一本繋《つな》げてもらいたいんですがね。これから患者をそちらに回します。わたしにつけといてください」

赤石はそれだけを言って、電話を切った。

それに、片山は甘えた。

それも、半年前だ。

今は、冬になっている。

風が冷たい。

路地へ入り、〝王島〟と書かれた暖簾《のれん》をくぐった。

「らっしゃい――」

と、カウンターの奥の男が顔を上げ、

「あんたか」

そう言った。

三島の店だ。

三島は、黙って、栓《せん》を抜いたビールを一本、カウンターに置いて、その横にコップを置いた。

片山は右手でビール瓶《びん》を握り、コップにビールを注《つ》いだ。

左手で、コップを持ち、口に運ぶ。

左手の小指が、半分立ったままだ。

くっつくことはくっついたが、まだ、神経がもどってない。リハビリを繰り返せば、いずれは、動かせるようになるだろうと、医者には言われている。

三人の客がいた。

その三人の前に、大盛りの味噌ラーメンを並べてから、

「いつものやつだろう」

三島は、片山の返事を待たずに、チャーシューを料理《つく》り始めた。

「どうなんだい、道場のほうは？」

料理りながら、三島が言った。

「とりあえず、順調ですよ。道場生は、まだ七〇人ほどですけどね」

片山は言った。

「そうか」

三島はそう言って、

「館長は？」

「ついこの前見に来てくれました」

「肚《はら》のでかい人だな、立松治平は」

「ええ」

片山はうなずいた。

三島の言うとおりであった。

立松治平は、片山が想像した以上に、肚の太い男であった。

片山が、北辰館をやめたいと、立松治平に打ち明けたのは、五カ月前であった。

指の件があってから一カ月後だ。

「やめて、どうする？」

立松治平は片山に訊《たず》ねた。

「自流派を興《おこ》すつもりです」

片山は言った。

「自流派？」

「はい」

「おまえが前から言っていた、顔に当てるあれか」

「そうです」

片山は、自分が考えている、空手について、立松治平に語った。

もしかしたら、立松治平に、この件で話ができるのは、これが最後になってしまうかもしれない。それを覚悟の上での話である。

これからのフルコンタクトの空手は、顔面への攻撃を、なんらかのかたちで採り入れてゆかねばならなくなるだろうとの、自分の考えを立松治平に語った。

「顔には、何かつけるのか」

立松治平は、淡々《たんたん》として、片山の言葉を聴いていた。

「つけません」

片山は言った。

「グローブを嵌《は》めるか？」

「はい」

「グローブは、ショックを和《やわ》らげはするが、危険がともなう——」

「わかっています」

グローブは、頭部や拳の骨へのダメージを守りはするが、脳へのダメージが、素手《すで》に比べて大きくなる。

拳が重くなるからだ。

脳へのダメージが大きくなると、廃人同様のパンチドランカーになる率が高くなる。

立松治平は、そのことについて言っているのである。

「グローブを、軽量化するつもりです」

片山は言った。

ボクシングの場合、グローブは、指先までも被《おお》ってしまう。

しかし、実際に相手に当たるのは、指の付け根から第一関節にかけての、その途中の部分までである。

拳《けん》サポーターと、ボクシングのグローブの中間に当たるものを、考案中なのだと、片山は立松治平に言った。

そうすれば、指先が出る。

指先を被わなくなった分《ぶん》軽くなり、さらに新しい素材を利用すれば、ボクシングのグローブと、安全性においては同等で、しかも素手の感触に近いものができるはずであった。

ルールは、基本的に、ムエタイに近いものになろう。

それを、片山は、立松治平に語った。

いつか、投げ技や、関節技も、ルールの中《うち》に取り込んでゆきたいと。

立松治平は、片山の言葉を聴き終え、

「うらやましいなあ」

しみじみと言った。

「歳《とし》をとると、いったん自分が築き上げたものをもう一度壊《こわ》す勇気が、なかなか出ないのだよ。それに、わたしは、どうしても、素手にこだわりたい。うちの支部連中の中にも、きみの影響で、顔面を始めている者もいる——」

「はい」

片山は、うなずいた。

立松治平と、見つめ合った。

長い無言の時間であった。

立松治平には、言いたいことは、無数にあろう。

可愛《かわい》がってやり、新宿の支部長にまでしようとした男が、今、自分の元を去ろうというのである。

しかも、企業でいうならライバル会社を、出てゆく男は造ろうというのである。

片山が出てゆけば、片山の思想に共鳴する者、片山の直系の弟子たちは、いずれ、北辰館を出て片山の元へゆくことになろう。

地方支部をまかされている者が、その支部ごと、別の流派となるのとは、おのずとわけが違うが、それにしても、片山が自流派を興すのは、立松治平にとっておもしろかろうはずがない。

立松治平は、それをすべて、自分の肚の中に押し込んだ。

押し込んでの、対面である。

片山とて、楽な道を選んだのではない。

片眼が見えない。

左手の小指が動かない。

金もなく、支部を持っているわけでもない。文字どおり、裸一貫《はだかいっかん》からの道である。

そういうことの何もかもを、立松治平はわかっている。

「自分の一生だ」

と、立松治平は言った。

「自分の好きなように使うべきだろう」

肚の太い男であった。

その立松治平が、片山の道場を見に来たというのである。

道場とは、名ばかりのものだ。

片山の知り合いが、貸してくれた、ただの広場である。

正確に言うなら、スーパーマーケットの駐車場だ。

夜の七時には、そのマーケットは営業を終える。

翌日の朝まで、駐車場が空《あ》くことになる。

そこを使えと、そのマーケットの持ち主が言ってくれたのである。

車が、三〇台は停《と》められる駐車場だ。その駐車スペースの半分には、屋根がある。屋根のすぐ下には、剝《む》き出しの鉄骨が走っていて、そこからサンドバッグも吊《つ》るせるようになっている。

トラックで運ばれてきた野菜や食品を下ろす、シャッター付きのガレージのようなスペースがある。水も出る。そこが、更衣室とシャワールームを兼ねることになっている。

夜間でも作業ができるように、屋根の下には、灯りが点くようになっている。

道場の条件としては、申し分ない。

週に四回、その駐車場で、片山は、自分の空手を教えている。
志誠館《しせいかん》――
それが、片山が新しく始めた流派の名であった。
そこへ、先日、立松治平が姿を見せたのだ。
「まるで、ムエタイのジムのようだな」
立松治平の洩らした感想がそれであった。
ムエタイのジム――
まさしく、片山の道場は、ムエタイのジムであった。
野外であり、特別な器具や設備はない。
石倉が、それを記事にした。
楽しい記事となった。
陣内も、もしかしたらその記事を眼にしたかもしれない。
チャーシューメンが出来た。
それを、片山は啜《すす》りながら言った。
「三島さん、覚悟を決めてください」
「またかい」
三島は、むっつりした顔で言った。

「週に一回でもいいんですよ。うちの道場に来て、教えてやってくれませんか――」

「おれのやり方は古いんだよ。本人にやる気がなけりゃ、おれにはついて来れないよ。やる気のあるやつもないやつも、みんなまとめて一緒に教えるみたいなやり方は、おれにはできないよ」

三島は、空いたビールを引っ込めて、もう一本、ビールを出した。

さっきまでいた三人の客が帰り、やっと、三島の手が空《す》いたところだ。

三島は、自分でコップを出し、片山と、自分のコップにビールを注いだ。

「ねえ、片山さん――」

三島は、そう言って、コップのビールを、ひと息に飲んだ。

「――試合に勝つ方法を知っているかい」

ふいに訊いた。

「何ですか」

片山が訊いた。

「簡単なんだ。相手の倍、練習すりゃあいいんだよ」

言って、コップに残っていたビールを全部飲み干して、また、ビールを注いだ。

「本気だぜ。おれは、本気で言ってるんだぜ。こんな馬鹿なやり方に、本気でついてくる馬鹿はいないよ」

しみじみと言った。

片山の頭の中に、陣内の顔が浮かんだ。

不器用な生き方しか選べない人種が、世の中にはいるのだ。

陣内がそうだ。

三島がそうだ。

そして、たぶん、自分もそういう人間のひとりなのだ。

「あんたは、どうなんだい」

三島が訊いた。

「どう、とは？」

「ソータンクンの件さ――」

「あきらめがつきましたよ」

片山は言った。

「あきらめた？」

「自分じゃ、もう、試合はできません」

あの時、陣内とやったあの勝負が、自分の最後の試合だと、片山は思っている。

陣内は、あのままどこにいるか、わからない。ソータンクンも、行方がわかってはいない。どうしようもない。

苦《にが》いもの、未練は、残っている。

けりをつけられないまま、新しい道に踏み出したのだ。

結着をつけそこねた苦いものを、人は誰でも皆、引きずって生きてゆくのだという想いがある。

いろいろ、道場造りでごたついていたものが、ようやく、今、落ち着いてきたところだ。

これから、本格的に、新しい流派を、自分の手で育ててゆくのだ。

過去に、いつまでも縛られていていいものではない。

しかし――

心の底に、澱《おり》のようにまだ残っている想いがある。

それを、振り切るように、片山は立ち上がった。

「また、口説きに来ますよ。三島さん」

「勝手にするんだね」

3

三島のその声に背を向けて、外へ出た。

夜気の中へ出た。

うまく進み始めている――

そういう予感がする。

気になるのは、あれから、ほとんど会っていない澄子のことと、陣内のことくらいだ。

澄子とは、あれから、三度会っている。

立松治平の申し出を蹴って、自流派を造る決心をした時に、最初に告げたのが、澄子だった。

通帳の件の詫《わ》びと、その報告を兼ねて、一度会った。

次は、道場が決まった時、その次が、つい半月前であった。半月前は、顔を見るために会った。

会っても、澄子はそっけない。

いや、それはただ、澄子の口数が少なかっただけなのだ。

いずれ、きちんとしたかたちで澄子からは、別れ話があるだろう。

ないままに、このままいつの間にか他人にもどる――そういう別れ方もある。

苦いものの数が、それでまた、ひとつ増える。

そうして、歳を重ねてゆくのだ。

どうした？

片山は、冷たい夜気の中を歩き出しながら、自分自身に向かって言った。

やけに、ものわかりがよくなっちまってるじゃないか。

アパートへ帰るつもりが、アパートへは、足が向かなかった。

新宿へ足を向けた。

ひとりで、飲んだ。

したたかに、酔った。

三軒、ハシゴをした。

三軒目の店を出た時には、午前二時をまわっていた。

迷路のような、新宿の街を歩く。

さすがに、夜の街をうろつく人間の数は減っていたが、それでも、まだ、ひとつの灯りから別の灯りへと移動してゆく人影がある。

飲み始めた頃よりも、灯りの数は少なくなっている。その灯りから灯りへ、暗いアスファルトの上を歩いてゆく人間たち。

その人間たちの誰もが、多かれ少なかれ、未練や、苦いものを腹の中に抱えているのだろう。

名前も知らない、無数の男や女たちが、愛《いと》しく思えた。

やけに人恋しかった。

歩いてゆく。

いつの間にか、あの路地を歩いていた。

ここだ。

七カ月前、ここを歩いている時に、自分は陣内の声を耳にしたのだ。

陣内は、今、どうしているのか。

陣内が土下座をしていた路地の前を通り過ぎた。その時に、片山はその細い路地を覗き込んだが、むろんのこと、誰もいはしなかった。

歩く。

この先に〝河蓮〟があったはずだ。

しかし、もう、店の名前は変わっている。

今村菜穂子ではない別の人間が、別の名前の店をやっている。それが誰であるのか、赤石がそれにどう関《かか》わっているのか、片山には何もわからない。関わっているのかもしれない、いないのかもしれない。どちらでもよかった。

もう、その店への興味は失《う》せている。

ああ、あそこだ――

と、片山は思う。

灯りは消えているが、あそこが、今村菜穂子がやっていた店――〝河蓮〟があった場所である。

歩いてゆく。

シャッターが閉まっているのが見える。

そこが、今、どんな店なのか、何という店なのか、シャッターが下りているため、わからなくなっている。

近づいてゆく。

そのシャッターの下に、片山は、黒く蹲《うずくま》っている人影を見た。

初め、片山は、それを、捨て忘れたポリ袋に入ったゴミかと思った。しかし、そうではなかった。

近づくにつれて、それが、ゴミ袋でもぼろ屑《くず》でもないことが、片山にわかった。

人間だった。

片山が近づいてゆく。

その人影は、背をシャッターに預け、身体を斜めに傾《かし》がせてアスファルトの上に腰を下ろしていた。

膝を立て、その膝を両手で抱えるようにしていた。

ジーンズ、スニーカー、ぼろぼろのジャンパー。

暗い灯りの中に、それだけのものが見てとれた。

そのまま、通り過ぎるつもりだった片山は、そこで足を止めていた。

男の顔に、見覚えがあったからだ。

男は、眼を開いて、意味のない視線を、遠くへ彷徨《さまよ》わせていた。乱れた髪。垢《あか》じみた顔の皮膚。

汚れた服——

しかし、その顔に見覚えがあった。

まさか——

片山は、その男の前に立って、男を見下ろした。

男は、魂を抜き取られたような顔で、片山を見ていた。酒が大量に入り、酔って濁った眼だ。

片山は、その男の顔を上から見つめた。

男の眼の中に、小さく光が点《とも》った。

自分の前に立ったのが誰であるのか、ようやくわかったらしい。

片山を見上げている男の顔が、ふいに歪《ゆが》んだ。その眼に、みるみるうちに涙が溢《あふ》れてきた。

「陣内……」

片山はその男の名をつぶやいた。

陣内雅美であった。

陣内が、かつて〝河蓮〟であった店の、閉まったシャッターの前に腰を下ろし、片山を見上げていたのである。

不精鬚《ぶしょうひげ》が浮いていた。

髪には、ふけが混じっている。

何日も風呂に入ってないらしく、その顔は垢じみていた。服も、ずっと同じものを着ているらしい。

一歩間違えれば、新宿駅の地下街で、ダンボールで自分の周囲を囲って眠っている連中と同じように見えてしまう。

「片山さん……」

陣内は、そうつぶやいて、歯を嚙んだ。

「どうした。どうしておまえが、こんな場所にいるんだ」

「逃げちまったんですよ」

弱よわしい声だった。

「逃げた？　誰が逃げたんだ」

「女が、菜穂子がいなくなっちまったんですよ」

陣内が言った。

その言葉を耳にした時、かっ、と、熱いものが片山の内部に突き上げた。

「なぜだ!?」

片山は、思わず、しゃがんで、陣内の襟《えり》を右手で摑んでいた。

「どうしてだ。どうして女がいなくなったんだ」

襟を摑んだまま、陣内を立ち上がらせた。

「わかんないスよ。おれにはわかんないスよ」

陣内は、歯を喰い縛《しば》った。

その両眼から、涙がこぼれてくる。

「わからんことがあるか、馬鹿!」

片山は叫んでいた。

自分も、わからない。どうしてだ。どうして、こうなってしまうのか。

「あれだけの――」

と、言いかけて、片山は唇を噛んだ。

あれだけの想いをしたんじゃないか。あれだけの想いをして、それでどうして――

誰でもいい、あれだけの想いをしたのだ、その中から誰かひとりでもうまくいくやつが出てきてほしかった。

誰もが、あれだけの想いをしたその挙句《あげく》に、誰も幸せになれないのなら……

そんなことがあってたまるか。

片山はそう言おうとした。

その言葉が出てこなかった。

「毎日、喧嘩《けんか》ばかりだったんスよ」

陣内は言った。

「喧嘩なんかしたくないのに。気持ちが嚙み合わなくて、ふたりで毎日いらいらしていて……」

流れてくる涙をぬぐいもせずに、陣内は酒臭い息で言った。

「そうしたら、半月前に――」

女がいなくなったのだと、陣内は言った。

仕事から帰ったら、置き手紙があった。

自分たちは、たぶん、うまくゆかないだろう。自分はあなたに負《お》い目《め》があり、あなたは、わたしが、あなたを裏切っていたということを、一生忘れないだろう。わたしたちが一緒にいると、それがもっとひどくなる。今よりもっと憎み合うことになる。

手紙には、そう書いてあったという。

今別れて、互いに自分の望む人生を生きるべきであろうと。あなたのためにも、わたしのためにも、それが一番いいことなのだと。

最後に、自分を捜してくれるなと、そう手紙には書かれていたという。

それでも、陣内は捜した。

知人。

女のいた職場。

女の昔の男の所や、山口の実家まで訪ねたが、女の居場所はわからなかった。

菜穂子の実家は、もしかしたら、彼女の居場所を知っているのかもしれないが、陣内に告げられた言葉は、自分たちは菜穂子の居場所を知らない、というものであった。

陣内は、ゆく場所を失くした。

名古屋での、アルバイトは、山口にゆく時、陣内が無断で三日間休んだため、それで首になった。

それで、東京に出て来たのが、昨日だという。

東京じゅうを、歩いた。当てもなく歩き、飲んで、新宿じゅうをうろついた挙句に、たどり着いたのが、かつて〝河蓮〟であった店の前であった。

そして——

陣内は、そこで片山と出会ったのである。

「馬鹿」

片山は、陣内の胸を摑んだまま、言った。

「馬鹿……」

陣内を揺さぶった。

他に、言葉が見つからなかった。

女であれば、黙って抱いてやることくらいはできたかもしれない。

女であれば、わかった、何も言うなと、胸の中に抱え込んでやることくらいはできたろう。

しかし、今の片山に、他に、言葉はない。

「畜生……」

陣内は呻《うめ》いた。

どうして、うまくゆかないのか。

どうして、こうなのか。

もどかしい、そのもどかしさの塊《かたまり》のようなものを、陣内は吐《は》き出そうとした。

「畜生」

陣内は、泣きながら、拳で、片山の胸を打った。

「何をやろうとしても、こうだ。こうなんだ」

「馬鹿！」

手が出ていた。

片山は、陣内を殴っていた。

陣内はアスファルトに転がって、両手と両膝をついた。

「いいのか」

片山は言った。

同じだと思った。

リングで、倒される。

倒されたら、起き上がらなければならない。

起き上がらなければ、それっきりだ。

どんなに練習をしていたとしても、辛いトレーニングに耐えたとしても、起き上がらなければ、それが、すべて、意味のないものになってしまう。

それでいいのか。

もう一度、立てば、チャンスがあるというのに、立ち上がらずに、リングで倒れたままでいいのか。

片山は陣内にそう言った。

「おれだって——」

陣内は、呻くように言った。

「——やりたいスよ」

声を上げた。

「おれだって、やりたいっスよ。あの、ソータンクンを、おもいきりぶん殴ってやりたいスよ。もう一度、リングであいつとやりたいスよ。あいつとリングでやって、あいつに勝ちたいスよ……」

陣内が、叫んだ。

立ち上がった。

片山の胸倉を、両手で摑んできた。

「やりたいっスよ。やりたくないわけないじゃないスか！」

片山の胸倉を摑んだ陣内の両拳が震えていた。

陣内は、眼を閉じ、片山の胸を摑んだまま、声を押し殺して、哭《な》いた。

「やらせてやる」

片山は言った。

「おれがやらせてやる。おれが、おまえとソータンクンをやらせてやる」

十章　荒野を選びし者

1

陣内が勝った時、後楽園ホールは、狂乱の極《きわみ》に達していた。

陣内は、自分が勝ったのが信じられないような顔で、呆然《ぼうぜん》として、そこに突っ立っていた。

ロープをくぐったセコンドの片山が、横から陣内に飛びついて、陣内を抱え上げた。

リングの上に、仰向《あおむ》けになって倒れているのは、日野義行である。

かつて、TKO負けではあったが、唯一《ゆいいつ》、陣内が敗北を喫《きっ》した相手であった。過去の試合においては、陣内は、日野のパンチで左瞼《まぶた》を切り、ドクターストップによって、日野に負けている。

その雪辱《せつじょく》を、今回、果たしたことになる。

拍手と喚声が、片山と、陣内にぶつかってくる。

二ラウンド、一分三二秒——陣内の右ストレートが、日野の顳顬《テンプル》を鮮《あざ》やかに打ち抜いた。

日野は、そのまま、人間のかたちをした棒のようにリングに倒れて、動かなくなった。

ハンマーの直撃を受けたようなものであった。

テンカウントが入った。

陣内が、ようやく喚声に気がついたように言った。

「勝ったんスか」

「そうだ。勝ったんだ」

片山は言った。

陣内の、再起デビュー戦であった。

その相手に、この、日野義行を陣内と片山は選んだのであった。

陣内の再デビューは、ジャパンキックボクシング連盟のリングであった。しかし，陣内はジャパンキックに所属している選手として、後楽園ホールのリングに上がったわけではなかった。どこのキック連盟にも属さない、フリーのキックボクサーとして、リングに上がったのである。所属は、片山の志誠館である。

以前、陣内が属していた組織は、東洋キック連盟である。

日野は、その東洋キック連盟に所属するキックボクサーであった。その日野を、三島がジャパンキックのリングに上げたのである。

東洋キックと、ジャパンキックとの交流戦は、これまでに前例がないわけではない。過去に何度か、所属選手を相手のリングに上げ、自分たちのリングに、相手選手を上げたりしているのである。

しかし、初め、この話を持ちかけられた時、東洋キック連盟は、それをいやがった。

過去のいきさつがあるからだ。

東洋キックにしてみれば、陣内を自分の組織に置いておきたかったところだ。陣内の人気、実力を認めている。だからこそ、ソータンクンに金をやって、片八百長まで仕組んだのである。

その陣内が、東洋キックをやめる時も、東洋キック側は、それを思いとどまるように説得しようとした。しかし、陣内の気が萎《な》えてしまっている以上、キックのリングには上がれない。

だからこその、引退であったのだ。

そのことについては、互いにわだかまりが残っている。フリーというかたちであるにしろ、再デビューに、東洋キックではなく、ジャパンキックを選んだのは自然な選択であった。

フリーの人間——キックの連盟に属さない人間が、キックのリングに上がることは、よくあることであった。

これまでにも、何人かの空手家が、フリーのかたちでキックのリングに上がったことがあり、アメリカやオランダのプロカラテやマーシャル・アーツの選手が、特別試合ということで、その試合のみ、独自のルールを設定して、闘ったこともある。キックルール、ムエタイルール、プロカラテルール、細《こま》かく言えば、それは、肘を使っていいかどうか、膝を使っていいかどうか、そういう部分での違いである。

特別なルールなど設《もう》けずに、それらのルールのうちのどれかで試合が行なわれるケースも少なくない。

とにかく、連盟に属さない選手が、国際式のボクシングなどと違って、キックのリングで試合をすることは充分に可能なのである。

それで、陣内はフリーのかたちで、東洋キックのリングに上がる。

フリーのかたちで、フリーを選んだのだ。

ソータンクンとやる前に、実戦の試合をリングで経験するということは、ソータンクン戦を考えた場合、絶対に必要なことであった。

一年半前後のブランクを置いて、いきなりトップクラスの実力を持つ選手と実戦をやるのは、無謀なことであった。

最低でも、二試合は実戦をこなしてからでなければ、ソータンクンと陣内をやらせるわけにはいかない。

その最初の試合が、日野戦であった。

三島が、直接、日野を口説《くど》いた。

「くやしいだろう」

と、三島は日野に言った。

日野が、かつて、陣内にTKOで勝った試合のことである。

TKO——それが、ドクターストップであろうが何であろうが、勝ちは勝ちである。それが、プロの世界だ。ある時は、その同じルールによって、自分に負けが言いわたされるかもしれないのだ。

瞼を切り、その出血が多くてドクターストップがかかる。スタミナも、やる気も充分残しており、それまで、採点でいくらリードしていたとしても、その時点で負けになる。

それが、ルールだ。

そのルールは、平等である。

しかし——

負けた陣内もくやしい分、日野にも屈辱的な想いが残っている。

〝勝った日野がラッキーであり、本当は陣内のほうが強い〟

世間がそう思い込んでいるからである。

互角であった——

日野は、陣内との試合について、そう考えている。陣内が眼尻を切るまではである。

手数《てかず》では自分のほうが勝っていた。

だからこそ、陣内の瞼を切ったパンチもあり得たのである。弱くて、相手に打たれているだけの選手が、相手の瞼を切るようなパンチを出せるわけもない。

そう思う。

しかし、いくらそう思っても、くやしい想いを消し去ることはできない。

なにしろ、日野に勝ったソータンクンに、陣内は、かたちの上では勝っている。

それが、いくら片八百長だと言われようと、その事実は動かない。

それが、日野にはおもしろくない。

すでに、日野は、ウエルター級の日本チャンピオンである。そのチャンピオンの誇りがある。

自分の過去の戦績にあるふたつの傷——ソータンクン戦での敗北と、陣内との試合におけるドクターストップ勝ちだ。

もう一度、機会《チャンス》があれば、自分が陣内よりも上であることを証明できるのだ。

陣内に勝てば、逆に、自分はソータンクンよりも上——そういう見方もできることになる。

「もう一度、陣内とやる機会《チャンス》があるんだがね——」

そう言って、日野を口説いた。

日野は驚いた。

しかし、機会《チャンス》はあるが、その機会《チャンス》を、東洋キック連盟が握り潰《つぶ》しているのだと、三島は言った。

それで、日野は、陣内が自分に挑戦してきていることを知ったのである。

東洋キック連盟を、日野が口説いた。

やらせてくれと、会長に直談判《じかだんぱん》をした。

それでも、会長は、首を縦《たて》に振らなかった。

そこへ、『月刊ファイティング』の石倉が、インタビューに来た。

陣内が、再デビュー戦で、日野とやりたがっている。それを、なぜ逃げるのかと問うた。

陣内を恐れているのかと——

それで、ついに、会長が折れた。

その代わりに、条件をつけた。

陣内と日野の試合は、ノンタイトル。しかし、ノンタイトルでも、本来であれば挑戦者である陣内が、東洋キックのリングにやって来るのが筋である。それを、あえて、ジャパンキックのリングへ日野を上げる以上、ジャパンキックのほうも、うちのリングに、ウェルター級のチャンピオンを上げよと。

ジャパンキックが、それを呑んだ。

それで、交流戦が実現したのである。

試合は、五月の十七日に行なわれた。

陣内と片山が新宿で再会してから、三カ月半後のことであった。

その試合に、陣内が勝ったのだ。

しかし――

試合に勝って、再起を喜んだのは、ほんの数日であった。

焦燥《しょうそう》、いら立ちのようなものが、陣内と、片山を包み始めていた。

「陣内が少し荒れてるぜ」

三島が片山に言ったのは、試合一週間後のことであった。

場所は、三島の店〝王島〟である。

「ええ」

と、片山はうなずいた。

「陣内だけじゃない。あんたもだ」

と、三島は言った。

「わかってます」

片山は、もう一度、うなずいた。

今、陣内は、かつての生活にもどっている。

昼から夕方まで、運送会社で働き、夜は志誠館の道場で、汗を流す。住んでいるのは、片山と同じアパートの、別の部屋だ。空《あ》きがあったので、そこへ入った。早朝は、主として体力造りのための自主トレーニングに当てている。

志誠館の道場である駐車場には、夜の七時頃、陣内が姿を現わす。そこで、ストレッチをやる。

それが終わる頃には、店を片付けた三島が、週に二回ほど顔を出す。

以前〝三島ジム〟と呼ばれていたものと似たような空間が、志誠館の道場の隅に出来上がっていた。

しかし、そこで、陣内に教えているのは三島ではない。片山である。教えるというよりは、簡単なアドバイスをしたり、キックミットを持ったり、簡単なスパーリングの相手をする程度である。

きついスパーリングが必要な時には、道場生の中から、実力のありそうな人間を選んで、陣内の相手をさせた。

三島は、やって来ても、陣内の面倒は見ない。それについては、すっかり片山にまかせてあるようであった。

片山か陣内が求めれば、その都度、ほどのよいアドバイスはするが、特別な場合を除いては、自分から、陣内に何かを指導しようとはしない。

その代わりに、他の道場生に、空手流ではないパンチの打ち方、防御《ディフェンス》のやり方を教えてゆく。

三島は三島で、片山が考えた、新しい空手のスタイルに興味を覚えているようであった。

まだ、正式なものではないが、片山は、いずれ、自分の道場生で望む者がいれば、キックやムエタイのリングに上がれるようなシステムを、道場内に、別部門として造ろうとも考えていた。

その時には、三島に、ぜひそちらの部門の指導を頼むつもりでいた。現に、そういうことに興味を持っている選手もいる。

しかし、それはまだ、先の話だ。

道場生は、少しずつではあるが、確実に増えつつある。

だが――

陣内に、少しずつ、いら立ちが見えるようになった。

それに、片山も気がついている。

陣内だけではない、自分もである。

それを、三島に指摘されたのであった。

「ソータンクンの居場所が摑めないんだろう?」

三島が言った。

片山は、うなずいた。

ソータンクンの居場所が摑めないのだ。

わかれば、なんとか手の打ちようはある。しかし、わからない以上は、どうしようもない。

陣内が、再びリングに上がる決心をしたのも、ソータンクンとの試合を睨《にら》んでのことだ。

女への未練を、陣内がそれで、断《た》ち切ろうとしていることが、片山には痛いほどわかる。

陣内は、狂ったように練習をした。

夜、眠れない陣内が、黙って起き出して走りに出ることがあるのも知っている。

陣内は、ソータンクンのことについては、めったに口にしなくなった。

ソータンクンは見つかったのか？

ソータンクンが見つかったとして、いつ、やらせてもらえるのか。

ソータンクンは、本当にリングに上がって来るのか。ソータンクンとやれるのか。

それを、陣内が、片山に問いたくないわけはない。

しかし、陣内も事情はわかっている。

問うても、どうしようもないことであった。

片山も、でき得る限りのことはしている。

ニコムや、ソイ・サーマートなどのタイの知り合いや、知人、マスコミ関係者に、連絡を取って、ソータンクンの居場所がわかったら、知らせてくれと頼んである。

一度は、そのあたりの事情を訊《き》きに、タイまで足を運んでいるのである。

ソータンクンが、賭けを仕切っている組織に追われているという噂は本当であった。

ソータンクンの家族も、ソータンクンの居場所を知らないという。

見つかれば、無事には済まぬだろうと、ニコムは言った。

ニコムと、サーマート・ジムのソイ・サーマートの所へは、さまざまな情報が集まる。

もし、ソータンクンの居場所がわかれば、おまえに、真っ先に知らせてやることはできる。

と、ニコムは言った。

しかし、ソータンクンを助けるために、何かをするということはできない、と。

サーマートは、賭けを仕切っている連中とは、むろん、顔の繋がりはある。あるがしかし、それは、仲間という意味ではない。それに、ソータンクンは、サーマートの身内でもないのだ。

ソータンクンを、人情的にも、ビジネス上でも、庇《かば》う理由もメリットもないのである。

はっきりとそう言われた。

「見つかったら、ソータンクンはどうなるのか」

片山は訊いた。

「賭けで、損をした分の金を、まず払わされることになるだろうが、その金をソータンクンが持っているとは思えない。腕か足を落とされるか、銃弾を撃《う》ち込まれるか――場合によっては、殺されるかもしれない」

ニコムは、淡々とそう答えた。

「いくらだ」

片山は訊いた。

いくらあれば、ソータンクンが払わねばならない金額に充分なのか。

「安くて七〇万バーツ、高ければ一一〇万バーツになるだろう」

日本円にして、およそ四〇〇万円から六〇〇万円である。

片山に払える金額ではなかった。

土地を売れば――

妹夫婦が住んでいる土地を売れば、自分の取り分を半分としても、充分である。

タイでの試合ではなかったこと。日本より物価の安いタイでの賭けであったため、このくらいの金額で済んだのだと、ニコムは言った。

「なぜ、ソータンクンにこだわるのか」

片山は問われた。

「もう一度、陣内とやらせてみたいんですよ――」

片山は、簡単に、陣内が今、自分の元にいることや、その間の事情を語った。

「ふうん」

と、ニコムは、腕を組んだ。

「おもしろいじゃないか。もし、そうなら、だよ。そうなら、というのは、きみと、ジンナイが組んで、ソータンクンとやりたいと言うんならだよ、少し事情は違うかもしれない」

「と言うと？」

「わたしの一存では、今はどうとも言えないが、ソイ・サーマートの考え方次第では、きみにとって、いい目があるかもしれない」

「サーマート会長次第？」

「何とも言えないが、とにかく、ソータンクンの居場所がわかったら、連絡をしよう。その代わりに、そちらが、ソータンクンについて、何か情報を摑んだら、真っ先に、わたしに連絡をもらえるかね――」

それで、ニコムとの話は終わった。

タイで得られた、ソータンクンに関する情報は、そのくらいである。

それが、二カ月前であった。

ソータンクンはどこにいるのか。

それがまず、問題であった。

ソータンクンを見つけてからも、問題はまだ無数にある。

片山もまた焦燥の中にいるのであった。

澄子とも、まだ、結論を出せないまま、会うようになった。

週に一度ほど会い、食事をする。

しかし、互いに肌を重ねるまでの仲にはもどっていない。

どちらからも、それは言い出せない。

もし、もう一度、肌を合わせてしまったら、もう、二度と、片山からは離れられなくなる――澄子はそう思っているようであった。

肌さえ合わさずにいるのなら、いざという時、少ない量の哀《かな》しみで、片山と別れることができる……。

澄子とのことで、今、片山にできるのは、ただひとつのことだけであった。

一緒になろう、と言うのだ。

心を込めて、言うのだ。

おまえが好きなのだと。

おまえが必要なのだと。

その言葉が、言えないのだ。

言えば、澄子は答えることができる。

一緒になれないと澄子が答えれば、それで片山と澄子の仲は自然に終わることになる。

それを、自分は言わねばならないのだと、片山は思っている。

それが、言えない。

なぜ、それが言えないのか。

澄子から拒否されるのを恐れているからか。

それとも、自分には、澄子にそんなことを言う資格がないと、勝手に思い込んでいるからなのか。

自分が、歯痒《はがゆ》かった。

2

〝王島〟で、ラーメンを喰べ終え、片山は、道場へ向かった。

道場には、すでに陣内が来てサンドバッグを蹴っていた。

その顔つきが、いつもと違っていた。

異様である。

もともと、陣内の練習は、尋常《じんじょう》ではない。

　サンドバッグを蹴るなら蹴る、殴るなら殴るその行為のひとつずつに、ありったけの情念を込めてしまう。試合のように、サンドバッグを蹴る。殴る。

　今しかない。

　この蹴りを出したら、そのまま、力や生命が絶え果ててもかまわない。そう考えているように見える。

　迫力がある。

　だから、陣内が練習を始めると、つい、他の道場生が、陣内に眼をやってしまう。

　女がいない――

　女がいないという、そのことは、どうあがいても埋めようがない。他に代わるものがない。

　サンドバッグを叩き、叩き、叩き、蹴り、自分の肉体を酷使《こくし》して、より強い肉体の苦痛を自分に課して、女のいない苦痛を忘れようとしているかのようであった。

「こりゃあ、化《ば》けるぜ」

　陣内の練習を見た三島がそう言ったことがあった。

　化ける――ひと皮剝《む》けて、ある日、ふいにこれまでの陣内ではない陣内が出現する。具体的に言うなら、陣内は強くなるぜ、三島はそう言ったのだ。

　サンドバッグを蹴るしかない。

女のいない空間、女のいない時間を、他のものでは埋めようがない。サンドバッグを蹴ることでも埋まらない。

しかし、他に、何があるのか。

わからないから、蹴る。殴る。

サンドバッグを蹴るしかない。

理不尽《りふじん》なものへの得体の知れない怒り。

自分に被《かぶ》さってくる、重い暗いものに押し潰されまいとしているようであった。

蹴る。

殴る。

自分の運命に対して、陣内はそれしか方法論を持っていないのだ。

鬼気迫るものが、陣内の練習にはある。

現在主流となりつつある、肉体生理学に基づいた科学的な練習方法からすれば、無茶苦《むちゃく》茶《ちゃ》なやり方と言えた。

しかし、その時、片山が見た陣内は、さらにおかしかった。

陣内の練習は、自分の肉体を壊すのが目的のようにしか見えなかった。

声を上げながら、サンドバッグを蹴る。

獣に似た叫び声を上げて、サンドバッグを殴る。

全力を込めているのがわかる。

自分の肉体が、いまにもパンクしそうな――そんなふうに見えた。

何か、巨大な情念が陣内の内部にあって、それが内側から膨《ふく》らんで陣内の肉体を破壊しようとしているかのようであった。

その肉に満ちてくるエネルギーを、陣内は、吐き出しているのだ。

しかし、吐き出しても吐き出しても、陣内の肉体の内側から、得体の知れない黒ぐろとしたものが噴《ふ》き出してきて、陣内の肉体に満ちてくる。それに、自分の肉体が満たされ、肉体が破裂してしまうという恐怖感から逃れようとしているかのようであった。

それを、遠巻きにして、道場生が眺めている。

近寄りがたい。

声をかけることができない。

何かが、陣内の肉体の中で、限界近くになっている。陣内は、それに、肉体を破壊されないうちに、自らの手で肉体を破壊しようとしているようであった。

手首の骨を傷《いた》めてしまう。

これは、練習と呼べるものではなかった。

自殺だ。

キックボクサーにとっては、自殺と同じことを、陣内はしようとしているのだ。

「先生、陣内さんが、おかしいんスよ——」

道場生のひとりが、片山に近づいて来て、そう言った。

片山は、無言でうなずき、陣内に向かって歩み寄った。

「陣内……」

そう声をかけた。

その声が、途中で止まった。

陣内が右拳に嵌《は》めているグローブ、その手首から、ひと筋の血が、肘まで流れ出しているのが見えたからである。

「やめろ、陣内」

片山は、陣内にしがみついた。

それでも、陣内は、サンドバッグを打とうとした。

「よせ!」

片山は強引に陣内をサンドバッグから引き剝《は》がした。

陣内は、大きく肩で息をつきながら、まだサンドバッグを睨んでいた。

片山は、陣内の右腕を握った。

「どうした、これは!?」

陣内は答えなかった。

「怪我《けが》をしたな、おまえ。どこでやった?」

グローブの紐《ひも》をゆるめて、右手からグローブを外《はず》した。

ひどかった。

陣内の右拳――小指の付け根が、切れていた。そこがぱっくりと割れて、中の肉が見えていた。

テーピングをして、傷を塞《ふさ》いでいたらしいが、今の練習と、流れてくる血でそのテープが外れたのだ。血に濡れたテープが、ゆるんで陣内の手首にからまっていた。

「どうしたんだ、陣内――」

片山は訊いた。

陣内は唇を噛んで、首を小さく振った。

泣きそうな顔になっている。

しかし、陣内は泣きはしなかった。

「片山さん。頼みます。ソータンクンといつやれるか、それを早く決めてください。お願いします。でないと……」

たどたどしい、ちぎって捨てるような声で、陣内は、やっとそれだけを言った。

「でないと……」

「わかった。話は後でいい。医者へ行って来い」

片山はうなずき、陣内の肩を叩いた。

わかっている。

陣内の練習を見ていれば、陣内がどういう気持ちでいるのか、そのくらいはわかる。

車で来ている道場生に、陣内を病院まで連れてゆかせた。

三〇分ほどで、その道場生がもどって来た。

「ひとりで大丈夫だから、先に帰れと言われて——」

道場生は、もどって来て片山にそう言った。

治療が済んだらもどるからと、陣内はひとりで病院に入って行ったという。

しかし、陣内は道場にはもどって来なかった。

練習が終わって、片山はアパートにもどった。

陣内の部屋を覗《のぞ》いたが、陣内は、もどって来てはいなかった。

どうしたのか。

何があったのか。

片山は、アパートの自室で、仰向けになって考えた。

喧嘩をしたか？

相手が刃物か何かを持っていて、その刃を受けそこねたか？

それとも——

考えても、わかることではなかった。

その時、電話のベルが鳴った。

受話器を取ると、男の声が響いてきた。

「河野《こうの》です」

その声はそう言った。

片山が知っている男であった。

陣内が勤めている運送会社の営業所の主任をやっている男であった。

片山の知人である。

北辰館時代に、新宿支部のビジネスマンクラスに通って来ていた男だ。

片山が、空手の指導をしたことがある。

それが縁で知り合った。

今度、陣内の仕事を捜す時にも声をかけた。それなら、うちに空《あ》きがあるからと、河野が骨を折ってくれて、陣内は、その運送会社に仕事が決まったのであった。

「すみません」

河野は、いきなり謝った。

「どうしたんですか」

片山は訊いた。

「陣内のことですよ。陣内からまだ聴いていませんか」

「聴いてはいませんが、陣内の怪我のことですか」

「そうです。陣内には申し訳ないことをしました。うちの連中にも、いろいろいましてね——」

「何があったんですか？」

「いえね、わたしも、今日、部下から話を聴いただけで、はっきりしたことはわからないんですが、陣内が、キックをやってるってことが、どうも、皆んなにわかってしまったようで——」

河野は、その事情を片山に語った。

こういうことらしい。

日野とやった試合の翌々日——

陣内は仕事に出た。

顔が腫《は》れている。

二ラウンドとはいえ、チャンピオンの日野と打ち合い、いくつかいいパンチをもらっている。それが痣《あざ》と腫れになって顔に残っていたのである。

「喧嘩をしたのか、陣内」

同僚にそう問われた。

「いえ」

陣内は、首を振った。

「馬鹿、喧嘩でなくて、どうして顔がそんなになるんだよ」

普段から、陣内は無口である。

同僚とも、あまり口は利《き》かない。

酒のつき合いもしない。仕事はきちんとやるが、少し変わった男というイメージで、仲間には捉《とら》えられている。

「おまえ、おとなしいくせに、案外、やる時はやるんじゃないのか」

「それとも、一方的にやられたのかよ」

その時は、その程度の会話で済んだ。

キックをやってるのが、皆にわかったのは、今日であった。

「おまえ、キックをやってるんだって？」

仲間のひとりに、そう言われた。

職場のどこかに、キックのファンがいて、陣内のことを知っていたらしい。たまたま話が陣内のことになって、その男が、キックの陣内と、自分の職場にいる陣内とが同じ人間であることに気がついたのだ。

「強いのか、おまえ」

る時である。

仕事が終わって、着替えを済ませ、男たちが休憩室で、帰りの時間がくるのを待ってい
言われても、陣内は、口数少なくうなずくだけである。

「あんな顔してたってことは、負けたのか、この前は」

そう訊かれた。

そのうちに、誰かが、ビールの瓶《びん》切りのことを話題にした。

「おれは知ってるぜ、空手とか、キックをやっている奴は、ビール瓶で脛《すね》を叩いて鍛《きた》える
んだぜ」

「本当かよ」

「ああ。脛で、ビール瓶を割ることができるんだ」

「まさか」

その言葉は本当である。

キックのプロなら、誰でも、ビール瓶の口を握って、胴の部分を自分の脛に打ち当てて
割ることができる。そのくらいは、誰でも鍛えている。

「どうなんだ!?」

陣内は訊かれた。

「できる人もいます」

陣内は答えた。

「おまえはどうなんだ」

「ビール瓶なら、ここにあるぜ」

そう言い出す男が現われた。

「よし、それを持って来い」

陣内の眼の前に、ビール瓶が置かれた。

それを、割ってくれというのである。

悪気はない。男たちの単純な好奇心である。

ぜひにと、言われた。

陣内は、覚悟を決めた。ズボンの裾《すそ》をまくり上げて、左脚の脛を出し、右手でビール瓶の口を握った。

脛を傷つけるといけないので、タオルを軽く脛に当てて、ビール瓶をそこに打ち下ろした。

あっさりと、ビール瓶が割れた。

男たちから、驚嘆《きょうたん》の声が洩れた。

次は、ビール瓶の口の細い部分を、手刀《てがたな》で切ってみろと言われた。

これも、空手の、練達者《れんたつしゃ》ならできる。

小指の付け根を鍛えて硬くする。そこで叩くのだ。あとは、スピードと、タイミングだ。当てる時に、その部分で、軽くしゃくり上げるようにする。

誰にでもできるという技《わざ》ではないが、特別に神秘的な技ではない。

鍛えて、小指の付け根を硬くするのが、ひとつのポイントである。硬いもの、たとえば、木刀でやるのなら、たいていの人間がそれをできる。それと同じだ。

しかし、陣内は、キックボクサーである。

一時期、空手を学んでいたことはあるが、試割《ためし》りのために、手刀を鍛えてはいない。キックボクシングの技術とも強さとも、〝ビール瓶切り〟という技は、あまり関係がない。

空手とキックとを、一緒に考えている人間がいて、その男のつまらない好奇心が、ビール瓶切りをやって見せてくれという言葉になって現われたのだ。

そして、その意見が、その休憩室の雰囲気を支配してしまった。

「できません」

と、陣内は言った。

その言葉を、男たちは誤解した。

陣内としては、自分にはその能力がないという意味で言った言葉が、できるけれども〝やらない〟というふうに、男たちには伝わった。

「ビールを脛で割ったんだ。瓶を切るのもやってくれたっていいじゃないか」
そういうことを言い出した。
子どもの論に近いものがある。
「もったいぶるなよ、陣内——」
陣内は、黙った。
やらないのではなく、やれないという意味だと言おうとした。
しかし、すぐに言葉が出ない。
そこへ——
「おい、陣内。おまえ、八百長で勝ったことがあるらしいじゃないか」
ふいに、そういう言葉が、聴こえた。
がたん、
と、陣内のすわっていた椅子が音を立てて倒れた。
陣内が立ち上がった拍子《ひょうし》に倒れたのだ。
男たちが、思わず、息を呑んだ。
陣内は、呼吸を荒くした。
いけない——
自分が興奮していることがわかった。

それが、男たちにも伝わっている。

緊張が、部屋を包んだ。

いけない――

この緊張を、なんとかしなければいけない。

何か、気の利いた冗談を言うか、冗談ではなくとも、当たり障りのないことを言わなければいけない。

しかし、言葉が出て来ない。

もどかしかった。

情《なさ》けなかった。

身体が震えた。

陣内は、テーブルの上に置かれたビール瓶を睨んだ。

そして――

「まあ、それで、陣内がビール瓶を手刀でやっちまったらしいんですよ。瓶は、切れたんですが、その時に、陣内は、手に怪我をしたらしいんですよ」

誰にも悪気はなかったのだからと、河野は陣内によろしく伝えてくれと言って、電話を切った。

そうか、と、片山は歯を噛んだ。

そうか、そういうことがあったのか。

くやしかったろうと、片山は思う。

言葉が、出なかったのであろう。

人によっては、乞《こ》われるままに、人前で、試割りをやる人間もいる。それで、その人間なりに、空手をやる人間としてささやかながら人と関わりを持つのだ。

しかし、陣内はそういうタイプではない。

自分の気持ちを、どうしてもうまく表現できないタイプの人間なのだ。

もどかしく、陣内の体内に荒れ狂っているものが、片山には想像ができた。

いけない——

と、片山は思った。

このままでは、せっかく再起の意志を持った陣内が潰れてしまう。

しかし、自分が、陣内のために何をしてやれるのか。

何と、自分は無力であるのか。

その時、ドアにノックがあった。

ドアをあけると、そこに陣内が立っていた。

「陣内……」

「押忍《オス》」

と、陣内は言った。

陣内は汗をかいていた。

「どこへ行っていたんだ?」

「走ってました」

陣内は、短く言って、頭を下げた。

「今日は、すみませんでした」

「医者は、なんと?」

「筋《すじ》にも骨にも影響はないから、大丈夫だと言ってました」

「入らないか」

片山は、陣内を部屋に入れて、酒の用意をした。

用意をしながら、自分は、陣内にとって、ふさわしい男であろうかと、片山は思った。

陣内がやる気になった以上、三島へ陣内を預けるのが、最良の方法であったのではないか。

その不安がぬぐいきれない。

それは、最初に陣内に問うたことであった。

自分でいいのかと。

お願いしますと、陣内は言った。

片山と一緒にやりたいのだと。

それで、陣内は、片山の道場に通うようになったのである。

酒を飲んだ。

「事情は聴いたよ」

河野から電話があったことを、片山は陣内に告げた。

河野が言っていたことを、陣内に告げた。

「わかってます」

陣内はうなずいた。

誰にも悪気はないのだ。しかし、悪気がないその言葉でも、人は充分に傷を

「おれで、よかったのか」

片山は、陣内に問うた。

おまえは、三島の元で修業するのが一番似合ってるのではないかと。

「おれは、片山さんで、後悔してないス。不満はないス。昼間、あんなことを言ったのは、後悔しています。おれを見捨てないでください――」

陣内は、いつか焼き肉を喰べながら話した時のように、ゆっくりと、たどたどしい言葉で、とぎれとぎれにそう言った。

「わかった」

片山はうなずいた。

弱気になってはいけない。

自分が弱気になったら、陣内にまでそれが移る。

言葉少なに、酒を飲み、一時間ほどで、陣内は自室に帰った。

独《ひと》り、片山だけが残った。

眠れなかった。

布団を敷

黙して、仰向けになり、天井を

電話のベルが、また、鳴った。

受話器を取る。

「ご無沙汰《ぶさた》しています」

男の声が響いてきた。

「赤石です」

赤石利彦であった。

「観させていただきましたよ」

赤石は、片山が、どういう用件かと問う前に、そう言った。

「観た？」

「先日の後楽園ホールです」

観に来ていたのか、この男は——片山は言葉を呑んだ。

妙に人を魅《ひ》きつける声の男であった。

うっかりすると、長く話しそうになる。しかし、赤石は、もう、片山にとっては過去に属するはずの男である。立ち入った話をするつもりはなかった。

「なかなか、いい試合だったじゃありませんか」

「それが、用件ですか——」

片山は、硬い声で言った。その声の調子に、赤石は、少し電話の向こうで微笑したようであった。

「警戒なさるのは無理もありませんがね。お会いしたいんですよ。話がありましてね」

「話？」

「ふたりきりでね。陣内くんにも、三島さんにも内密で、お会いしたいんですよ」

「用件は？」

片山は、もう一度訊いた。

「ソータンクンの件です」

「ソータンクン!?」

片山の声のトーンが変わった。

赤石は、片山のその声の変化を確認したように、低い声で、はっきりと片山に告げた。

「わたしは、ソータンクンの居場所を知っています。これだけ言えば、充分でしょう」

充分だった。

3

新宿――

高層ホテルの、最上階にあるバーであった。

片山は、赤石と並んで、カウンターの席に腰を下ろしている。

暗い照明――

カウンターの中に、感情を品よく殺した顔のバーテンがふたり。

ふたりの背後に、都会の夜景が広がっている。

地上二〇〇メートルから眺める夜の東京の灯りが、点々と散らばっているのが見える。

磨かれたガラスの向こうに、街の灯りは、不思議な距離を持って、片山には見えた。

遠いような、近いような、ひどく懐《なつ》かしい距離だ。

灯り自体には、人のぬくもりはない。

この距離までになると、個々の灯りの個性が、その距離によって殺されて、無機質な宝石に似た光のみが届いてくる。

しかし、その、灯りと灯りの間にある闇——無数の人間が蠢《うごめ》いているはずの、眼に見えない、その猥雑《わいざつ》な人の汗や体臭に満たされているはずの闇が、片山には、ひどく懐かしく感じられた。

片山と、赤石の前に、ウイスキーの入ったグラスが置かれている。

よく磨かれたグラスだ。

その中に、氷が転がされ、ロックで外国銘柄《めいがら》のウイスキーが満たされていた。

「わたしは、ここが好きでね」

赤石は、遠くの灯りを眺めながらつぶやいた。

「独りで飲む時には、よくここへ来る」

グラスを口に運んだ。

赤石の手の中で、氷がグラスに触れて、澄《す》んだ音を立てた。

こういう場所にすわって、赤石には違和感がない。

〝高級そうな〟としか片山には判断しようのないスーツに、赤石はその身を包んでいた。

外国のブランドだ。

おそらく、自分の一カ月分の稼《かせ》ぎを全部注《つ》ぎ込んでも買えない値段であろう。

そのくらいの見当は、片山にもつく。

「人間と人間との出来事はね、どれも、あの灯りの間のことだ。あの灯りと灯りの間で、人間は、誰かとくっついたり離れたりをやっているんだよ。銭《ぜに》のことを考えたり、女のことを考えたり……」

片山が思っていたことと、似たようなことを、赤石は言った。

沈黙――

「ソータンクンのことを話そう」

赤石は、グラスをカウンターに置いて、視線をそのグラスに向けた。

「ソータンクンの居場所を知っていると、きみに言ったが、もう少し詳しく言うなら、今、ソータンクンの身柄《みがら》は、われわれが預かっている――」

赤石は、低い声で、片山にそう告げた。

「な……」

片山は、息を呑んで、赤石の横顔を睨んだ。

赤石が、片山に顔を向け、

「ソータンクンの身柄は、今、われわれが預かっている」

もう一度、そう言った。

「なぜ、ソータンクンが……」

「順を追って、説明しなければならないだろうね。菜穂子だよ――」

赤石はそう言って、

「菜穂子から、電話があったんだ」

視線をグラスにもどした。

赤石は、ゆっくりと、その電話のことを話し出した。

今村菜穂子から電話があったのは、後楽園ホールで、陣内が試合をやった、その翌日の夜のことだったという。

「菜穂子は、どうやら、スポーツ紙で、陣内くんの試合の記事を読んだらしい。それで、わたしの所へ電話をする決心がついたんだろうな」

赤石は、また、グラスを口に運んだ。

すでに、赤石は、陣内と菜穂子が別れて、陣内が再デビューしたことを知っている。

「惜《お》しかったな」

と、赤石は電話をかけてきた菜穂子に言った。

陣内とのことを言っているのだと、菜穂子にはすぐわかったらしい。

「よかった。説明する手間がはぶけて——。あなたも、うまくいくとは思ってなかったでしょう?」

「ああ」

赤石はうなずいた。

「おまえだって、うまくいくとは思ってなかったくせに」

「そうよ」

「なぜ、一緒になった？」

「納得するためよ。やっぱりうまくいかないんだって、納得するためよ」

「おまえがか、陣内がか？」

「――――」

「陣内に、それを納得させるためか」

「自分のためよ」

そう言ってから、菜穂子は用件に入った。

「わたし、ソータンクンの居場所を知っているわ」

「なに？」

「ソータンクンは、今、横浜よ」

「横浜のどこだ」

「神奈川《かながわ》区にある〝悟空飯店《ごくうはんてん》〟という中華料理屋よ――」

菜穂子は、淡々と、ソータンクンのことを、赤石に語った。

自分は、神奈川区にあるその〝悟空飯店〟の近くのバーで、働いているのだと菜穂子は言った。

しかし、そのバーの名前までは、菜穂子は赤石に言わなかった。

事件が、あったのだという。

〝悟空飯店〟に、その日、三人連れの客が入った。

酒の入った男たちであったという。

その三人の男たちが、隣りのテーブルの客と喧嘩をしたのだ。相手の客は、四人連れで、やはり酒気を帯びていた。

喧嘩の原因は、ささいなことだ。

三人連れの男たちが、酔った勢いで、歌を唄《うた》い始めたのだ。

高級な中華料理屋ではない。大衆食堂より、やや、高級そうな——といった程度の店である。酔った客が歌を唄うということは、めったにないが、何小節《しょうせつ》かを、軽く誰かが口ずさむか、何人かで声を出して唄うということは、ないわけではない。

近くには、飲む場所がある。

そこから流れて来た客が、カラオケののりを引き擦《ず》ってやって来たりもする。

その三人も、そういうのりの男たちであった。

唄い出した三人に、四人連れの客のひとりが、

「うるさい」

そう言った。

いったんは、三人は唄うのをやめたが、すぐに、また唄い出した。
「うるさい。いい加減にしろ」
さっきの男がまた言った。
それが、原因らしい。
口論になった。
互いに酒が入っている。
激した言葉を交《か》わしているうちに、
「表へ出ろ」
そういうことになった。
店の主人が止めても、男たちは取り合わない。
男たちは、金をレジに置いて、外に出た。
出たその場所で、喧嘩になった。
七人の男が、入り乱れての争いだ。
食品見本の置いてある、ガラスのサンプルケースが、まず壊れた。
入口の、ガラスのドアも、割れた。
そこへ、店員の男が、止めに入った。
「チョット、ヤメマス」

「チョット、ヤメマス」

奇妙なイントネーションの日本語で言ったという。

やめろ、と、そういう意味らしい。

男たちは、止めに入ったその店員を巻き添えにした。店員を殴った。

店員が、その瞬間に、逆上した。

あっという間であったという。

その店員が、七人の男たちを、次々に殴り倒した。

ある男は拳で、ある男は肘で、ある男は膝で、ある男は足で――

一発ずつだ。

店員の身体の各部分が、次々に男たちの身体に当てられ、めり込んだ。それが、男ひとりに一回ずつであったという。

七人の男たち全員が、その店員に挑みかかったわけではないが、それにしても、一分とかからずに、その男は、七人の男を叩きのめした。

その光景を、たまたま、客を送って店の外へ出ていた菜穂子が見たのである。

その時見たその店員の顔に、見覚えがあったというのである。

ソータンクンだ――

菜穂子はそう思った。

何度か、ソータンクンの写真は、雑誌で見ている。陣内を、リングから去らせる原因となった試合をやった男だ。陣内と知り合ったのは、その試合を挟んだ前後である。陣内に内緒で、試合のビデオを借りて見たこともあるのだ。

ソータンクンの顔は、忘れない。

念のため、さぐりを入れた。

店の他の店員に、その日の店内での事情と、その強い店員のことを訊いた。

そうしたら、男たちを叩きのめした男の名がわかった。

名は、ルン・サッパソン。

タイ人であるという。

しかし、ソータンクンではない。

〝なぜ、そんなに強いのか〟

そう問われて、彼は、タイ人は、みんな子どもの頃からムエタイをやっているからだ。自分だけが特別ではない。そう言ったという。

かろうじて、警察沙汰にはならなかった。

男たちが、骨を折ったり、鼻を潰したりという、ひどい怪我をしていなかったということと、彼ら自身が、警察沙汰になるのを恐れて、ガラスケースとドアの修理費を払うことにしたからである。

しかし――

菜穂子には、どうしても、ルン・サッパソンが、ソータンクンとしか思えない。

菜穂子も、ソータンクンの事情は知っている。

タイの組織から逃げている身だ。

偽名を使っていたとしてもおかしくない。

それで――

「菜穂子はわたしのところに、電話をよこしたのだ」

赤石はそう言った。

さっそく、赤石は、若い者をやって調べさせた。

ルン・サッパソンの居場所は、すぐにわかった。

日本に働きに来ている外国人が共同で家を一軒借りて、何人もで住んでいる場所が、神奈川区にある。そこに、ルン・サッパソンは、フィリピン人の男や、ブラジルから来たという男たちと一緒に住んでいた。

待ち伏せて、声をかけた。

「ソータンクンか？」

英語でそう問うた途端に、ルン・サッパソンは走って逃げ出そうとした。

「逃げるな、味方だ」

そう背中へ声をかけた。

しかし、ルン・サッパソンは止まらない。

ルン・サッパソンが走ってゆくその前方に、あらかじめ配置しておいた赤石の部下が、五人、立ち塞がった。

それが、ルン・サッパソンの足を止めさせた。

「それでね、そのルン・サッパソンが、菜穂子の言うとおり、ソータンクンだったというわけだよ――」

赤石は、長い話を終えて、溜息のように、最後の言葉を吐き出した。

「そのソータンクンが、なぜ、今、そちらにいるんですか?」

片山は訊いた。

「われわれが、保護してやる――ソータンクンにそう言ったら、ソータンクンは、われわれを信用したのか観念したのか、店をやめて、自分からわれわれのところへ来たのだよ。奴も、逃亡の生活には、疲れ果ててたんだろうさ」

「しかし、どうして……」

「どうして、桜風会の赤石がそういう真似をするのかというんだろう?」

「そうです」

「片山さん。じつは、それが、これからの話、今日の本題というところなんだがね」

「────」

「ひとつ、お節介《せっかい》を焼かせてもらいたいんだよ」

「お節介？」

「そうだ。いや、じつはもう、そのお節介を焼いてしまったんだよ。あとは、きみが、それを受けてくれるかどうかだ」

「わかりませんね、どういうことですか」

問うた片山を、赤石は見つめ、

「話はもうついている」

そう言った。

「話？」

「そうだ。ソータンクンを追っている組織とは、われわれが話をつけさせてもらった。もちろん、金は払わされたがね。その金額は、まあ、言わないでおこうか」

片山の反応を窺《うかが》うように、赤石は片山を見ている。

片山は、急な話の成行きに、やっと自分の思考を追いつかせた。

「それは、本当なんだな」

強張《こわば》った声で言った。

片山は、自分の口調がその時、変わったことにも気づかない。

「本当だ」

「何を考えている？」

片山が問うた。

赤石は、視線を、窓の外の夜景に向けた。

「ねえ、片山さん。われわれは、社会の屑《くず》だよ――」

ふいに、そう言った。

「屑だ。その屑が、こうやって、いっぱしの格好をして、いっぱしの場所にいる。しかし、屑は屑だ。どんなに偉《えら》くてもね。わたしは、その屑でいいと思っている。その屑の中で、伸《の》し上がる決心を、わたしはしたんだ」

「――――」

「きみには、想像もつかないような、えげつないことだって、やってきた……」

赤石は、自分に向かって言い聴かせるように言った。

「恥ずかしいけどね、正直に言うよ……」

赤石は、空《から》になったグラスに向かって、つぶやいた。

「なあ、片山さん。屑だって、夢を見るんだよ。極道《ごくどう》にだって、夢は必要なんだ」

「夢？」

「おれに、夢を見させちゃくれないかね」

赤石は言った。

わたしが、おれになった。

「ソータンクンは、やる気だよ」

「やる気？」

「陣内とさ」

ぽつりと、赤石がつぶやく。

「どうして」

「おれが言ったんだよ。おまえを助ける理由は、ただひとつだとね。助けてやる代わりに、陣内と、真剣の試合をやれと。それを、ソータンクンが承知したんだ」

「まさか――」

「まさかじゃない。本当だ。きみの通っていた、バンコクの、ソイ・サーマートに間に入ってもらって、組織と話をつけたんだ。向こうだって、ソータンクンと陣内の試合が、バンコクのルンピニーで実現するなら、これは銭になる。ソータンクンは、陣内に負けたことになっているからね。その復讐戦だ。しかも、陣内のセコンドには、昔ソータンクンに負けた片山がつく――」

言葉がなかった。

ふいに、突然に、おまえがこれまで望んでいたことが実現するぞと言われたのだ。

そのお膳《ぜん》立てが、すべて出来ていると。

片山は混乱した。

いいのか。

これを受けるということは、自分と赤石とが、繋がりを持つということである。それは、とりもなおさず、志誠館が、さらには陣内が、再び赤石と繋がりを持つということである。

これを機に、赤石が、繋がりを求めてきたら――

この話――

受けられるものではない。

赤石には、不思議な好感を覚えている。妙な魅力も感じている。

だが、それと、繋がりを持つということとは別だ。

しかし、それを拒否すれば、ソータンクンとの試合は、あり得ないことになる。

「片山さん。おれとあんたの縁は、これっきりだ。後で、迷惑はかけない。道で会っても他人だ。そういうことでどうだ」

「なぜ――」

と、片山は言った。

「――どうして、そこまでしてくれるのですか」

「言ったろう。あの時にさ。北辰館の片山の指だ、これは安くねえぞと。あの時の、釣《つ》りを返したいんだよ」

赤石は、小さく、拳を握って言った。

片山は、黙った。

さまざまなものが、渦巻いている。

その渦の混乱に、精神が巻き込まれている。

「おれも、見たいんだよ。あの陣内と、ソータンクンが、マジでやってる試合をね」

赤石がつぶやいた。

片山は、言葉を発せなかった。

黙っていた。

「おい――」

赤石が、ドスを効かせた声で言った。

「いいかい、片山さん。あんた、てめえひとりで、リングに上がると思ってるんじゃないかい。よく聴けよ、片山さん、ここでおまえさんとふたりきりで会うことにしたのは、陣内に内緒にするためだ。菜穂子が、自分が、この件に関わったことを、陣内には知られたくねえと、そう言ったからなんだぜ。その菜穂子の気持ちがあんたにわかるか。いいか、この試合、てめえのためだけの試合と思うなよ」

赤石は、そう言って、押し黙った。

片山の脳裡に、町田の駅前で、頭を下げた今村菜穂子の姿が浮かんだ。

〝おれは、これから、陣内を追っかけるぜ〟

興奮した声で、そう言った石倉の顔が浮かんだ。

三島の顔。

〝その印鑑と通帳を持って、出て行って――〟

澄子の顔。

無数の人間の、言葉にならない無数の想い。

それが、この試合にはこもっている。

「いいかい、どうせ、ほっといたって、明日にでもあんたのところに、サーマートから電話がある。サーマートの言うことは、どうせ、おれが今言ったことと同じだ。どちらにしろ、その時、あんたは返事をしなきゃならない――」

〝おれだって、勝ちたいスよ。ソータンクンのやつを、おもいきりぶん殴って、勝ちたいスよ〟

そう言った陣内の顔が浮かんだ。

「片山さんよ――」

赤石は言った。

「肚《はら》ア、くくっちまいな」

終　章

再び、熱気の中にいた。

人の熱気、汗の臭い、湯の中にいるような温度。

そして、微《かす》かな獣の臭い。

どれも皆、肌が覚えている。

どれも、懐かしい感触のものだ。

バンコク――

ルンピニー・スタジアム。

陣内と共に、控場から、スタジアムに入ると、あの、熱狂と、喚声の渦が、うねるように押し寄せてきた。

帰って来たのだ。

と、片山は想った。

自分はまた、ここへ帰って来たのだ。

身体が震えそうだ。

震えるな。

これは、おれの試合じゃない。

いや、これは、陣内の試合であるだけじゃない。おれの試合でもあるのだ。いや、おれと陣内の試合というだけでもない。

もっと多くの人の意志が、この試合を生んだのだ。

リングに向かって、歩いてゆく途中で、肩を叩かれた。

石倉であった。

「いよいよだな」

石倉は言った。

顔を紅潮《こうちょう》させている。

さっき、控場で、石倉のインタビューを受けたばかりである。

ああ——

いよいよだと、片山はうなずいた。

いよいよなのだと、自分に言い聴かせた。

石倉もそうだ。

自分に言い聴かせるために、さっき、話をしたばかりなのに、もう一度、声をかけてきたのだ。

ニコムが先頭であった。

次に陣内、最後が片山だ。

リングの下に来た。

リングを見上げた。

眩《まぶ》しいライトに照らされたリングだ。

ここで、選手が、互いの獣を比べ合うのだ。

リングを見上げた一瞬、自分の肉の中を、しん、とした静寂が押し包み、すぐにまた、熱気と喚声がもどってきた。

リングサイドに、三島が、腕を組んですわっているのが見える。

その横に——

澄子がいた。

ぜひ来てくれと、澄子には、スタジアムのチケットと、タイと日本の、往復の航空券を渡しておいたのだ。

行けるかどうか、わからない——

そう澄子は言っていた。

来て欲しいのだと、片山はそう言って、澄子にチケットを渡した。

その澄子がいる。
姿は見えないが、この会場のどこかに、赤石も来ているはずであった。
赤石と、新宿の高層ビルのバーで会ったのが、四カ月前だ。
あれから、もう、四カ月が経《た》っている。
十月だ。
陣内の肉体は、最高の状態にある。
体重六六・五キロ。
相手のソータンクンが、六六キロ。
どちらも、ウェルター級のデッドラインすれすれである。
片山の脳裡に、ふと、不安が掠《かす》める。
やり残したことはないか——
やれることで、やらなかったことはないか。
あるような気もする。ないような気もする。
わからない。
しかし、やれるだけのことはやったのだ。
また、震えた。
歯を喰い縛って、その震えを止める。

陣内が、頑張った、それと同じくらい、ソータンクンも、この四カ月、頑張ったはずだと思う。

陣内は、一カ月半前に、すでに、ムエタイルールで、ラジャダムナン・ウェルター級四位の、シンヌイ・シップオンノイを倒している。日本でのことではあったが、四回四六秒のノックアウト勝ちである。

ソータンクンもまた、この二カ月の間に、二試合をこなしている。

二カ月前に、ルンピニー・ウェルター級の、ラクテア・ムンスリンを三ラウンド一分五秒で、一カ月前には、同じくウェルター級三位のナロンリット・ムアンマリンを、一ラウンド二分一四秒で、それぞれノックアウトで下している。

どの試合も、首相撲《くびずもう》から膝で勝機を造り、右の肘で、相手をマットに沈めている。

ソータンクンも、無敵を誇っていたチャンピオン時代のコンディションを取りもどしている。

やれるだけのことはやった。

しかし、また、不安が込み上げる。

普通、日本の選手が、タイで試合をする場合、その暑さ対策として、ふたつのやり方が考えられる。

ひとつは、試合のぎりぎりまで、日本でトレーニングをやり、コンディションを造り、身体をすっかり仕上げておいて、試合二日前にタイに入り、いいホテルに泊まり、体調を崩さぬようにして、試合に望むやり方である。

もうひとつは、一カ月も前にタイに入り、こちらの暑さに身体を慣れさせながら、こちらでトレーニングをしながら、肉体を仕上げてゆくやり方である。

今回は、後者を採《と》った。

それで、よかったのか。

タイに入って、十五日目に、陣内が、血の小便を出した。

陣内が、それで、不安に捉えられた。

「安心しろ」

と、片山は、陣内に言った。

ただ、練習をし過ぎただけなのだと。

かつて、自分も、そうであった。

敵地での試合である。不安がある。これは、経験したものでなければ、わからない不安である。

その不安を忘れようと、練習をする。

練習をし過ぎてしまうのだ。

血の小便——それは、基本的には、死んだ赤血球である。

山に登っていても、血の小便を出すことがある。

重い荷を背負って山を歩くと、足の裏に一番重さがかかる。その足の裏で、赤血球が圧《お》されて死ぬのである。その死んだ赤血球が、小便に溶《と》けて、外へ排泄《はいせつ》されるのである。

それだけのことだ。

片山は、それを、陣内に言った。

特別な病気ではない。

練習をやり過ぎただけなのだと。

選手の不安を取り除くのも、セコンドの務《つと》めだ。

そして、今、ようやく——

陣内が、リングに上がった。

ロープをくぐる。

凄《すさ》まじい喚声が上がった。

続いて、イスマール・ソータンクンが、リングに登って来た。

不敵な面構《つら》えをしていた。

日本での試合の時とは、わけが違う。

眼が、刃物の光を帯びている。

あの眼だ。

あの顔が、ソータンクンである。

片山も、リングに上がった。

ロープはぐらず、コーナーにいる陣内の横に立った。

陣内の身体が、小刻《こきざ》みに震えていた。

陣内が、歯を噛んでいる。

「陣内――」

片山が、声をかけた。

陣内には、その声が届かないらしい。

「陣内――」

もう一度呼んだ。

ようやく、陣内が、片山を振り向いた。

緊張が、陣内を包んでいる。

もうすぐ、陣内は、誰も助けてやることはできない闘いの中に入ってゆくのだ。

片山にはわかっている。

どんなに緊張していても、震えていても、ゴングが鳴った途端に、陣内は、その震えを止めることができる。

今、怖ければ怖いその分だけ、ゴングが鳴れば、陣内にとっては、それがバネになってゆくのだ。

片山は、陣内の耳に、唇を寄せて、

「おい、陣内――」

小さく声をかけた。

「――どうだ。楽しいだろう」

囁《ささや》いた。

陣内は、一瞬、自分が何を問われたのかわからなかったように、呼吸を止め、すぐにその止めていた息を吐いた。

片山の言った言葉がわかったのだ。

「ええ、楽しいス」

陣内は答えた。

「楽しいス」

陣内は、もう一度、言った。

その時、陣内の名が、コールされた。

陣内が、前に出て、右手を上げる。

どよめき――

拍手が、数えきれない量の小石のように陣内にぶつかってくる。

次が、ソータンクンであった。

ソータンクンの名がコールされた時、轟音のようなどよめきが起こった。スタジアムごと、巨大な波の奔流《ほんりゅう》が、会場全体に押し寄せて来たかのようであった。

その波で傾きかけたような錯覚さえ、片山は味わった。

音楽――

ソータンクンのワイクーが始まった。

そのワイクーの最中に、陣内の震えが止まっていた。

いよいよだ。

いよいよ、始まるのだ。

このリングで失《な》くしたものは、このリングで取りもどすしかないのだ。

ああ――

そのために、長い時間を、自分と陣内はかけたのだ。

ソータンクンのワイクーが終わった。

陣内が、深々と息を吸い込み、リングを見回すのが、片山にはわかった。

広々とした草原のように、片山と陣内の前に、リングが広がっていた。

そこに、ソータンクンが立っている。

なにもかもが、そこにある。

そして――

ゴングが鳴った。

陣内は、広いリングの虚空に、最初の一歩を踏み出す旅人のように、足を踏み出した。

そこで失くしたもの。

夢。

言葉を、もう一度、取りもどすために――

（完）

注・この物語はフィクションです。実際の試合等にヒントを得た部分はありますが、物語《ドラマ》についてはすべて作者の創作によるものです。

あとがき（新書判より）

1

せつない春なのである。

ふたたび、みたび、桜の季節は輪廻《めぐ》ってきて、おれはまだ、自分の感情の量をもてあましている。恥ずかしいほどに、おれの欲望の量は減らないのであった。かくのは原稿ではなく、恥ばかりである。本当になさけない。

学生気分の抜けない、ガキっぽい自分の思考に気づくたびに、人並みに激しい自己嫌悪に陥《おちい》ったりしてしまうのだが、自分でもあきれるほど前向きな思考回路もおれにはあるものだから、そういう時にはついつい、いそいそと仕事にはげんだりしてしまうのであった。

さぼり過ぎた昨年と違って、仕事をする気力だけは、今年はたっぷりとあるのである。

もう、アホなわたくしには、おれはつき合ってはいられないのであった。

観念した。
もう、あきらめたよ。
ドタバタはもうやめだ。
覚悟を決めて仕事をする。
それが、潔《いさぎよ》い。
そういうところで、どうだ。

南から
また東から
ぬるんだ風が吹いてきて
くるほしく春を妊《はら》んだ黒雲が
いくつもの野ばらの藪《やぶ》を渉《わた》って行く

ひばりと川と
台地の上には
いっぱいに種苗を積んだ汽車の音

仕事着はやぶけ
いろいろな構図は消えたけれども
今年はおれは
ちゃうど去年の二倍はたしかにはたらける

『作品第一〇二三番』宮沢賢治

2

さて本書だ。

長編を書き下ろすというのは、これほどにしんどい作業であったのかと、本書をやりながら、今さらながら思い知らされた。三〇〇枚のつもりでいたら、書いても書いてもまだ終わらずに、ついに六〇〇枚になってしまった。

ほぼ一年余り――足かけで三年。

一九九〇年は、原稿のためのエネルギーのほとんどを、ぼくは、『三国伝来玄象譚《さんごくでんらいげんじょうばなし》』という時代もの歌舞伎の戯曲と、この長編『牙の紋章』のために費やしてしまったような気がする。

今年に入ってから『キマイラ胎蔵変』（いい話だよ）を書き上げ、そしてこの『牙の紋章』を書き上げた。

書き上げた自信があるから言ってしまうのだが、途中、何度もこの仕事をぶん投げたくなった。本当に、自分で選んだ仕事でなければ、もう、とっくに逃げ出している。

考えてみると、ものを書く仕事でよかったなと、今、しみじみと思う。書くことで支えられ、書くことで救われるというのは、やはりあるのであった。

『三国伝来玄象譚』と、この『牙の紋章』がなかったら、昨年はほんとうにどうなっていたかわからない。

チベットかどこかで無謀なことをやり、死んでいたかもしれない。死んでしまったら小説が書けなくなってしまうではないか。

いやはや、よかったなあ。

3

この『牙の紋章』には、渾身《こんしん》の力を込めてしまった。プロとしてはかなり恥ずかしいくらいに根性を入れてしまった。肩の力が抜けず、言葉が過剰で、わずらわしい繰り返しもあるが、それもまたこの物語が生まれるためには仕方のなかったことのひとつなのである。

あなた、作家も人間、一年余りも同じ物語を書き続けていれば、その間にはいろいろな状況や精神状態の時があるのであり、そうそうは思いどおりにはいかないのだよ。しかし、言ってしまえば、そこがおもしろいのだよ。だからこそおもしろい。話に、その時その時のうねりが出てくる。

どんな話を書くにしたって、書き手のその時その時のものが出てくるのである。いつそれが書かれるにしろ、それはそれなりに、その時その時のなんだかんだの中で書かれることになるのだ。

もどかしさも、それはそれでよい。

おれは決めたよ。

今年は死ぬほど書く。

4

じつは、この話は、かなり前からあたためていた話であった。

話の内容や、おおまかな調子は、すでに決まっていたのだが、ぼくはなかなかこの話を書き出せないでいた。

一九八七年の四月に、ぼくは、縁あって、タイのバンコクのルンピニー・スタジアムで、空手家の長田賢一《おさだけんいち》対ラクチャート戦を見ている。

その時の、あの晩のあの熱気、あの熱にうかされた夢のような濃密な時間を、いつか小説に書いてみたかった。

しかし、どうやって、それを書くか。

ぼくは迷っていた。

その時、まだ、この物語は発酵する時間を必要としていたのである。

時を経《へ》て、一九八八年七月、日本において、竹山晴友《たけやまはるとも》対ラクチャート戦があった。

この時に、ほぼ、この物語の骨格が出来上がったといっていい。

その話——

バンコクのルンピニー・スタジアムでムエタイと闘う空手家の話だ。

その試合のことを、ずっと引きずり続けている男の話だ。

話は出来た。

その話を貫く熱気、肌にまとわりついて離れない粘りつくような暑さのイメージもある。

しかし、まだ、何か欠けているものがあった。それが何であるかわからない。そのため、ぼくは、なお、なかなか、この物語を書き出せないでいた。

それが、ようやく書き出せたのは、『格闘技通信』31号から33号の、三回にわたって連載された、吉田健吾氏の「眠るように闘って」を読んでからであった。

その連載の最終回に、次のような箇所があった。

竹山が今、次の闘いに足を踏み入れていることだけは確かなような気がした。

「でも、試合していた時の昔のあの感覚だけはどうしても忘れられませんね。生活の中にはあの感覚はないから。ちょっと物足りない気がする時もありますね」

ロス・オリンピックを最後に引退したバレーボールの三屋裕子《みつやゆうこ》と話した時、彼女もそれと同じようなことを言っていた。バレーを引退して分かったことは、スポーツとは麻薬のようなものだということだったと彼女は言った。

「バレーやってる時は悔しさとか辛さとか悲しさとか嬉しさとか、そんな深い感情がいっぱいありました。普通の生活に入ったらそれがどこにもないんですよ。コートで感じられるようなあの強くて深い感動の場が生活の中にはどこにもないんですよ。それがいちばん辛かったですね。まるで麻薬の味を覚えてしまったみたいで」

「仕事自体は昔の稽古《けいこ》に比べたら嘘みたいに楽なんですけどね」と竹山は言った。

ああ、これだ。

と、ぼくは思った。

これなのだ。これなら、ぼくにもわかる。よくわかる。

ぼくは、その三屋裕子の言う〝深い感情がいっぱいある〟時期を、かつて、何度か間違いなく持っていたことがあったたし、この物語をなんとか書き出そうとしていたその時も、そういう時期であったのである。

なかなか、人は、そういう濃密な時間を生きられるものではない。

しかし、その濃密な時間にいる時は、人は気がつかない。あとになって、そうとわかるのだ。

その濃密な時間のことなら書ける気がした。

そうして、ぼくは、本書の第一行目を書き出したのである。

本当に、長い闘いであった。

書き上がってみて、自分の仕事がもの書きであったことを、今は率直《そっちょく》に感謝したい。もの書きでよかった。

最後の五〇枚は、至福の時を味わった。

この最後の五〇枚の快感のために、長編を書くという作業があるのではないか。

いいぜ、この話は——

平成三年　三月十八日　小田原にて

夢枕　獏

本書は1999年6月祥伝社より刊行されました。
なお、本作品はフィクションであり実在の個人・団体などとは一切関係がありません。